Lea Benthin

Pfirsichbowlen-Tage

PIPER

Lea Benthin

Pfirsichbowlen-Tage

Roman

PIPER

Mehr über unsere Autorinnen, Autoren und Bücher:
www.piper.de

Wenn Ihnen dieser Roman gefallen hat, schreiben Sie uns unter Nennung des Titels »Pfirsichbowlen-Tage« an *empfehlungen@piper.de*, und wir empfehlen Ihnen gerne vergleichbare Bücher.

Von Lea Benthin liegen im Piper Verlag vor:
Die Kochschule:
Band 1: Erdbeercreme-Momente
Band 2: Zitronensorbet-Stunden
Band 3: Pfirsichbowlen-Tage

Unser Versprechen für mehr Nachhaltigkeit
• Klimaneutrales Produkt
• FSC®-zertifiziertes Papier
• Hergestellt in Europa

FSC
www.fsc.org
MIX
Papier | Fördert gute Waldnutzung
FSC® C083411

Originalausgabe
ISBN 978-3-492-31763-4
März 2024

Dieses Werk wurde vermittelt durch die
Literarische Agentur Thomas Schlück GmbH, 30161 Hannover.
Redaktion: Lisa Wolf
Satz: Uhl + Massopust, Aalen
Gesetzt aus der Calluna
Druck und Bindung: CPI books GmbH, Leck
Printed in the EU

Kapitel 1

Eva Wyland hatte die Entscheidung, wieder die Schulbank zu drücken, in einem Moment der Verzweiflung getroffen. Doch als sie nun vor der Schule vorfuhr, der Wagen über das Kopfsteinpflaster rollte und sich vor ihr das imposante cremeweiße Schulgebäude auftat, mit seinen Giebeln, Erkern, Gauben und schwarz gerahmten Fenstern, war sie überzeugt, dass es die richtige Entscheidung gewesen war. Spaliere mit Rosen umrankten den Eingang, der flankiert war von schmalen Säulen. Sie war noch etwas zu früh dran und allem Anschein nach die erste Auszubildende, die angekommen war. Nachdem sie ihren kleinen Fiat auf dem ausgeschilderten Parkplatz auf der linken Seite des großen Hofes abgestellt hatte, stieg sie aus, schulterte ihre Handtasche und ging langsam auf das Haus zu. Ihren Koffer ließ sie im Wagen, den würde sie später holen.

An diesem Augustmorgen war es bereits so warm, dass sie ihre Strickjacke nicht benötigte. Eva ging zu der Ulme neben dem Haus, zog ihre Zigaretten hervor und steckte sich eine an. Den Kopf leicht zurückgelegt, atmete sie den Rauch aus und beobachtete, wie er sich langsam in den feinen Sonnenstrahlen, die durch das Blätterdach fielen, auflöste. Ihr Blick fiel auf das Messingschild, das neben der Haustür angebracht war. *Koch- und Restaurantschule Inga Heinthal.*

Schon als Kind hatte Eva gern gekocht und es geliebt, feine Confiserieprodukte herzustellen. Vor allem mochte sie es, Torten zu verzieren und sich dabei in Details zu verlieren, sodass ihre Mutter es zu Geburtstagen immer ihr überlassen konnte, sich um den Geburtstagskuchen zu kümmern. Nach ihrem Schulabschluss hatte sie kurz mit dem Gedanken gespielt, eine Confiserieausbildung anzufangen, doch dann hatte sie mit achtzehn ihre Jugendliebe geheiratet, Peter Wyland, der sie von dieser Idee abbrachte. Er würde schon für sie beide sorgen. Und so war sie vom Elternhaus direkt in seine Wohnung gezogen und Hausfrau geworden. Fünf Jahre hatten sie vergeblich versucht, Kinder zu bekommen. Und dann war Peter schwer an Krebs erkrankt und innerhalb weniger Monate verstorben. Der Kampf war verloren gewesen, noch ehe er ihn hatte aufnehmen können.

Mehr als eineinhalb Jahre war sie nun verwitwet und konnte die Wohnung allein und ohne Arbeit nicht mehr halten. Also war sie zurück in ihr Elternhaus gezogen, hatte Trost in der vertrauten Umgebung gesucht. Anfangs hatte die Trauer alles überschattet, aber je länger sie in ihrem ehemaligen Mädchenzimmer lebte, umso mehr spürte sie, dass sie diesem Leben entwachsen war.

Eine gute Freundin, die mittlerweile in Köln lebte, betrieb seit einigen Jahren mit ihrem Ehemann ein Restaurant, und sie war es auch gewesen, die ihr von der Schule erzählt hatte. Sie selbst hatte ihre Ausbildung dort Mitte der Sechzigerjahre abgeschlossen. Eva hatte angefragt und ihre Bewerbung eingereicht, wenige Monate später war die Zusage gekommen, und nun stand sie hier, und alles fühlte sich gut und richtig an. Sie war fünfundzwanzig und konnte ihr Leben wieder selbst in die Hand nehmen. Ihre Eltern hatten den Entschluss begrüßt und übernahmen die Ausbildungskosten. Allerdings plante Eva bereits, ihnen diese zu erstatten, sobald sie eigenes Geld verdiente.

Ein schicker weißer Benz rollte über den Schotterweg

der Allee auf die Schule zu, bremste sanft ab, ehe er durch das Tor fuhr und nach links abbog, um neben Evas Fiat zu parken. Eva rauchte auf und steckte die Zigarette in einen Aschekübel, während sie beobachtete, wie ein junger Mann aus dem Benz stieg. Er ging zum Kofferraum, öffnete die Klappe, hob einen Koffer heraus und sah sich um, bevor er auf Eva zuging. Sie schätzte, dass er ungefähr in ihrem Alter sein müsste, er hatte dunkles Haar und war lässig in eine schwarz-grau karierte Hose und ein weißes Hemd gekleidet. Kurz bevor er bei ihr ankam, nahm er die Sonnenbrille ab und lächelte.

»Wissen Sie, wo ich mich anmelden muss?«, fragte er.

»Ich bin auch neu hier«, antwortete sie. »Mein Koffer steht noch im Auto.«

»Möchten Sie, dass ich ihn für Sie hole?«, fragte er, offenbar in der irrtümlichen Annahme, sie bräuchte Hilfe.

»Nein danke, das kann ich schon selbst.«

»Ich wollte Ihnen keinesfalls zu nahetreten. Haben Sie eine Zigarette für mich? Eigentlich bin ich dabei, es mir abzugewöhnen.«

»Und kaufen dann keine? Habe ich auch schon versucht, und festgestellt, dass ich dann ständig andere danach frage.« Sie lachte und hielt ihm die Schachtel hin. »Eva Wyland«, stellte sie sich vor.

»Paul Thiemann.«

»Thiemann vom Mosel-Restaurant Thiemann?«

»In der Nähe der Burg, genau. Das ist unser Familienbetrieb.« Er nahm einen Zug von seiner Zigarette.

»Aber was machen Sie dann hier, wenn ich fragen darf. In Ihrem Restaurant kann man doch bestimmt auch eine Menge lernen.«

»Meine Eltern halten nicht viel davon, die Kinder im

eigenen Betrieb auszubilden. Ich soll hier alles von der Pike auf lernen und in anderen Betrieben Erfahrungen sammeln.«

»Das klingt sehr vernünftig.« Eva schnippte Asche in den Kübel. Ein lauer Wind kam auf, und der Saum ihres blauen geblümten Sommerkleides umspielte ihre Knie. Sie hatte es extra für diesen Tag gekauft, der symbolisch für einen Neuanfang stand.

Zwei Autos näherten sich, und nachdem die beiden Wagen eingeparkt hatten, fuhr ein weißer VW-Käfer auf das Hoftor zu. Bei Näherkommen bemerkte Eva eine Frau hinter dem Steuer, neben ihr ein junger Mann, der noch sehr jung zu sein schien.

»So langsam füllt es sich«, sagte Paul Thiemann.

»Acht Auszubildende sind es, oder?«

»Ja, so stand es in der Broschüre. Vier Männer und vier Frauen.«

Eva zog ihren Schlüssel aus der Handtasche. »Ich hole eben meinen Koffer.«

»Soll ich Ihnen beim Tragen helfen?«

»Nein, ich habe das nicht nur aus Höflichkeit gesagt.« Sie lächelte, um nicht abweisend zu klingen. »Wir brauchen uns auch nicht zu siezen, ich bin Eva. Immerhin wohnen wir die nächsten drei Jahre zusammen.« Erst als die Worte heraus waren, fiel ihr auf, dass das ein wenig doppeldeutig klang, und sie rechnete es ihm hoch an, dass er keinen Witz darüber machte.

»Sehr gern.« Paul begleitete sie zum Auto, bot ihr aber keine Hilfe an, als sie den Koffer aus dem Wagen hob. Ein weiterer Punkt für ihn.

Sie überquerten den Hof, und Eva blieb einen Moment stehen, so beeindruckt war sie von den Ausmaßen der Schule.

Der Hof war in großzügigem Halbrund um einen Springbrunnen herum angelegt, in dessen Wasserkaskade sich das Sonnenlicht funkelnd brach. Die cremefarbene Villa wirkte mit ihrem säulenbestandenen Eingang und ihren hübschen Dach- und Giebelformationen, den Erkern und Gauben, äußerst elegant.

»So nobel habe ich bisher noch nie gehaust«, sagte Paul, als hätte er ihre Gedanken gelesen.

»Ist die Familie adlig?«, fragte Eva.

»Davon stand nichts in der Broschüre, aber ich glaube nicht.«

Eva hörte, wie sich hinter ihr zwei Frauen unterhielten, offenbar Mutter und Tochter. Die Jüngere äußerte die Sorge, mit jemandem auf das Zimmer zu müssen, die sie nicht mochte. Darum hatte sich Eva auch schon Gedanken gemacht, denn immerhin galt es, drei Jahre zusammen auszuhalten. Aber es würde sich schon alles fügen, und Eva hielt sich im Allgemeinen für einen sehr umgänglichen Menschen, der gut mit anderen auskam.

»Ich hoffe, ich gewöhne mich daran, das Zimmer mit jemandem zu teilen«, sagte Paul, der das Gespräch offenbar ebenfalls belauscht hatte. »Noch dazu mit jemand Fremdem. Als Kind war ich immer furchtbar neidisch auf Jungs, die ins Internat durften, aber mittlerweile finde ich die Vorstellung nicht mehr ganz so reizvoll.«

»Es ist sicher eine gute Gelegenheit, Freundschaften zu knüpfen«, antwortete Eva.

»Vorausgesetzt, man versteht sich miteinander.«

»Ich denke, es wird eine wundervolle Zeit.« Eva legte Inbrunst in die Stimme, als müsste sie sich selbst davon überzeugen. Seit dem Tod von Peter zweifelte sie daran, dass es jemals wieder wundervolle Zeiten geben würde. Andererseits war sie noch so jung, irgendetwas musste doch noch auf sie warten.

Aus dem Augenwinkel bemerkte sie einen weiteren Wagen und sah zum Tor, durch das ein roter Ford auf sie zufuhr. Der Griff ihres Koffers war noch steif und schmerzte beim Tragen. Sie ging die breite Treppe zum Haupteingang hoch und stellte den Koffer ab. Im selben Moment, in dem Paul den Arm zum Gong ausstreckte, wurde die Tür geöffnet, und sie standen einer Frau in Evas Alter gegenüber.

»Guten Morgen, ich bin Mariella Weiß aus dem dritten Jahrgang und heiße euch herzlich willkommen.« Die Frau trat zurück und öffnete die Tür weit, klemmte einen Keil hinein, damit sie nicht zufiel, und ging hinaus, nachdem Eva und Paul eingetreten waren. Offenbar war es ihre Aufgabe, die Neuankömmlinge zu begrüßen.

»Wahnsinn«, stieß Paul hervor, als sie in der Halle standen. Er wandte den Kopf, hob den Blick zur Stuckdecke, an der ein glitzernder Kronleuchter hing.

Auch Eva war beeindruckt. Die Halle war mit weißgrauem Marmor ausgelegt, und eine schön geschwungene Treppe teilte sich am ersten Absatz in zwei Flügel, die in die Beletage sowie den zweiten Stock führte, wo sich je eine Galerie befand. Die Umgebung erinnerte eher an ein Luxushotel als an eine Schule. Es gab eine breite Kommode, neben einer Zierpflanze stand ein bequem und modern aussehender Sessel und daneben ein Tischchen, auf dem Journale ausgelegt waren. An den Wänden entdeckte Eva gerahmte Bilder, auf denen vor allem junge Frauen zu sehen waren – vermutlich die Absolventinnen der Schule. Sie trat näher und betrachtete die Frauen in den Kleidern der Nachkriegszeit, in den schwingenden Röcken der Fünfzigerjahre, in der Mode der Sechziger, dann die ersten Bilder, auf denen auch männliche

Absolventen zu sehen waren. Früher einmal hatte es eine einheitliche Uniform gegeben, Eva hatte das bereits in der Broschüre gelesen. Glücklicherweise musste man so etwas heute nicht mehr tragen, dieser Brauch war Mitte der Sechzigerjahre abgeschafft worden.

»Sieh mal, diese Journalistin hier kenne ich sogar«, sagte Paul und zeigte auf das Bild einer jungen Frau, die offenbar vor zwanzig Jahren mal einen Kurzgeschichtenwettbewerb gewonnen hatte. »Sie schreibt für eine große Zeitschrift und hat einmal einen Artikel über unseren Familienbetrieb geschrieben.«

Eva betrachtete die blonde Frau, die mit schüchternem Lächeln in die Kamera blickte. »Einige Absolventinnen haben es wirklich zu etwas gebracht.«

»Hast du schon konkrete Pläne für die Zeit nach dem Abschluss hier?«

»Nein, nicht so richtig. Ich koche gern und kann mir vorstellen, in die Gastronomie zu gehen, aber was ich letzten Endes mache, wenn ich fertig bin, entscheide ich, wenn es so weit ist.«

Paul nickte. »Eine schöne Vorstellung zu wissen, dass einem noch alle möglichen Wege offenstehen.«

»Ist es bei dir nicht auch so? Du weißt zwar schon, wo es dich beruflich hin verschlägt, aber das Leben bietet doch noch so viel mehr.«

Jetzt flog ein Lächeln über seine Züge. »Sehr weise. Und du hast natürlich recht.«

Eva sah sich um und bemerkte eine junge rothaarige Frau, die gerade zur Tür hineinkam, eine schicke Reisetasche trug und so sorgfältig gekleidet war, als sei sie einem Modemagazin entsprungen. Sie stellte den Koffer ab, schob die Sonnenbrille ins Haar und lächelte, als wollte sie sagen: »Hier bin ich.«

Annemarie Moll stellte ihren Koffer ab und schob die Sonnenbrille hoch ins Haar. Sie hätte früher losfahren sollen, sie hasste es, als Letzte alle Blicke auf sich zu ziehen. Um ihre Unsicherheit zu überspielen, schenkte sie den Anwesenden ein offenes Lächeln und strich sich eine Strähne ihres welligen, schulterlangen Haars hinter das Ohr. Neben der Treppe standen zwei Frauen und unterhielten sich, vielleicht Schwestern oder Freundinnen, so recht war das nicht zu unterscheiden.

Etwas weiter entfernt entdeckte sie einen jungen Mann, der offensichtlich allein gekommen war und ein wenig verloren wirkte. Das blonde Haar hatte er adrett zurückgekämmt, gekleidet war er in helle Chinos und ein dunkelgraues Hemd. Er stand direkt im Licht, das durch das Buntglasfenster in die Halle fiel, als wollte es seine schlichte Kleidung mit Farbtupfern aufpeppen. Ein Paar mittleren Alters unterhielt sich miteinander, während eine junge Frau daneben stand und sich neugierig umschaute, Annemarie ein schüchternes Lächeln schenkte, das diese erwiderte, und den Blick weiterschweifen ließ. Ein junger Mann stand etwas linkisch neben einer Frau, die auf ihn einsprach und den autoritären Eindruck der älteren Schwester machte.

Vor einem der Bilder an der Wand standen ein Mann und eine Frau, die sich offenkundig kannten. Ein Paar? Oder nur Freunde? Oder gar Verwandte? Die Frau mit dem langen goldbraunen Haar erwiderte Annemaries Blick, deutete ein Lächeln an und wandte sich dann wieder dem Mann zu, mit dem sie eine angeregte Unterhaltung führte. Eine junge Frau stand nahe der schön geschwungenen Treppe offenbar neben ihrer Mutter, denn diese redete eifrig auf sie ein, während die Jüngere mit ergebener und leicht genervter Miene nickte.

Offenbar war Annemarie nicht die Letzte, denn gerade

kam noch ein junger Mann in Begleitung eines älteren Paars herein – vermutlich seinen Eltern. Er verabschiedete sich an der Tür von ihnen.

»Danke, ihr seht ja jetzt, dass ich angekommen bin.«

»Aber die anderen stehen hier ja auch mit ihren Familien«, widersprach die Mutter.

»Hannelore, lass ihn doch«, wandte der Vater ein.

Annemaries Blick begegnete dem des jungen Mannes, der daraufhin die Augen verdrehte. Sie musste lächeln. Ihre Eltern hatten sie auch begleiten wollen, was Annemarie strikt abgelehnt hatte, schließlich war sie kein kleines Kind mehr.

Die Mutter gab es nach kurzem Diskutieren auf, verabschiedete sich von ihrem Sohn – glücklicherweise ohne peinliche Überschwänglichkeit – und verließ das Haus. Der junge Mann strich sich mit einer linkischen Geste durch das Haar und lächelte Annemarie erneut an, zuckte mit den Schultern, und sie musste lachen. Sie kannte das ja so gut. Dann hob er seinen Koffer hoch und ging durch die Halle, sah sich um. Bisher wirkten alle hier sehr nett.

Die Tür wurde geschlossen, offenbar waren nun alle anwesend. Mariella Weiß, die sie willkommen geheißen hatte, durchquerte die Halle und trat auf eine junge Frau zu, die hinter einem Tisch saß und eine Liste vor sich liegen hatte, sowie mehrere Broschüren und einen Stapel Zettel. Die beiden begannen in gedämpftem Ton eine Unterhaltung, und da Annemarie nicht beim unhöflichen Starren erwischt werden wollte, wandte sie sich ab und sah zur Treppe, die schön geschwungen zwei Etagen nach oben führte, jede mit einer Galerie.

Ihre Aufmerksamkeit wurde von einer Frau mittleren Alters gefesselt, die die Treppe hinunterkam, schick gekleidet in ein Kostüm, das kinnlange blonde Haar modern zu einem

Pagenkopf frisiert. Begleitet wurde sie von einer dunkelhaarigen Frau in einer hellen Hose mit taubenblauer Seidenbluse, das Haar zu einem lockeren Knoten aufgesteckt. Die beiden machten einen überaus sympathischen Eindruck. Sie blieben auf dem ersten Treppenabsatz stehen, und das Stimmengemurmel verstummte.

»Einen wunderschönen guten Morgen«, begrüßte die blonde Frau sie. »Mein Name ist Inga Heinthal, ich leite die Schule zusammen mit unserer Direktorin Frau Anita Hesse. Da ich weiß, wie ermüdend lange Ansprachen sind, und jeder, den es interessiert, die Geschichte unserer Schule in der Broschüre nachlesen kann, will ich sie damit gar nicht langweilen. Stattdessen möchte Sie hiermit willkommen heißen und hoffe, Sie verbringen eine schöne und lehrreiche Zeit in unserem Haus.«

Die Umstehenden applaudierten.

»An dem Tisch zu Ihrer Rechten können Sie sich gleich bei Fräulein Baumgartner melden. Dort wird man Sie auch mit Informationen versorgen, und Sie bekommen Ihre Zimmernummern mitgeteilt. Danach haben Sie eine Stunde Zeit, sich in Ihren Räumlichkeiten einzurichten, ehe Sie um zehn Uhr hier erscheinen und von Fräulein Weiß eine Einweisung und Führung durch die Schule erhalten. Sie können sich jetzt in aller Ruhe von Ihrer Familie oder Ihren Freunden verabschieden.«

Annemarie, sowie diejenigen, die ohne Begleitung gekommen waren, machten sich direkt auf den Weg zu dem Tisch, hinter dem die junge Frau aufblickte.

»Annemarie Moll«, stellte Annemarie sich vor.

Fräulein Baumgartner, die sich umgehend als Anja vorstellte – »Wir sind doch alle fast im selben Alter« – sah auf die Liste, hakte den Namen ab und reichte Annemarie eine

Broschüre, einen Zettel mit der Hausordnung und einen weiteren mit dem Tagesablauf. »Das ist dein Stundenplan«, erklärte sie. »Die Zimmernummer habe ich darauf notiert. Die Frauenquartiere sind im vorderen Teil des Korridors. Mariella wird euch nachher in den Trakt mit den Schlafräumen bringen. Hier verläuft man sich zu Beginn noch leicht.«

Annemarie bedankte sich und machte Platz für die Frau hinter ihr, die sich als Eva Wyland vorstellte. Der Mann hinter ihr hieß Paul Thiemann, und sie tauschten sich umgehend darüber aus, wer in welches Zimmer kam. »Nummer fünf«, sagte die junge Frau, und Annemarie blickte auf.

»Dann teilen wir uns ein Zimmer«, sagte sie, und die Frau sah sie an. »Annemarie Moll«, stellte sie sich vor.

»Eva Wyland.«

»Paul Thiemann.« Der Mann reichte ihr ebenfalls die Hand.

»Wenn wir hier schon in der Vorstellungsrunde sind«, sagte ein anderer, der gerade seine Unterlagen abgeholt hatte, »mein Name ist Martin Brandis.« Er war es, der seine Eltern an der Tür fortgeschickt hatte.

Der blonde Mann, dessen Auftreten Annemarie als etwas linkisch empfunden hatte, trat ebenfalls hinzu und stellte sich als Stephan Schultz vor. Eine Frau mit blondem Pagenkopf kam etwas schüchtern zu ihnen. »Melanie Voss.«

Mit Sabine Walther und Chris Dorfmann – »Erspart mir bitte die Witze, die kenne ich seit meiner Kindheit« – waren sie komplett. Chris und Paul teilten sich ein Zimmer, wie sich herausstellte, und Paul erklärte – vermutlich nicht zum ersten Mal –, dass er einer *der* Thiemanns war.

Mariella Weiß kam zu ihnen. »Ich führe euch zu den Zimmern«, erklärte sie munter. »In einer Stunde sehen wir uns dann in der Halle. Seid bitte pünktlich, da legen sie hier viel Wert drauf.« Sie ging ihnen voraus und öffnete eine Tür, die in einen Korridor führte. »Das ist der ehemalige Dienstbotentrakt. Am Ende liegen die Küchen, die zeige ich Ihnen nachher.« Es ging eine Treppe hoch in das zweite Obergeschoss, wo Mariella Weiß eine Tür öffnete. »Die Zimmernummern stehen an den Türen. Die Räume fünf und sechs sind die für den neuen Jahrgang. Der Waschraum befindet sich auf der linken Seite am Ende des Flurs. Die Herren folgen mir bitte.« Sie ging mit den vier jungen Männern weiter, während Annemarie die Tür zu ihrem Zimmer öffnete.

Sie ging direkt zu dem Bett auf der linken Seite, das weiter von der Tür entfernt stand, während Eva sich ohne viel Aufhebens auf dem anderen Bett niederließ. »Nett ist es hier«, sagte diese und sah sich um.

Das musste Annemarie bestätigen. Der Raum war in den Farben Creme und Taubenblau eingerichtet, die Möbel waren aus Eichenholz. Es gab zwei Kleiderschränke, und als Annemarie einen öffnete, sah sie, wie praktisch dieser aufgeteilt war mit Kleiderstange, Regalfächern und zwei breiten Schubladen. Außerdem gab es einen Schreibtisch an der rechten Wand, und jedes Bett hatte ein Nachttischchen. In der Ecke zwischen linker Wand und Fensterseite stand ein gemütlicher Sessel mit Leselampe.

»Ich glaube, hier werde ich mich wohlfühlen«, sagte Annemarie.

Inga Heinthal ließ sich im Direktorinnenzimmer in der Beletage auf einen der beiden Besuchersessel sinken, während Anita auf dem anderen Platz nahm, ein Bein über das andere schlug und sich eine Zigarette anzündete. Sie hatte vor Kurzem wieder angefangen zu rauchen, nachdem sie jahrelang pausiert hatte – genau genommen ab dem Moment, an dem sie entschieden hatte, Kinder zu bekommen. Jetzt war ihr Sohn sieben Jahre alt, die Tochter fünf, und Anita vermied es tunlichst, in ihrer Gegenwart eine Zigarette anzustecken.

»Sie müssen sich das ja nicht unbedingt zum Vorbild nehmen«, hatte sie erklärt.

Lena Heinrichs hatte die Schule verlassen und war der Liebe wegen nach Hamburg gezogen. Hanne Mohnschau war in den Ruhestand getreten, dafür war nun Petra Weißhaupt als Konditorin eingestellt worden. Volker Brandis, der Bäcker, hatte geheiratet und wohnte mit seiner Ehefrau in der Nähe. Er kam jeden Morgen zum Unterricht und fuhr nachmittags wieder nach Hause. Anita und Arno wohnten ebenfalls in einer eigenen Wohnung und kamen morgens zur Arbeit. Mittags musste einer von ihnen fahren, um die Kinder aus dem Hort und der Schule zu holen, beides in der Nähe. Schwierig würde es erst werden, wenn der Ältere, Andreas, aufs Gymnasium ging. Aber bis dahin war er alt genug, um die Strecke allein mit dem Bus zu bewältigen.

Jetzt gab es in dem Haus so viele leere Räume, und aus einem hatten sie ein Lernzimmer für die Kinder gemacht, aus dem anderen ein Spielzimmer. Eines der früheren Schlafzimmer sowie die beiden ehemaligen Aufenthaltsräume waren für Gäste. Und ein weiteres Zimmer blieb frei, falls Inga doch noch ein weiteres Kind bekommen sollte. Das fünfte war zu einem Arbeitszimmer für ihren Ehemann Josh geworden, und das ehemalige Büro ihrer Mutter im Erdgeschoss – vor zwanzig Jahren ein zweites privates Speisezimmer – war nun Ingas Büro. Es gab nach wie vor eine Haushälterin, aber die kam morgens und ging am späten Nachmittag. Darüber hinaus hielten zwei Zugehfrauen das Haus sauber.

Neben Arno und Volker Brandis gab es eine weitere Lehrköchin. Inga hatte, nachdem ihre Mutter ihr die Schulleitung übertragen hatte, das gesamte Lernsystem umgestellt. Ab dem zweiten Schuljahr lernten die Auszubildenden stundenweise direkt in Gastronomieunternehmen. Auch war es nicht mehr so, dass eine Lehrkraft die Auszubildenden drei Jahre lang betreute, sondern die neue Lehrerin, Sandra Weitzmann, übernahm das erste Jahr, das zweite Jahr unterrichtete Arno, und Anita begleitete den dritten Jahrgang. Sie hatte nach der Geburt ihres ersten Kindes die Meisterprüfung abgelegt.

Es klopfte, und Sandra trat ein. Sie war nun seit zwei Jahren Lehrerin hier, ausgebildete Köchin, die sich mit Mitte zwanzig für den Schuldienst entschieden hatte. Da sie kaum älter war als ihre Auszubildenden, fassten diese zu ihr oft sehr schnell ein besonderes Vertrauen. Sie wedelte leicht mit der Hand, wie sie das immer tat, wenn sie in einen Raum trat, in dem geraucht wurde. »Soll ich die Kinder nachher abholen? Ich muss ohnehin kurz in den Ort.«

»Das wäre lieb«, sagte Anita, »dann muss Arno nicht fahren.«

Sandra lehnte mit dem Rücken an dem Schreibtisch. »Habt ihr den jungen Thiemann gesehen?«

»Ja«, antwortete Anita, »macht einen charmanten Eindruck. Er war mit seinen Eltern hier zum persönlichen Gespräch nach der Zusage.«

Auch das war eine Neuerung, die Inga eingeführt hatte. Sie wollte ihre Auszubildenden kennenlernen, ehe das Schuljahr begann. Ihre Mutter, Edith Waltz, hatte sich stets allen neuen Ideen verschlossen und auf das Altbewährte gesetzt, erst nachdem sie sich aus der Schule zurückgezogen und die Leitung Inga übergeben hatte, wehte hier ein anderer Wind. Ihre Mutter lebte in Hamburg, meldete sich hin und wieder, fragte aber nur selten nach dem Schulbetrieb. Nachdem Inga einen Fonds eingerichtet hatte, in den ein Teil des monatlichen Schulgelds floss, den sie an Opfer des Nationalsozialismus spendete, hatte ihre Mutter eingewandt, dass sie niemandem etwas schuldig sei. Inga sah das anders. Ja, sie selbst trug keine direkte Schuld, aber ihre Familie hatte sich schuldig gemacht, und da sie die Vergangenheit nun einmal nicht ändern konnte, wollte sie zumindest dafür sorgen, dass in Zukunft die Dinge anders gehandhabt wurden.

Frank Roesner hatte ihr damals die Augen über ihre Familie geöffnet, ein Mann halbjüdischer Abstammung, dessen Familie ihre Mutter übel mitgespielt hatte. Edith Waltz war schuld daran, dass seine jüdische Familie deportiert und ermordet worden war, sodass nur er und sein Vater überlebt hatten. Er lebte nun in Köln, wo er eine Apotheke betrieb. Verheiratet war er mit einer ehemaligen Schülerin, die nach ihrem Abschluss eine Ausbildung zur PTA gemacht hatte und mit ihrem Mann zusammen in der Apotheke arbeitete. Hin und wieder tranken sie einen Kaffee zusammen, wenn Inga in Köln war. Die beiden hatten vierjährige Zwillinge – Mädchen und Junge – sowie eine weitere Tochter, die kurz darauf geboren war.

»Ich habe letztens übrigens Roesners getroffen«, sagte Anita in diesem Moment.

»Interessant, dass du das gerade jetzt erwähnst, ich musste eben an sie denken.«

»Wir wissen ja schon länger, dass wir uns ohne Worte verstehen.« Anita drückte die Zigarette aus. »Margarethe erzählte, ihr Bruder würde mit seiner Frau nach Köln ziehen, sodass sie sich bei der Betreuung der Kinder gegenseitig unterstützen könnten. Sie wollen sich das wohl aufteilen.«

Inga sah auf die Uhr. »Gleich beginnt die Führung durch das Haus. Schließt sich jemand von euch an?«

Sandra zuckte mit den Schultern. »Geplant ist es nicht, aber ich kann es machen, wenn du möchtest.«

Kurz überlegte Inga. »Nein, dann lass nur. Es reicht, wenn sie dich gleich kennenlernen. Empfang sie ruhig, wenn sie in die Küche kommen.«

Im zweiten Stock hatte sich nichts verändert, hier befanden sich die Unterrichtsräume und außerdem ein Aufenthaltsraum für die Auszubildenden. Den Küchentrakt hatte Inga vor zwei Jahren von Grund auf modernisieren lassen, vor allem die Hauptküche, die nun über die neuesten Geräte verfügte. Die kalte Küche sowie die Kaffeeküche waren ebenfalls in Teilen renoviert worden.

Inga verließ das Büro, um mit Mariella Weiß auf die Auszubildenden zu warten. Sie nahm zwar an dem Rundgang nicht teil, aber sie zeigte dennoch gern Präsenz. Die Schule auch für junge Männer zu öffnen war die richtige Entscheidung gewesen, es brachte eine neue Dynamik in die teils etwas festgefahrenen Strukturen. Als sie die Treppe hinunterging, sah sie bereits die ersten beiden Frauen in der Halle eintreffen.

Eva war stets überpünktlich, genauso wie offenbar Annemarie, denn sie verließen das Zimmer zeitgleich. Und auch sonst hatten sie bereits in den ersten Minuten einige Gemeinsamkeiten gefunden. Beide kamen gebürtig aus Hennef, und sie hatten festgestellt, dass sie sogar gemeinsame Bekannte hatten. Besser hätte der Start wohl kaum laufen können, und Eva blickte zum ersten Mal seit Langem wieder positiv gestimmt in die Zukunft. Während sie die Treppe hinunterging, sah sie sich die Bilder an, die am Aufgang hingen, Aufnahmen von Köln im Wandel der Jahreszeiten. Die

Wände waren cremeweiß gestrichen, und es wurde viel dafür getan, den einstmals wohl eher tristen Dienstbotenbereich stimmungsvoll und ansprechend zu gestalten.

Im Korridor waren Stimmen zu hören sowie jene typischen Geräusche, die beim Hantieren in der Küche entstanden. Jemand sagte etwas, und die anderen lachten. Der Duft würzig gekochter Speisen erinnerte Eva daran, wie hungrig sie eigentlich war, zum Glück knurrte ihr Magen nicht lautstark. Morgens hatte sie nur eine Scheibe Toast herunterbekommen, weil sie so aufgeregt gewesen war auf diesen neuen Lebensabschnitt. Mittagessen gab es um halb eins, das war ja nicht mehr ganz so lange hin.

Sie betraten die Halle, wo Mariella Weiß zusammen mit Frau Heinthal stand. Beide unterbrachen ihr Gespräch, als sie Eva und Annemarie bemerkten, und Frau Heinthal lächelte herzlich.

»Konnten Sie sich schon ein bisschen wohnlich einrichten?«

»Ja«, antwortete Annemarie. »Es ist wirklich sehr hübsch.«

»Das freut mich.« Ehe Eva etwas sagen konnte, kamen Paul, Martin und Melanie in die Halle. »Dann sind wir ja fast vollständig«, sagte Inga Heinthal.

Kurz darauf erschienen Stephan, Sabine und Chris, und nachdem Inga Heinthal noch einige warmherzige Worte zur Begrüßung der Nachzügler gesprochen hatte, verabschiedete sie sich und überließ es Mariella Weiß, sie durch das imposante Haus zu führen. Sie erkundeten die modern eingerichteten Klassenräume, erfuhren, dass jede Etage über die ehemalige Dienstbotentreppe erreichbar war und die Auszubildenden ausschließlich diese benutzen durften.

Von der Treppe, die hoch in die Schlafquartiere führte, ging in jeder Etage eine Tür in den Korridor, wobei sich im ersten Stock die Wohnräume von Inga Heinthal befanden und von den Auszubildenden nur im Notfall betreten werden durften. Im Erdgeschoss durchquerten sie die imposante Halle, und Mariella Weiß zeigte ihnen den Salon, der für Feierlichkeiten genutzt wurde, und die Bibliothek, in der sie darum bat, Bücher, die man mit aufs Zimmer nahm, in die Liste neben der Tür einzutragen.

»Wirklich sehr nett hier«, bemerkte Paul, als sie in der Bibliothek standen.

Das war der Raum in der Tat. Eva hatte noch nie in einem Haus mit eigener Bibliothek gewohnt, aber so hatte sie sich das immer vorgestellt – dieser Duft nach Leder, Holz und Papier. Es gab eine Leseecke mit ledernen Clubsesseln sowie einen großen Kamin, der aber vermutlich nicht mehr genutzt wurde. Der Raum war mit einer modernen Heizung ausgestattet, und die Brandgefahr wäre vermutlich zu groß.

Weiter ging es in die Küchen. Auf dem Weg dorthin zeigte Mariella Weiß ihnen den Speisesaal, der durch eine große Doppelflügeltür mit dem Salon verbunden war. »Bei Feiern wird die Tür geöffnet, so hat man mehr Platz«, erklärte die junge Frau.

Die Hauptküche war ein großzügig angelegter Raum mit modernster Ausstattung. »Hier kochen gerade die Auszubildenden des dritten Jahrgangs«, erklärte Mariella Weiß. »Unter Anleitung von Anita Hesse, unserer Direktorin.«

Frau Hesse hatten sie bereits bei der Begrüßung gesehen, eine attraktive Dunkelhaarige. Sie trug nun eine weiße Schürze und eine Kochmütze. Es duftete wunderbar in der Küche nach Geschmortem, und Eva bemerkte, wie sie allmählich Hunger bekam. Mariella wechselte ein paar Scherzworte mit einem der jungen Männer, dann gingen sie weiter in die angrenzende kalte Küche, wo leicht verderbliche Nahrungsmittel wie Fleisch verarbeitet wurden. Daran grenzte die Kaffeeküche. Hier wurden viele der Süßspeisen zubereitet, und jetzt gerade waren die Auszubildenden dabei, Creme anzurühren.

»Herr Hesse ist Lehrkoch des zweiten Jahrgangs«, erklärte Mariella Weiß und deutete auf einen Mann, den Eva auf Mitte oder Ende vierzig schätzte. »Wie Sie am Namen vermutlich bereits erahnt haben, ist er der Ehemann unserer Frau Direktorin.« Herr Hesse lächelte freundlich, und Eva konnte sich gut vorstellen, wie anziehend er früher auf seine Schülerinnen gewirkt haben musste.

»Ihre Lehrköchin für das erste Jahr stelle ich Ihnen nach dem Mittagessen vor. Außerdem gibt es noch den Bäcker Volker Brandis und eine Konditorin, Frau Weißhaupt, die aber diese Woche krankgemeldet ist.«

Mariella Weiß führte sie aus der Küche hinaus in die Eingangshalle. »Die Hausregeln habt ihr ja erhalten. Eure Freizeit könnt ihr nach Belieben gestalten. Wir schließen in der Woche abends um zehn Uhr die Tür ab, und es wäre gut, wenn ihr bis dahin auch wieder zurück seid, schließlich geht der Unterricht morgens früh los. Sollte aber doch mal der Fall eintreten, dass jemand länger unterwegs sein möchte, sprecht es bitte ab, damit euch jemand einlässt. Am Wochenende wird in der Regel um elf Uhr abgeschlossen. Wenn ihr außerhalb übernachtet, sagt bitte Bescheid, damit sich hier im Haus niemand Sorgen macht. Das gilt natürlich nur für die Auszubildenden, die das Wochenende über hierbleiben.« Die junge Frau sah auf ihre Uhr. »Ihr habt jetzt bis zum Mittagessen um halb eins Zeit zur eigenen Verfügung. Der Gong wird fünf vor halb geschlagen, und da hier großer Wert auf Pünktlichkeit gelegt wird, wird erwartet, dass ihr euch dann auch hier einfindet. Jeder sollte an seinem Platz sitzen, bevor die Türen geschlossen werden. Es muss zwar keiner hungern, der zu spät kommt, aber einen guten Eindruck macht das nicht. Dann sehen wir uns später. Und wenn ihr Fragen habt, könnt ihr jederzeit mich oder die anderen Auszubildenden ansprechen. Außerdem sind Frau Heinthal oder Frau Hesse immer für euch da.«

Eva sah sich in der Halle um, in die Mariella Weiß sie geführt hatte. Die Treppe ins Obergeschoss machte wirklich was her und vermittelte einen Eindruck davon, wie die Menschen hier früher residiert haben mussten.

»Hat jemand Lust, spazieren zu gehen?«, fragte Paul. »Ich möchte mir mal die Gegend anschauen.«

»Ich komme gern mit«, antwortete Eva. Sabine schloss sich ihnen an, Chris und Annemarie wollten lieber im Garten sitzen, während Stephan, Martin und Melanie die Bibliothek aufsuchten. Sie verabschiedeten sich voneinander, und Eva verließ zusammen mit Paul und Sabine das Haus.

Die Schule lag wirklich schön, eingebettet inmitten der Natur, und mit dem Auto war man trotzdem in einer guten halbe Stunde in der Kölner Innenstadt.

»Mit dir haben wir ja praktisch eine Berühmtheit unter uns«, scherzte Sabine.

Paul lächelte schief. »Wie man es nimmt. Berühmt sind wohl eher meine Eltern.«

Sabines Lächeln hatte etwas Flirtendes, bemerkte Eva. Da konnte jemand es wohl kaum erwarten, mit einem der jungen Männer anzubandeln. Aber wenn es ihr Spaß machte, warum nicht? Unvermittelt dachte sie an sich und Peter, darüber, wie schön es zu Beginn gewesen war, diese frische Verliebtheit. Rasch schob sie diesen Gedanken beiseite, wollte nicht zulassen, dass sie wieder in solche Fahrwasser geriet. Sie wagte einen Neuanfang und wollte nun an nichts anderes mehr denken als daran, wie schön es war, bei herrlichem Sommerwetter mit zwei sympathischen Menschen spazieren zu gehen.

Schon bald drehte sich das Gespräch um das Restaurantgewerbe. Sabines Verwandte waren ebenfalls in der Gastronomie tätig, und so entspann sich eine angeregte Unterhaltung zwischen ihr und Paul, der Eva interessiert lauschte.

Als sie nach einem ausgedehnten Spaziergang das Haus betraten, wurde gerade der Mittagsgong angeschlagen.

Kapitel 2

Eva hatte es eigentlich gar nicht an die große Glocke hängen wollen, dass sie bereits verheiratet gewesen war. Aber es kam dann doch heraus, weil sie nicht als Fräulein, sondern als Frau Wyland angesprochen wurde. Dass sie verwitwet war, entlockte den anderen mitfühlende Blicke, und genau die hatte sie vermeiden wollen. Niemand sollte sie bemitleiden oder gar denken, man müsse sie mit Samthandschuhen anfassen.

»Ich komme damit zurecht«, sagte sie deshalb direkt, als das Thema beim Nachmittagskaffee zur Sprache kam. »Das hier wird mein Neuanfang.«

»Ich möchte mir die Anrede als Fräulein auch verbitten«, sagte Sabine.

»Na ja, du bist halt unverheiratet«, entgegnete Chris und nahm sich noch ein Stück Kuchen.

»Du auch, und ich nenne dich trotzdem nicht Herrlein«, konterte Sabine.

Das brachte die anderen am Tisch zum Lachen. Chris krauste die Stirn, sagte jedoch nichts mehr.

»Dann hast du ja schon einen Haushalt geführt«, nahm Annemarie das Thema wieder auf.

»Kochen kannst du dann vermutlich schon«, fügte Stephan hinzu.

»Man kann ja nicht gleich gut kochen, nur weil man verheiratet war«, entgegnete Sabine. »Meine Mutter feiert bald Silberhochzeit, und sie kocht immer noch schauderhaft.«

Nachdem sie am Vortag in Ruhe hatten ankommen dürfen, ging es heute bereits mit dem Unterricht los, was Eva sehr gefiel. Die grundlegenden Dinge beherrschte sie zwar bereits, aber es noch einmal von professionellen Köchen gezeigt zu bekommen, war doch etwas völlig anderes. In ihrer eigenen Küche damals hatte sie einen modernen Elektroherd gehabt, aber von ihrem Elternhaus aus war ihr das Kochen mit dem Gasherd vertraut, und so fand sie sich schnell ein. Eigentlich kochte sie sogar lieber mit Gas, weil sich die Temperatur feiner regulieren ließ, aber sie hatten damals alles so modern wie möglich gewollt.

»Ich koche ganz gut, aber natürlich nicht auf dem Niveau, wie es hier unterrichtet wird.«

»Wenn man das einfach so könnte, bräuchte auch niemand mehr ins Restaurant zu gehen«, antwortete Paul. »Kommt sonst noch jemand von euch familiär aus der Gastronomie?«

»Meine Tante hat einen Betrieb«, sagte Melanie. »Da habe ich als Schülerin hin und wieder ausgeholfen und irgendwann beschlossen, dass ich in dem Bereich gern selbst arbeiten würde.«

»Mit deiner Tante zusammen?«, fragte Paul.

»Nein, ich möchte lieber wegziehen. Mich reizt es, mal was Neues kennenzulernen. Vielleicht Hamburg oder Berlin.«

»Das wäre mir zu groß«, antwortete Annemarie. »Ich möchte in der Region bleiben, in der Nähe meiner Familie.«

»Das wird eine Umstellung«, räumte Melanie ein, »aber es ist mein sehnlichster Wunsch, und es gibt ja Züge, mit denen ich schnell zu Hause bin. Außerdem möchte ich mir ein Auto zulegen.«

»Ich habe schon eine Stelle in Aussicht«, erklärte Chris.

»Ein Freund meiner Eltern betreibt ein Hotel im Allgäu, dort kann ich in die Gastronomie.«

»Direkt als Küchenchef?«, scherzte Stephan.

»Schön wär's.«

Martin, der bisher geschwiegen hatte, sagte: »Mein Großvater hatte mal eine kleine Wirtschaft, aber die gibt es seit Jahren nicht mehr. Ich denke, mich zieht es auch eher hinaus in die Welt. Die Schweiz reizt mich besonders.«

»In der Schweiz waren wir jedes Jahr, meist in der Gegend um Montreux«, entgegnete Annemarie.

»Alors je suis sûr que tu parles couramment le français«, sagte Paul.

»Mais bien sûr«, antwortete Annemarie.

Eva fühlte sich an die Zeit in der Schule erinnert, wenn sie bei Ausflügen gemeinsam am Tisch saßen und scherzten. Noch vor Kurzem hätte sie nicht geglaubt, sich wieder so wohlzufühlen. Das kurze Stimmungstief bei der Erwähnung ihres Witwenstatus war verflogen, und sie war wieder gut gelaunt. Bisher ließ es sich für sie alles bestens an, sie mochte die anderen Auszubildenden und war glücklich darüber, mit Annemarie das Zimmer zu teilen.

Die Kaffeestunde um drei rundete den Schulalltag ab. Hier saßen sie noch einmal alle zusammen, ehe sie frei hatten. Früher einmal, so hatte sie in der Broschüre gelesen, hatte es danach Fächer gegeben wie Handarbeiten und Säuglingspflege, aber die Zeiten waren glücklicherweise vorbei. Mittlerweile teilte sich der Schulalltag in theoretische Unterrichtsfächer in den Klassenräumen und Praxis in der Küche. Zudem lernten sie Buchhaltung und Wirtschaft, was Eva zwar nicht besonders interessierte, doch sie wusste natürlich, dass dieses Dinge äußerst wichtig waren, wenn man einen Betrieb führen wollte.

»Hast du heute noch etwas vor?«, fragte Paul, als sie nach der Kaffeestunde den Speisesaal verließen.

»Nichts Konkretes.«

»Gehen wir spazieren? Wir waren ja den ganzen Tag noch nicht draußen.«

Da es im Gegensatz zum Vortag eher trüb und etwas regnerisch war, wäre Eva gar nicht auf diese Idee gekommen, aber sie willigte dennoch ein.

Die Pflastersteine auf dem Hof glänzten nass, als sie nach draußen traten. Immerhin regnete es nicht mehr, und die Wolken rissen auf und ließen einen blassblauen Himmel zwischen den Fetzen hervorblitzen. Kühl war es nicht, daher verzichtete Eva auf eine Strickjacke.

Sie spazierten über den Hof, wichen den Pfützen aus und gingen durch das Tor auf die Landstraße. Seitlich zweigte ein Fußweg ab, den sie jedoch mieden, weil er zu matschig war für Evas Schuhe. Sie hätte besser ihre Gummistiefel angezogen, aber jetzt wollte sie auch nicht mehr zurück. Sie entschieden sich dafür, entlang der Straße spazieren zu gehen, hielten sich dabei links, um Autos frühzeitig bemerken zu können.

»Es tut mir leid, wenn die Fragen nach deinem Familienstand vorhin am Tisch dir zu nahe gegangen sind«, sagte Paul.

Eva hob in einer knappen Geste die Schultern. »Es war klar, dass die Fragen kommen würden, und es ist auch nicht schlimm, ich kann damit umgehen.«

»Aber es macht dich immer noch traurig.«

»Ja, und so wird es vermutlich noch eine ganze Weile bleiben.« Um das erneute Aufkommen betroffenen Schweigens zu vermeiden, fuhr sie rasch fort: »Aber mir geht es gut. Das hier ist genau das, was ich gebraucht habe. Meine Eltern hat fast der Schlag getroffen, als ich mit achtzehn gesagt habe, ich möchte heiraten. Ich meine, das war 1968, überall sprach man von freier Liebe.«

Paul grinste. »Ja, das fand ich auch sehr aufregend damals.«

»Meine Eltern sind nicht besonders konservativ, und ich glaube, sie hätten es gut gefunden, wenn ich noch etwas gewartet und das Leben einfach genossen hätte.«

»Ich schätze, bei mir wären sie nicht abgeneigt, wenn ich früh heirate, am besten eine Frau, die sich gut in das Familiengeschäft fügt. Aber jünger als Mitte zwanzig sollte ich dabei nicht sein. Sie denken, man bräuchte eine gewisse Reife, um sich zu binden.«

»Da haben sie vermutlich nicht ganz unrecht. Wobei ich mich auch heute noch dafür entscheiden würde, meinen Mann zu heiraten. Manchmal spürt man einfach, wenn es passt.« Eva atmete den Geruch regenfeuchter Erde ein, in den sich das schwere Aroma von Jasmin mischte. »Wir hatten eine Wohnung in Bonn, da war es schon eine Umstellung, wieder nach Hause zu meinen Eltern zu ziehen und diese Eigenständigkeit aufzugeben.«

»Das kann ich mir gut vorstellen. Waren es dir zu viele Erinnerungen in der Wohnung?«

»Nein ... also doch, ja, irgendwie schon, aber das war nicht der Grund für meinen Auszug. Ich konnte die Wohnung schlicht nicht mehr halten. Als ich geheiratet habe, war ich ja gerade zwei Jahre mit der Schule fertig und habe nichts gelernt. Na ja, hauswirtschaften kann ich. Irgendwie war klar, er verdient das Geld, und ich bleibe zu Hause.«

Paul nickte nur.

»Arbeitet deine Mutter?«, fragte Eva.

»Ja, wir sind ein Familienbetrieb, da packt jeder mit an.«

»Das bedeutet, wenn du mal heiratest, dürfte die Frau nicht einfach nur Hausfrau sein?«

»Wenn es nach meinen Eltern geht, nicht. Wenn ich mich in eine Frau verliebe, die genau das sein möchte – na ja, dann soll es eben so sein.«

Sie verfielen in Schweigen, während sie langsam weitergingen. Als sie an einer kleinen Wirtschaft ankamen, um die es nur wenige, verstreute Häuser gab, überlegte Eva kurz, Paul zu fragen, ob sie für eine Limonade einkehren sollten, unterließ es dann jedoch, und so machten sie sich auf den Weg zurück.

Annemarie war es immer schon schwergefallen, sich an Regeln zu halten. Es war ihr großer Wunsch gewesen, hierherzukommen, und nach wie vor stand sie zu dieser Entscheidung – aber der klar strukturierte Tagesablauf machte ihr dennoch zu schaffen. Nach ihrem Schulabschluss hatte sie in den Tag hineingelebt, hatte mehrere Ausbildungen begonnen, wieder abgebrochen, war mit Freundinnen ausgegangen und hatte ihrer Mutter im Haushalt geholfen. Durch ihre Freude am Kochen und Backen war der Wunsch gereift, daraus einen Beruf zu machen. Ihre Eltern drängten schon seit Längerem darauf, dass sie etwas mit ihrem Leben anfing, aber Annemarie sah sich nun mal nicht in einem Büro sitzen oder inmitten einer Kinderschar als Erzieherin.

Normalerweise war es für sie kein Problem, früh aufzustehen, aber jeden Morgen um halb sechs aus dem Bett, das war doch zu viel des Guten. Eva schien damit keine Probleme zu haben und wünschte ihr bereits kurz nach dem Aufstehen überschwänglich einen guten Morgen, während Annemarie kaum mehr tun konnte, als grummelnd mit der Hand nach dem Wecker zu tasten und entnervt draufzuschlagen.

Sie war an diesem Tag so spät aufgestanden, dass sie sich beeilen musste, um pünktlich zum Frühstück zu erscheinen. Aber sicher gewöhnte sie sich noch daran, sie war ja gerade erst angekommen.

Nach der Kaffeestunde zog Annemarie sich in die Bibliothek zurück. Es war gar nicht mal so, dass sie gern las, aber sie mochte die Atmosphäre, die hier herrschte. Sie stöberte ein wenig in den Regalen, las sich die Titel durch, konnte sich jedoch nicht so recht entscheiden, weil ihr keines der Bücher zusagte. Sie wollte sich gerade in einen der Clubsessel sinken lassen, als sie dahinter zwei Beine, die in kurzen Hosen steckten, erblickte und einen leisen Schrei des Erschreckens ausstieß. Die Beine bewegten sich, und hinter dem Sessel kam ein Junge zum Vorschein mit verstrubbeltem blonden Haar und Sommersprossen auf der Nase.

»Pst«, machte er. »Meine Eltern dürfen doch nicht wissen, dass ich hier bin.« Er kam nun vollends zum Vorschein, in einer Hand ein Buch, zwischen dessen Seiten er einen Finger geklemmt hatte. »Die wollen sonst, dass ich Hausaufgaben mache und für eine Mathearbeit lerne, lauter ödes Zeug.«

Annemarie nickte verständnisvoll. »Dabei ist so herrliches Wetter.«

»Ja, aber wenn ich rausgehe, finden sie mich sofort. Und mein Buch ist gerade so spannend.«

»Werden sie dich hier nicht suchen?«

Unmittelbar darauf war eine Frauenstimme zu hören, die »Andreas!« rief. Schritte näherten sich der Tür, und der Junge legte rasch einen Finger an die Lippen, sah Annemarie verschwörerisch an und verschwand wieder hinter dem Clubsessel. Im nächsten Moment ging die Tür auf, und Anita Hesse betrat die Bibliothek. Ausgerechnet ihr Sohn war es, der sie zu seiner Komplizin machte.

»Entschuldigen Sie bitte, aber haben Sie einen kleinen Jungen gesehen?«

Annemarie zögerte. »Mir ist keiner über den Weg gelaufen«, antwortete sie schließlich.

Anita Hesse bedankte sich und verließ die Bibliothek wieder. Der Junge tauchte hinter dem Sessel auf, kletterte über die Rückenlehne und machte es sich auf der Sitzfläche gemütlich.

»Du hast meine Mutter angelogen.« Er hatte den Kopf schräggelegt und blinzelte sie an, als seien sie Komplizen.

»Ich habe nicht gelogen, mir ist in der Tat kein kleiner Junge über den Weg gelaufen.«

»Mama nennt das ›die Wahrheit beugen‹.«

»Ich mache das auch nicht noch mal.«

Der Junge zuckte unbekümmert mit den Schultern. »Wie heißt du?«

»Annemarie. Und du bist Andreas, das habe ich bereits gehört.«

»In der Schule nennen mich alle Andi.«

»Ich mache das nicht, ich mag keine Abkürzungen.«

Er fläzte sich auf den Sessel und klappte sein Buch wieder auf. »Holst du mir ein Stück Kuchen aus der Küche?«

»Übertreib es nicht.«

Daraufhin grinste er nur, und sie verließ die Bibliothek. Da sie nichts Rechtes mit sich anzufangen wusste, ging sie die Galerie entlang und sah sich die Fotos an, danach machte sie sich auf den Weg in die Küche, um sich eine Tasse Tee zuzubereiten. Schon im Gang vernahm sie Kinderlachen, und als sie die Kaffeeküche betrat, sah sie Arno Hesse mit zwei Mädchen im Kindergartenalter an der Anrichte stehen, wo sie Teig kneteten. Offenbar war es Annemarie bestimmt, an diesem Tag den gesamten Nachwuchs des Haushaltes zu treffen.

»Entschuldigung, ich möchte nicht stören.«

Herr Hesse lächelte freundlich. »Sie stören nicht.«

»Ich möchte mir nur einen Tee kochen.«

Er nickte und wandte sich wieder den beiden Mädchen zu, die nun recht großzügig Schokoflocken in den Teig schütteten.

»Wir backen Kekse«, erklärte das dunkelhaarige Mädchen, das aussah wie eine Kinderversion von Anita Hesse.

»Das habe ich mit meiner Mutter auch immer gemacht«, antwortete Annemarie.

»Ist sie auch Köchin?«

»Nein, aber sie kann trotzdem hervorragend kochen und backen.«

Die Mädchen widmeten sich wieder ihrem Teig und waren nun mit roten Bäckchen damit beschäftigt, ihn auf einer bemehlten Fläche auszurollen. Wie es wohl war, in so einem großen herrschaftlichen Haus aufzuwachsen? Wobei sie wusste, dass die Hesses hier nicht wohnten und abends nach Hause fuhren. Annemarie mochte zwar so große Häuser, dennoch hätte sie dem gemütlichen Häuschen, in dem sie großgeworden war, jederzeit den Vorzug gegeben.

Sie bereitete sich eine Tasse Tee zu – eine starke Ostfriesenmischung – und ging dann damit auf ihr Zimmer. Eva war offenbar immer noch mit diesem hübschen Kerl spazieren, für den sich auch Sabine interessierte, das war Annemarie schon bei ihrer ersten Begegnung aufgefallen. Kleine Liebschaften hatten durchaus ihren Reiz, aber von den jungen Männern aus ihrem Jahrgang hatte niemand ihr Interesse geweckt, sie waren ihr viel zu jung.

Annemarie setzte sich mit dem Tee an den Schreibtisch und schlug ihr Tagebuch auf. Sie hatte es bisher nur nachlässig geführt, so, wie sie alles mit Elan anfing und dann schnell das Interesse verlor. Aber dieses Mal, das versprach sie sich, würde alles anders werden. Und als wollte sie für sich selbst ein Zeichen setzen, begann sie den ersten Eintrag in ihrem Buch.

»Es ist zum Haareraufen mit ihm«, klagte Anita.

»Hab ein bisschen Nachsicht. Er ist noch klein«, antwortete Inga. »Meine Mutter hat sich vermutlich auch ständig über mich beklagt.«

»Das war etwas anderes. Ich halte mich eigentlich für modern und aufgeklärt, und trotzdem bringt Andreas mich regelmäßig an meine Grenzen.«

Inga musste lachen. »Er ist ein kleiner Junge, der lieber spielt und liest, anstatt seine Hausaufgaben zu machen. So furchtbar ungewöhnlich kann ich das nicht finden. Er ist so ein lieber kleiner Kerl.«

Seufzend steckte sich Anita eine Zigarette an, öffnete das Fenster und atmete den Rauch nach draußen. Sie und Arno fuhren meist erst abends nach Hause, und so waren die Kinder fast den ganzen Tag zusammen. Hier hatten sie mehr Platz als in der Kölner Stadtwohnung, es gab den Garten, den Hof, das große Haus, das es zu erkunden galt. Nur der Zutritt zu den Quartieren der Auszubildenden war ihnen untersagt, um die Privatsphäre der Schülerinnen zu schützen. Ebenso, wie die Auszubildenden nicht durch ihre Wohnung laufen sollten, wollte sie, dass auch sie nicht unangekündigt in deren Bereich eindrangen. In der Regel hielten sich die Kinder daran.

»Wenn ich erfahre, dass er oben war«, sprach Anita Ingas Gedanken laut aus, »dann kann er sich wirklich auf etwas gefasst machen.«

Inga warf einen Blick auf die Uhr. Bald würde Josh heimkommen, das war meist das Zeichen für Anita und Arno, sich mit Andreas und Finja auf den Heimweg zu machen. Dann gab es Abendessen, sie würden ihre Tochter Martha ins Bett bringen und den Tag gemeinsam ausklingen lassen. Sie war in letzter Zeit ständig so müde und hatte sogar kurz gehofft, sie sei in anderen Umständen. Mit Martha war es ihr damals ganz ähnlich ergangen, aber seit diesem Morgen wusste sie, dass ihre Vermutung sich nicht bestätigt hatte. Dabei war es bei Martha so schnell gegangen, sie war umgehend schwanger geworden, sobald sie aufgehört hatten, zu verhüten. Danach hatte sie mehrere Fehlgeburten gehabt, und nun klappte es überhaupt nicht mehr.

Die Tür wurde geöffnet, und Arno kam herein, gefolgt von den beiden Mädchen, die jede einen Teller balancierte, Martha mit roten Bäckchen, während Finja konzentriert die Stirn krauste und vorsichtig einen Schritt vor den anderen setzte, damit nur nichts zu Boden fiel. Anita stand auf und schien im Begriff, auf die Kinder zuzugehen, um ihnen die Teller abzunehmen, überließ es ihnen dann jedoch, ihre Werke selbst auf dem kleinen Besuchertisch zu platzieren.

»Die haben wir selbst gebacken«, erklärte Martha.

»Papa hat nur ein ganz bisschen geholfen«, fügte Finja hinzu.

»Aber wirklich nur ein bisschen«, bestätigte Arno ernsthaft. »Möchten die Damen Tee und Limonade? Beides gerade frisch zubereitet.«

»Ja!«, riefen die beiden Mädchen zeitgleich.

»Einen Tee hätte ich gern«, sagte Anita.

Inga schloss sich an, und Arno verließ das Arbeitszimmer, um das Gewünschte zu holen.

»Wo ist Andreas?«, fragte Finja und setzte sich in einen der bequemen Clubsessel.

»Wenn ich das wüsste«, antwortete Anita.

»Bleibt er hier?«

»Ganz sicher nicht, er muss ja morgen in die Schule.« Anita schob sich eine Pfefferminzpastille in den Mund, ehe sie sich in den Sessel neben ihrer Tochter setzte. »Ich suche ihn gleich noch einmal.«

»Er ist in der Bibliothek«, sagte Martha beiläufig.

Finja blickte auf. »Du bist so eine *Petze.*«

»Bin ich gar nicht.«

»Wohl.« Finja schlenkerte mit den Beinen. »Petze«, wiederholte sie. »Petze, Petze.«

»Das reicht jetzt«, sprach Anita ein Machtwort. Martha lief rot an, und da Inga einen Wutausbruch fürchtete, fragte sie rasch, ob die Mädchen nicht schon mal ein Plätzchen nehmen wollten. Martha griff zu, aber Finja rief: »Wir warten auf Papa!«

Kurz zuckte Marthas Hand zurück, aber dann nahm sie sich den Keks trotzdem.

»Ihr sollt euch nicht immer streiten«, erklärte Anita. »Und in der Bibliothek war ich vorhin, da war er nicht.«

»Er taucht schon wieder auf.«

Arno kehrte mit einem Tablett zurück, auf dem Teegeschirr, eine bauchige Kanne, eine Karaffe mit Limonade und zwei Gläser standen.

»Als Kellner hättest du auch eine gute Figur gemacht«, bemerkte Anita.

»Das wäre der Plan gewesen, falls ich als Koch scheitere.« Arno stellte das Tablett ab. »Habe ich schon die Geschichte erzählt, wie ich kurz nach dem Krieg in einer Schwarzmarktkneipe gekellnert habe?«

»Mehr als einmal«, antwortete Anita.

»Mir nicht«, rief Finja.

»Mir auch nicht«, fügte Martha mit vollem Mund hinzu.

»Also, dann hört mal zu«, sagte Arno, und Anita seufzte.

Inga kannte die Geschichte bereits und ließ sie an sich vorbeirauschen. Sie wusste, dass Arno eine sehr bewegte Vergangenheit hatte und oftmals auf einem schmalen Grat zur Illegalität balanciert war. Aber so war es damals, jeder kämpfte für sich. Als Kind hatte sie selbst davon kaum etwas mitbekommen, da ihre Mutter sie stets behütet und von allem abgeschirmt hatte. Ihre Mutter, die zu jenen gehörte, denen dieses Elend überhaupt erst zu verdanken gewesen war. Aber Inga wollte jetzt nicht an sie denken. Seit sie ihr das Haus überschrieben hatte und fortgezogen war, hatten sie nur noch sporadisch Kontakt. Inga für ihren Teil konnte darauf gut und gern verzichten, und Josh war ebenfalls nicht böse darum, dass seine Schwiegermutter sich nur selten meldete. Je weniger Kontakt sie zu Martha hatte, desto besser war es, nach seinem Dafürhalten.

»Ich möchte nicht, dass sie der Kleinen ihr krudes Weltbild nahebringt«, hatte er gesagt.

Dass ihre Mutter das wagen würde, glaubte Inga zwar nicht, aber es war einfach zu viel zwischen ihnen kaputtgegangen. Und nach wie vor vermisste Inga die Einsicht ihrer Mutter, die Erkenntnis darüber, wie falsch der Weg gewesen war, für den sie sich entschieden hatte. Ihre Mutter schien vielmehr zu bedauern, dass alles ans Licht gekommen war, für ihr Tun fand sie stets Ausflüchte und Begründungen, erklärte, warum sie seinerzeit ja gar nicht anders hatte handeln können. Besonders häufig war dabei der Satz gefallen: »Aus deiner heutigen Sicht kann man ja immer gut reden.« Aber Inga hielt stets dagegen, dass es auch damals Menschen gegeben hatte, die anständig geblieben waren. Sicher, nicht jeder hatte einen offenen Widerstand gewagt, aber ihre Mutter hatte ja nicht einmal Stillen geleistet, sondern im Gegenteil sich diesem System auch vollumfänglich angedient.

»Mama, du isst ja gar keine Plätzchen«, brachte Martha ihr Backwerk anklagend in Erinnerung.

»Ach, entschuldige bitte, mein Schatz, ich war in Gedanken.«

»Weil Papa gleich kommt?«

Inga lächelte. »Ja, das auch.« Ehe weitere Fragen kamen, nahm sie rasch ein Plätzchen, biss hinein und schloss genießerisch die Augen. »Das habt ihr ganz großartig hinbekommen.«

Die Mädchen strahlten. »Ich werde auch eine Bäckerin später«, erklärte Martha.

»Ich nicht.« Finja schlenkerte mit den Beinen, während sie in ein Plätzchen biss. »Ich baue Eisenbahnen.«

»Große Pläne«, antwortete Inga und sah beide Mädchen an.

»Da müsst ihr vorher fleißig lernen in der Schule«, bemerkte Arno. »Und wo wir gerade dabei sind, wo ist eigentlich Andreas?«

»Bisher noch nicht wiederaufgetaucht.« Anita blickte zur Tür, die genau in diesem Moment aufging.

Es war jedoch nicht ihr Sohn, der eintrat, sondern Josh.

»Papa!«, Martha sprang auf und lief zu ihm. Er fing sie auf und wirbelte sie einmal herum.

»Jetzt ich, Onkel Josh«, rief Finja und lief ebenfalls zu ihm.

»Hast du zufällig Andreas gesehen?«, fragte Anita nach der Begrüßung. »Er ist verschwunden.«

»Nein, aber spätestens zum Abendessen taucht er bestimmt auf.«

»Wir wollten aber eigentlich jetzt fahren.«

»Dann lasst ihn doch hier, ich kann ihn morgen früh auf

dem Weg zur Arbeit mitnehmen und lasse ihn an der Schule raus.«

Anita seufzte. »Das ist lieb. Allerdings wüsste ich trotzdem gern, wo er ist.«

»Entführt hat ihn hier sicher niemand.« Arno erhob sich. »Ich gehe noch einmal und suche ihn. Hier zu übernachten wäre ganz nach seinem Geschmack, und für dieses ungezogene Benehmen sollten wir ihn schließlich nicht auch noch belohnen.«

Josh ließ sich auf einem Sessel nieder und griff nach einem Plätzchen.

»Die habe ich mit Finja gebacken«, krähte Martha und kletterte auf seinen Schoß.

»Sie sind wirklich hervorragend«, antwortete er.

»Ich kümmere mich um das Abendessen.« Inga erhob sich, um hinunter in die Küche zu gehen. Die Auszubildenden aßen abends zusammen im Speisesaal. Es war jedoch nicht mehr so, dass der zweite Jahrgang das Essen servierte, da dieser während des Blockunterrichts im Restaurant oftmals zu den Mahlzeiten nicht hier war. Wer mit dem Servieren an der Reihe war, wechselte wöchentlich. Diese Woche waren die Auszubildenden des dritten Jahrgangs an der Reihe. Da es junge Erwachsene waren, fand Inga es nicht mehr zeitgemäß, dass Aufsichtspersonen mit ihnen dort saßen. Jeden Morgen erschien Frau Kranitz, die Haushälterin. Sie bereitete das Frühstück und räumte nach den Mahlzeiten die Küche auf. Morgens war auch Inga im Speisesaal mit ihrer Familie anwesend, zum Mittagessen waren sie und das Lehrpersonal dort. Nur beim Abendessen erlaubte sie sich Privatheit, und die gönnte sie auch ihren Auszubildenden.

Als sie die Küche betrat, kamen ihr bereits die jungen Frauen und Männer mit drei Servierwagen entgegen. Inga wünschte ihnen einen schönen Abend und belud dann ein Tablett mit Brot, Butter, Wurst, kaltem Braten und Käse. Für Martha kam noch ein Krug Milch hinzu.

Inga trug das Tablett hinauf in ihr privates Esszimmer, stellte es auf dem Tisch ab und ging ins Arbeitszimmer zurück, zeitgleich mit Arno, der mit einem bockig dreinblickenden Andreas die Treppe hinaufkam.

»Hat sich in der Bibliothek verkrochen und gelesen.«

»Hatte Anita da nicht nachgeschaut?«

»Vermutlich hat er sich da hinter einem der Sessel versteckt.«

Der Junge hielt ein Buch in den Händen und hatte die Stirn grimmig gekraust. Offenbar hatte er eine gehörige Standpauke bekommen.

»Endlich.« Anita erhob sich, als sie eintraten. »Wo hast du denn gesteckt?«

»In der Bibliothek.«

»Ach ja?« Anita hob die Brauen. »Hast du unsere Auszubildende um den Finger gewickelt?«

Andreas sah sie mit unschuldig geweiteten Augen an und schwieg. Kurz darauf brachen sie auf, und Inga ging mit Josh und Martha ins Esszimmer.

»Schöne Grüße von Frank und Margarethe«, sagte Josh. »Ich habe die beiden heute gesehen, als ich kurz in der Apotheke war.« Er stellte Teller auf den Tisch, und Inga reichte ihm die Gläser. »Lass uns doch mal wieder einen Abend gemeinsam ausgehen. Martha kann bei Hesses übernachten.«

»O ja!«, rief Martha.

Inga strich ihr lächelnd über den Kopf und spürte ein leichtes Ziehen in der Brust, wie so oft, wenn ihr Glücksgefühl sich mit Verlustängsten mischte. Sie liebte dieses

Kind so sehr, dass sie Ängste entwickelte, die sie vorher nie gekannt hatte. Sie verbrachte ungern die Nacht getrennt von ihrer Tochter, wusste aber, dass sie diese Ängste nicht auf das Kind übertragen durfte. Sie erinnerte sich nur zu gut an sich selbst, an ihren Wunsch nach Eigenständigkeit, den sie jetzt auch schon bei Martha erahnen konnte. Und so nickte sie und lächelte. »Ja, sehr gern.«

Kapitel 3

Annemarie wurde ganz anders, wenn sie im Lehrkochbuch Rezepte wie »gekochtes Kalbshirn« las. Hoffentlich blieb ihr das erspart. Mit brauner Butter übergossen und zu Tomatensalat gereicht. Na, besten Dank auch. Sie schüttelte sich. Auch auf Kalbszungenfrikassee konnte sie gut und gern verzichten, ihr wurde ja schon schlecht, wenn sie die Zungen in der Fleischtheke liegen sah. Aber gut, sie würde es schon irgendwie meistern, und sobald sie die Schule beendet hatte, würde sie sich ohnehin auf den Bereich der Süßspeisen spezialisieren.

»Warum hast du nicht gleich eine Konditorlehre angefangen?«, hatte Sabine gefragt, als sie beim Frühstück darüber sprachen.

»Ich wollte einfach ein bisschen mehr lernen, um die Wahl zu haben.« In Wahrheit hatte Annemarie schlicht und ergreifend nicht jeden Morgen um vier Uhr aufstehen wollen, um in der Backstube zu stehen. Die Zeiten hier brachten sie ja bereits an ihre Grenzen, und sie war noch keine zwei Wochen dabei. Wenn sie als Konditorin in die gehobene Gastronomie ging, begann der Tag gewiss nicht um vier Uhr in der Frühe – das hoffte sie zumindest.

Jetzt saßen sie im Unterricht, und es ging um Nahrungsmittelkunde bei Herrn Hesse, dem Lehrkoch des zweiten Jahrgangs. Sie wollte ja gern aufmerksam sein, aber es war so langweilig, und das meiste wusste sie ohnehin schon von ihrer Mutter. Ein Gähnen unterdrückend, blätterte sie durch das Schulkochbuch und versuchte, den Anschein zu erwecken, sie sei aufmerksam und widmete sich ausschließlich Texten zum Thema.

»Fräulein Moll?«

Annemarie schreckte aus ihren Gedanken auf und hob den Blick. Herr Hesse stand an der Tafel, an der ein Schaubild hing, das ein Rind zeigte, dessen Körper in Segmente unterteilt war. Arno Hesse stand davor und hob die Brauen, als Annemarie ihn schweigend ansah.

»Ähm«, machte sie und spürte, wie ihr das Blut in die Wangen stieg.

Er wartete einen Moment, dann wandte er sich ab. »Fräulein Walther?«

»*Frau* Walther«, korrigierte Sabine ihn. »Es handelt sich um die Querrippe.«

»Das ist korrekt.«

Ah, darum ging es also. Aber egal, Annemarie hätte es ohnehin nicht beantworten können. Das ganze Thema Fleisch und Tiere segmentieren war mal so gar nicht ihres. Konnte man das nicht einfach überspringen? Vermutlich nicht.

Sie wollte diese Fehlleistung jedoch nicht so stehen lassen und meldete sich daher zu dem einzigen Teil, das sie sicher benennen konnte, der Brust. Herr Hesse nahm jedoch Chris dran und sie erst danach, als er auf den nächsten Bereich tippte.

»Äh, Schulter?«, riet sie.

»Wer weiß es?«, fragte er in die Runde.

»Zungengrat«, antwortete Eva.

Im Nacken? Aber die Antwort stimmte, wie Herr Hesse bestätigte. War Annemarie die Einzige, die hier nichts beantworten konnte? Hoffentlich wechselte er gleich das Thema. Den Gefallen tat er ihr jedoch nicht, und so atmete Annemarie auf, als die Stunde vorbei war und sie den Klassenraum verließen.

Sabine plauderte mit Paul und berührte dabei hin und wieder seinen Arm. Dass er ihr gefiel, war wohl niemandem hier entgangen, allerdings hatte Annemarie den Eindruck, dass diese Anziehung nicht auf Gegenseitigkeit beruhte, und so war ein Konflikt vermutlich unausweichlich.

»Du warst überhaupt nicht bei der Sache«, sagte Melanie. »Wie kommt es?«

»Ich habe wohl einfach zu wenig geschlafen«, redete Annemarie sich heraus. »Das frühe Aufstehen bin ich nicht gewöhnt.«

»Ich auch nicht«, sagte Martin, der direkt hinter ihnen war und offenbar zugehört hatte. »Sehr zum Leidwesen meiner Mutter.«

»Das kommt mir bekannt vor«, entgegnete Annemarie.

Sie gingen hinunter in die Küche, wo es nun an den praktischen Teil ging. Aber auch hier war kein Entkommen vom leidigen Thema. In der kalten Küche wurde Fleisch verarbeitet, und an diesem Tag starteten sie mit den Feinheiten der richtigen Vor- und Zubereitung einfacher gedünsteter Eintopfgerichte. Es blieb jedoch bei Anschauung und Theorie, in die Praxis durften sie das Gelernte dann am kommenden Tag umsetzen. Annemarie war erleichtert. Bisher war der Unterricht nur theoretisch gewesen, und sie freute sich durchaus auf die ersten praktischen Stunden.

»Sind Sie gelangweilt, Fräulein Moll?«, fragte Sandra Weitzmann freundlich.

Annemarie schreckte aus ihren Gedanken auf und schüttelte den Kopf. »Äh, nein, natürlich nicht.«

»Dann können Sie bestimmt wiederholen, was ich gerade erklärt habe?«

Das konnte Annemarie natürlich nicht, und sie spürte, wie ihr das Blut ins Gesicht stieg. Die anderen sahen sie an, und Frau Weitzmann hob die Brauen. »Ich muss voraussetzen können, dass Sie mitarbeiten. Wenn ich hier stehe und Dinge erkläre, dann tue ich das nicht, weil ich mich so gern reden höre, sondern weil ich Wissen vermitteln möchte, das Ihnen im späteren Berufsleben helfen wird.«

Annemarie nickte, während ihr Gesicht sich so heiß anfühlte, dass sie wahrscheinlich längst puterrot war. Wie unglaublich peinlich das war. Gescholten wie ein Schulkind, das im Unterricht nicht aufpasste.

»Vielleicht ist einer der anderen so nett und wiederholt es später noch einmal für Sie«, sagte Sandra Weitzmann.

»Ich mache das nachher«, sagte Chris, und Annemarie wusste, sie sollte ihm eigentlich dankbar sein, aber es machte sie nur noch verlegener.

»Gut, dann fahre ich jetzt fort.« Frau Weitzmann wandte sich wieder allen zu, und Annemarie gab sich Mühe, bei der Sache zu bleiben. Immerhin konnte sie danach einmal eine richtige Antwort geben und einmal eine falsche Antwort von Martin korrigieren. Hoffentlich konnte sie damit den unmöglichen Eindruck wiedergutmachen.

Als sie in die Mittagspause entlassen wurden, war Annemarie erleichtert. Sie verließen die Küche und hatten noch eine halbe Stunde Zeit, ehe sie sich beim Speisesaal einfinden sollten. Vor ihr gingen Eva und Paul, die sich offenbar gut angefreundet hatten. Sabine schob sich an Chris und Martin vorbei, um zu ihnen aufzuschließen und war im nächsten Moment an Pauls anderer Seite.

»Gehst du noch in den Garten?«, fragte sie.

»Ich wollte draußen eine rauchen mit Eva«, gab er zur Antwort.

»Hast du vielleicht auch eine Zigarette für mich?«

Annemarie mochte Sabine ganz gern, aber das war so plump und offensichtlich, dass es ihr fast schon peinlich war, es mit anzuhören. Chris hatte die Szene offenbar ebenfalls mitbekommen, denn er sah Annemarie an und hob die Brauen.

»Wie sieht es aus?«, fragte er, als sie in der Halle angelangt waren. »Wollen wir die Theorie wiederholen?«

»Ich lese mir einfach das Kapitel dazu im Lehrbuch durch. Du musst dir keine Umstände machen, nur weil ich geträumt habe.«

»Es macht mir keine Umstände. Wir können dabei ja ein bisschen durch den Garten schlendern und plaudern – so von Nachhilfelehrer zu Schülerin.«

Sie lachte und stieß ihn scherzhaft an. »Also gut.«

Gemeinsam gingen sie in die hintere Halle, von wo aus man in den Garten gelangte. Martin und Stephan schlossen sich an, und kurz darauf erklärten alle drei im Wechsel, was Annemarie verpasst hatte. Das ging mit viel Gelächter einher, und sie dachte, dass die Entscheidung, hierherzukommen, trotz der nervigen Regeln doch gar nicht so falsch gewesen war.

Paul schnippte seinen Zigarettenstummel in den sandgefüllten Kübel direkt neben Evas, an dem ihr roter Lippenstift haftete. Er mochte sie sehr, fand sie nicht nur attraktiv, sondern ihm gefiel auch ihre zurückhaltende Art und positive Einstellung zum Leben. Wenn sie sich im Unterricht äußerte, waren es durchweg kluge Kommentare, die zeigten, sie verstand etwas von dem, was sie tat. Ihr Wunsch nach einer Veränderung war ernsthaft, sie hatte ein eigenständiges, vom Elternhaus losgelöstes Leben geführt und wollte das nun nicht mehr missen. Ihre leicht herben Gesichtszüge bekamen durch die Sommersprossen um die Nase etwas Keckes. Und sie hatte ein mitreißendes Lachen.

Gerade amüsierte sie sich über etwas, das Sabine gesagt hatte. Paul lächelte, ohne ihr wirklich zugehört zu haben. Sabine war nett, aber er wäre lieber mit Eva allein gewesen, konnte das aber nicht sagen, ohne unhöflich zu werden. Er bemerkte Sabines offensichtliche Avancen durchaus, ignorierte sie jedoch. Wenn er auf eine schnelle Eroberung aus wäre, könnte er sicher rasch zum Zug kommen, aber daran hatte er kein Interesse.

»Ich habe Frau Hesse auf einem der alten Fotos der Absolventinnen aus den Fünfzigern gesehen«, sagte Sabine. »Die sah ja echt umwerfend aus. Ihr Mann war zu der Zeit hier wohl schon Lehrer, und die beiden haben sich ineinander verliebt.«

»War vor fast zwanzig Jahren bestimmt ein Skandal, als das rauskam«, antwortete Eva.

Paul könnte nichts gleichgültiger sein als diese alten Geschichten. Letztes Mal hatte er eine sehr anregende Unterhaltung mit Eva geführt, die sich um gemeinsame Interessen drehte – und davon gab es offenbar mehrere. Das würde er gerade viel lieber tun, als über alte Skandale zu reden. Er zündete sich eine weitere Zigarette an und sah über den Hof, über den eine grau getigerte Katze lief. Vögel zwitscherten, und Sonnenstrahlen malten durch das Geäst der Bäume Lichtflecke auf das Kopfsteinpflaster. Paul gähnte verstohlen und sah auf die Uhr.

»Langweilen wir dich?«, fragte Sabine prompt in einem gespielt provokanten Ton.

»Keineswegs.« Er lächelte. »Wir müssen nur gleich zurück. Es ist Zeit für das Mittagessen.«

Auf dem Weg zum Haus hakte sich Sabine freundschaftlich bei ihm ein, was er nicht gut ablehnen konnte, ohne unhöflich zu werden. Er ließ es zu und sah zu Eva, deren Miene nicht erkennen ließ, ob sie sich daran störte. Später würde er sie fragen, ob sie mit ihm am Wochenende mal ausgehen wollte.

Im Haus war es angenehm kühl, und Paul mochte den Geruch nach Wachs und Holz, der wie eine Patina auf der Eingangshalle lag. Die Absolventinnen von nahezu zwei Jahrzehnten lächelten von den Wänden auf sie hinab, und Paul, der von einer sehr selbstbewussten und durchsetzungsstarken Mutter erzogen worden war, freute sich über jede Frau, die von hier aus ihren Weg gegangen war. Auch das mochte einer der Gründe sein, warum er Eva so mochte – sie schien zu den Frauen zu gehören, die energisch das Leben in die eigenen Hände nahm und sich auch nach Tiefschlägen wieder aufrappelten.

Die Türen zum Speisesaal standen offen, und es war Geplauder zu hören, ein Gewirr von Stimmen, in dem dann und wann ein Lachen aufschwappte. Paul sah, dass Annemarie mit Martin, Chris und Stephan am Tisch saß und sich gut gelaunt mit ihnen unterhielt. Eva steuerte auf sie zu und ließ sich an Annemaries Seite nieder, während Sabine, ohne sich von seinem Arm zu lösen, zu den Plätzen gegenüber von Annemarie und Chris ging. Ihm blieb nichts anderes übrig, als sich neben sie zu setzen. Melanie erschien und setzte sich ihm gegenüber neben Eva. Er seufzte, und immerhin ließ Sabine jetzt seinen Arm los.

»Ich habe den anderen vorgeschlagen, dass wir uns heute bei uns im Zimmer zum Pokern treffen«, sagte Martin.

Paul hob die Brauen. »Ach ja?«

»Falls es dich stört, können wir auch zu uns«, sagte Chris.

»Nein, kein Problem.«

»Ich kann nicht pokern«, wandte Eva ein.

»Das erklären wir dir ganz schnell«, antwortete Stephan. »Wir spielen ja auch nur zum Spaß und nicht um Geld.«

»Toll«, antwortete Melanie. »Ich bin dabei.«

Eva nickte zögernd, während Sabine ebenfalls begeistert zusagte. Während des Essens suchte Paul Evas Blick und lächelte ihr zu, was sie erwiderte. An diesem Abend, das nahm er sich fest vor, würde er sie fragen, ob sie mit ihm ausging.

Die Zimmer der Männer sahen genauso aus wie die der Frauen, und Eva war erstaunt, wie ordentlich es hier war. Von ihrem Bruder und ihrem Vater kannte sie das nicht, da musste immer ihre Mutter hinterherräumen, und irgendwann würde die Aufgabe dann auf ihre Schwägerin übergehen. Peter war einigermaßen ordentlich gewesen, aber es war immer klar, dass das eigentlich Evas Aufgabe war und er das Geld verdiente. Paul und Martin kannten es von zu Hause offenbar anders.

Sie saßen auf dem Boden, und Martin erklärte Eva, die es offenbar als Einzige nicht beherrschte, das Spiel.

»Es ist ganz einfach«, begann er, und darauf folgten eine Reihe von Regeln, Erklärungen und Begriffen, bei denen Eva sich sicher war, die Hälfte bis zu Beginn des Spiels wieder vergessen zu haben.

»Spielen wir wirklich ganz ohne Einsatz?«, fragte Sabine. »Ist das nicht ein bisschen langweilig?«

»Ich habe leider kein Geld übrig, das ich einfach so verspielen kann«, antwortete Chris.

»Ich auch nicht«, fügte Melanie hinzu.

Paul zuckte nur mit den Schultern, als sei es ihm gleich.

Er hatte vermutlich Geld genug. Eva hingegen stimmte Chris und Melanie zu. Sie hatte ihre Witwenrente, aber die war nun nicht gerade üppig, und das Schulgeld hatten ihre Eltern bezahlen müssen.

»Aber sie hat schon recht, mit Einsatz macht es mehr Spaß«, stimmte nun auch Stephan zu.

»Kleidung«, rief Sabine und grinste. »Das hat meine ältere Schwester mir mal erzählt. Jeder, der verliert, zieht ein Kleidungsstück aus.«

Das sollte doch wohl ein Scherz sein? Eva bemerkte, dass auch Martin wenig begeistert aussah.

»Klingt super«, sprang Chris bei. »Und nach einem Riesenspaß.«

»Ja, das glaube ich gern, dass euch das gefällt«, antwortete Melanie, schien sich aber selbst darauf zu freuen.

»Uns trifft es ja genauso wie euch.«

»Das ist doch auch nicht anders, als wenn wir am Strand sitzen würden«, sagte Stephan.

Am Strand hatte Eva ihren Badeanzug an. Die Männer trugen Hosen, T-Shirts, Socken und Schuhe. Sie selbst hatte über ihrer Unterwäsche nur ein Kleid an, und ihre nackten Füße steckten in Sandalen. Aber da alle so begeistert wirkten, wollte sie auch nicht als prüde gelten. Ob ihre Ohrstecker als Kleidung durchgingen?

»Die Männer haben mehr an«, wandte sie schließlich ein.

Sabine sah zu Paul und grinste verschmitzt. »Stimmt. Entweder zieht ihr euch schon jetzt ein bisschen aus, oder bei uns gelten andere Regeln.«

Nach einigem Hin und Her einigte man sich darauf, Schmuck mitzuzählen, und die Männer zogen die Schuhe vorher aus, sodass ein Gleichstand zu den Frauen in den Sandalen geschaffen wurde. Eva war ganz schlecht vor Nervosität. Aber dann sagte sie sich, dass sie auch einfach aufhören könnte, wenn es ihr nicht mehr gefiel. Es konnte sie ja wohl kaum einer zwingen, sich auszuziehen.

»Hat eigentlich jemand von euch eine feste Beziehung?«, fragte Chris, während er die Karten gab.

»Ich«, antwortete Melanie. »Mein Freund wohnt in Koblenz.«

»Und du wohnst da auch?«

»In Cochem.«

Chris nickte. »Und wo wohnt ihr anderen?«

»Koblenz, nicht verpartnert«, sagte Sabine mit einem kecken Seitenblick zu Paul.

»Aachen, da wohnt auch meine Freundin«, antwortete Martin. »Und ich frage mich gerade, was sie *hiervon* halten würde.«

»Du musst es ihr ja nicht erzählen«, antwortete Stephan.

»Wir erzählen uns immer alles.«

»Schön blöd.«

»Also weißt du«, kam es nun von Melanie. »Das ist doch wohl normal in einer Beziehung.«

»Finde ich nicht. Man muss auch Geheimnisse haben können.«

»Na, da bin ich ja froh, dass du nicht mein Freund bist.«

»Die Gefahr hätte ohnehin nicht bestanden.« Stephan nahm seine Karten auf und grinste, als sei das nur ein Scherz gewesen. Eva fand das daneben, aber sie sagte nichts, während Melanie nur mit den Schultern zuckte.

»Ich bin aus Dortmund«, sagte Stephan nur.

»Und nicht verpartnert«, ergänzte Sabine, ehe er weitersprechen konnte.

Die anderen lachten, und Stephan stimmte ein, wirkte aber ein wenig vergrätzt.

»In der Nähe von Koblenz, aber das wusstet ihr ja eh schon.« Paul warf einen kurzen Blick in seine Karten. »Nicht verpartnert.«

»Bonn«, kam es nun von Chris. »Seit Kurzem nicht mehr verpartnert.«

»Hat sie sich getrennt oder du?«, wollte Sabine wissen.

»Beidseitig, es hat nicht mehr gepasst.«

»Hennef«, kam es nun von Annemarie. »Nicht verpartnert.«

»Königswinter«, sagte Eva.

Es ging los. Die Regeln waren abgeändert worden, sodass nur derjenige ein Kleidungsstück ablegen musste, der die schlechtesten Karten hatte. In der ersten Runde war das Martin, in der zweiten Sabine. Eva atmete jedes Mal erleichtert auf.

»Möchte jemand etwas trinken?« Stephan zog eine Flasche Wein hervor, die er mitgebracht hatte. Paul holte Gläser, und bis auf Eva und Melanie, die nur Limonade wollten, ließen sich alle Wein einschenken. Es ging in die nächste Runde, und während die Gläser sich immer wieder füllten und mehr oder weniger rasch leerten – vor allem Stephan war gut dabei –, fiel auch ein Kleidungsstück nach dem anderen.

Nachdem sie anfangs Glück gehabt hatte, verlor Eva mehrere Runden nacheinander und legte erst die Ohrringe ab, dann streifte sie nacheinander die Sandalen von den Füßen. Einige weitere Runden waren dann andere an der Reihe. Paul trug noch seine Jeans, Martin T-Shirt und Unterhose, Stephan ebenfalls, Chris hatte bisher nur seine Strümpfe abgestreift, Sabine war in schicken Dessous, Annemarie hatte Hose und Hemdchen an, und Melanie trug ihr Kleid. Als Eva wieder verlor, musste sie ihr Kleid ausziehen, und ihr war zutiefst unbehaglich zumute, als sie nur ihr Hemdchen anhatte. Nun gut, dachte sie, was anderes als der Badeanzug war das auch nicht, nur war der schicker als ihr schlichter weißer BH und der Slip mit dem Streublümchenmuster. Sie hatte das Hemdchen so runtergezogen, dass man es nicht sah und hoffte, dass das Spiel den anderen bald langweilig werden würde.

Anfangs hatten sich die Gespräche noch um ihre Heimatstädte und Familien gedreht, aber inzwischen war die Stimmung aufgeheizt, es wurde gelacht und gejohlt, wenn jemand verlor. Jetzt war Paul an der Reihe, der augenverdrehend seine Jeans abstreifte. Danach musste Melanie ihr Kleid ausziehen, Annemarie streifte ihre Hose ab, und als Sabine verlor, öffnete sie zwanglos ihren BH. Eva spürte, wie sie an ihrer Stelle rot wurde. Auch Martin stieg das Blut ins Gesicht, und er vermied es, hinzusehen. Die nächste Runde verlor Eva, und sie rang mit sich.

»Na los«, sagte Stephan. »Das niedliche, keusche Höschen haben wir ohnehin schon gesehen.«

Eva griff nach ihrem Kleid und spürte, wie ihr Gesicht noch heißer wurde. »Ich steige aus.«

»Jetzt sei doch keine Spielverderberin«, sagte Melanie. »Sabine hat noch weniger an, und Paul sitzt auch oben ohne da.«

»Und?« Eva zog ihr Kleid über und fühlte sich nun wieder deutlich wohler.

»Aber es hat doch gerade so viel Spaß gemacht«, wandte Chris nun ein.

»Ihr könnt ja auch ohne mich weiterspielen.«

»Wenn du danebensitzt und zuschaust, ist es ja auch irgendwie blöd«, sagte Stephan.

»Keine Sorge, ich gehe rüber.«

»Jetzt lasst sie doch«, antwortete Paul.

»Eben«, pflichtete Sabine ihm bei. »Das ist ihre Entscheidung. Und ich gestehe, meine Grenze ist auch erreicht, in der nächsten Runde wäre ich ausgestiegen.«

»Du bist ja auch schon ziemlich weit gegangen.« Stephans Wangen waren gerötet, offenbar hatte er bereits ein paar Gläser Wein zu viel. Mit glasigen Augen wandte er sich an Eva. »Jetzt sei doch nicht so prüde. Du warst doch verheiratet, oder hast du dich vor deinem Mann auch so geziert, dich auszuziehen?«

Eva starrte ihn an. Ihr schossen die Tränen in die Augen.

»Was bist du nur für ein Idiot?«, brauste Annemarie auf und erhob sich, um sich anzuziehen. »Ich mache auch nicht mehr mit.«

»Das war ja wohl völlig daneben«, sagte Chris, und Paul stand nun ebenfalls auf.

»Das war's für mich, ich bin ebenfalls raus. Eva? Eva, warte doch.«

Aber sie hatte bereits ihre Sandalen geschnappt und lief barfuß aus dem Zimmer.

»Toll hingekriegt«, hörte sie Sabine noch sagen, ehe sie die Tür hinter sich zuzog. Sie eilte zur Treppe, streifte sich die Sandalen über und ging rasch hinunter. Sie musste raus an die frische Luft, um wieder einen klaren Kopf zu bekommen.

Die Haustür war noch unverschlossen, und Eva zog sie auf, trat ins Freie und atmete in langen Zügen die milde Abendluft. Die Dämmerung hatte gerade eingesetzt, und das letzte Tageslicht sammelte sich in goldenen Farbtupfern auf dem Hof, während die Schatten langsam näher rückten. Eva zog die Tür hinter sich zu und ging zur Ulme, kramte dabei in ihrer Rocktasche, fand aber nur ihr Feuerzeug. Die Zigaretten hatte sie vermutlich in Pauls Zimmer verloren. Sie ließ das Feuerzeug zurückgleiten und tat einen langen, zittrigen Atemzug, während sich eine Träne aus ihrem Augenwinkel löste und über ihre Wange rann.

Warum hatte sie da auch mitgemacht? Sie hatte von Anfang an kein gutes Gefühl bei der Sache gehabt, geschweige denn Spaß. Peter, dachte sie, und nun löste sich eine weitere Träne. Sie war über den stechenden Schmerz hinweg, den sein Tod gerissen hatte, die klaffende Wunde hatte sich geschlossen und schmerzte nur hin und wieder. Jetzt jedoch fühlte sie sich wundgerieben an, als hätten Stephans Worte die Erinnerung an ihn besudelt. Was hatte er sich überhaupt dabei gedacht? Das Ganze ging ihn überhaupt nichts an. In Evas Traurigkeit mischte sich Wut, die leichter zu ertragen war.

Als sie eine Bewegung wahrnahm, blickte sie auf und sah Paul über den Hof kommen. Er kramte in seiner Tasche, und als er bei ihr angekommen war, hielt er ihr ein Päckchen hin, aus dem eine Zigarette herausstand. Sie griff danach, zog ihr Feuerzeug hervor und schnippte eine Flamme auf. Rasch tat sie den ersten Atemzug, dann den nächsten, und langsam beruhigte sie sich. Immer noch schweigend stand Paul neben ihr, schließlich sah sie ihn an.

»Rauchst du nicht?« Ihre Stimme klang rau, und sie räusperte sich.

»Ich versuche, eine bestimmte Anzahl am Tag nicht zu überschreiten.«

Eva lachte, und es kippte in ein Schluchzen. Rasch nahm sie einen weiteren Zug und fuhr sich mit der freien Hand über die Augen.

»Es tut mir so leid«, sagte Paul.

»Du kannst ja nichts dafür.«

»Stephan hat zu viel getrunken, aber das entschuldigt so ein Verhalten nicht.«

Eva wollte nicht mehr über die Sache sprechen und zuckte nur mit den Schultern.

»Sabine hat ihm ordentlich den Kopf gewaschen, und Chris war auch ziemlich sauer.«

Eva nickte und rauchte auf, dann drückte sie den Stummel in dem sandgefüllten Kübel aus.

»Ich …« Paul zögerte. »Ich weiß, das ist vielleicht nicht der passende Augenblick, und wenn du nicht dazu bereit …«

»Lass uns zusammen ausgehen«, fiel Eva ihm ins Wort und beendete damit das Herumgestammel.

Er wirkte überrascht, dann hoben sich seine Mundwinkel zu einem breiten Lächeln. »Kommenden Samstag?«

»Da muss ich nach Hause, aber am Wochenende danach?«

»Samstag?«

»Passt sehr gut.«

»Essen und danach Tanzen?«

»Wunderbar.«

Paul strahlte. »Dann ist es abgemacht.«

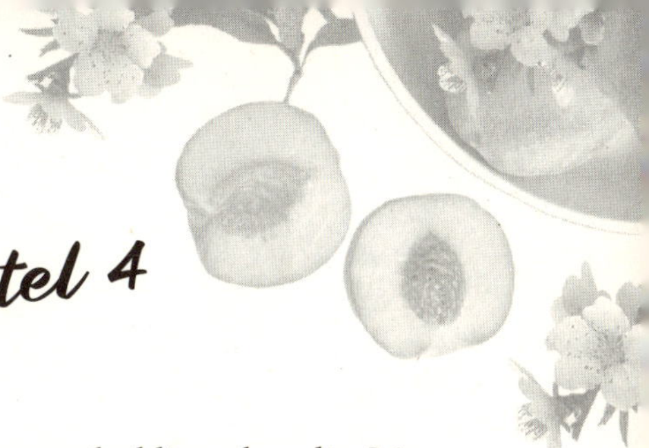

Kapitel 4

Stephan hatte sich bei ihr entschuldigt, aber die Stimmung zwischen ihnen allen blieb seither gedrückt. In den letzten zehn Tagen hatten sie zusammen gelernt, gekocht, hatten in Gruppen gearbeitet, beim Essen gescherzt und gelacht, und dennoch spürte Eva eine gewisse Befangenheit zwischen ihnen. Ob nur ihr das so ging?

Am kommenden Tag würde sie mit Paul nach Köln fahren und freute sich schon unbändig darauf. Es war so lange her, dass sie ausgegangen war. Als sie ihrer Mutter am Telefon davon erzählte, hatte auch die ihre Freude kaum verbergen können.

»Ich habe so sehr gehofft, dass du dich wieder ins Leben stürzt«, hatte sie gesagt.

»Vom Reinstürzen bin ich noch weit entfernt, aber ich freue mich auf einen schönen Abend«, war Evas Antwort.

Die Auszubildenden fuhren fast alle am Wochenende nach Hause, und Eva war meistens tatsächlich froh über etwas Abstand. Sie musste durchatmen und genoss es, in ihrem vertrauten Umfeld zu sein. Irgendwann würde sich das vermutlich ändern, dann würde sie sich darauf freuen, die Wochenenden in der Schule zu verbringen, sie würden Freundschaften schließen und gemeinsam etwas unternehmen. An diesem Samstag würde sie allerdings nach ihrem Abend mit Paul hierher zurückkehren, denn sie hatte keine Lust darauf, dass ihre Eltern sie nachts, wenn sie heimkehrte, fragten, wie es gelaufen sei.

Jetzt stand sie in der großen Küche, und es galt, unter Frau Weitzmanns Anleitung, Gemüsebratlinge zuzubereiten. Das kannte Eva bereits, denn es war die perfekte Art der Restezubereitung. In ihrem Haushalt war so wenig weggeworfen worden wie möglich. Alles, woraus sich noch ein Gericht oder eine Beilage zubereiten ließ, wurde verwertet. Sie vermengte fein gehacktes Gemüse mit durch ein Sieb gestrichenen Kartoffeln, gab Salz, Eier und geriebene Zwiebel dazu. Schließlich kam noch so viel Semmelmehl in die Masse, dass ein geschmeidiger Teig entstand, den sie einmal durchknetete und schließlich zu Klößen formte, diese platt drückte und in heißem Fett briet. All das war nun wirklich keine Herausforderung, obwohl sie bemerkte, dass sich Melanie etwas schwertat mit der Konsistenz und Stephans durch zu viel Semmelmehl fast zerfielen beim Braten.

Sabine ging ebenso routiniert daran wie Eva, und auch Annemarie zeigte sich geschickt. Pauls Ergebnis war solide, Martins wiederum ziemlich gut. Chris tat sich etwas schwer damit, die richtige Temperatur zum Anbraten zu finden, und so war das Fett erst nicht heiß genug, um dann beim nächsten Versuch zischend zu spritzen, was der neben ihm stehenden Annemarie einen Schmerzensschrei entriss.

»Pass doch auf.«

»Entschuldige bitte.« Rasch stülpte Chris einen Deckel auf die brutzelnde Pfanne.

»Der Vorteil dieser Art von Gemüsezubereitung liegt darin, dass die Kombination der Zutaten den Nährwert des Gerichtes erhöht und das Gemüse durch die Zubereitung einen neuen Geschmacksanreiz bekommt. Zudem sorgt es für Abwechslung in der vegetarischen Küche und kann gut anstelle von Fleisch gereicht werden«, erklärte Frau Weitzmann.

»Vielleicht, wenn man Karnickel bewirtet«, witzelte Chris, woraufhin Melanie, Stephan und Martin lachten.

»Sie sind amüsiert«, sagte Sabine Weitzmann, »aber nur, weil Sie offenbar die Reichhaltigkeit einer ausgewogenen vegetarischen Küche nicht kennen. Die wenigsten Leute haben jeden Tag Fleisch auf dem Tisch, aber Sie müssen ja nicht mit Salat und Steckrübeneintopf vorliebnehmen«, fügte sie scherzhaft hinzu.

Die Bratlinge brutzelten in den Pfannen, und ein aromatischer Duft breitete sich aus. Als Beilage gab es Salat, bei denen sie selbst kreativ werden durften. Eva entschied sich für einen einfachen Kopfsalat, den sie mit Radieschen und Kresse verfeinerte. Was sie an diesem Vormittag zubereiteten, würde es später zu Mittag geben. Dieser Brauch war laut Broschüre schon früh eingeführt und beibehalten worden. In der Patisserie und Kaffeeküche bereiteten die Auszubildenden des dritten Jahrgangs den Nachtisch sowie das Gebäck für die Kaffeestunde vor.

Eva freute sich darauf, wenn sie im zweiten Jahrgang ihre Ausbildung im Restaurant fortsetzten. Es gab drei in Köln, auf die sich die Auszubildenden aufteilten, wobei die Aufteilung von Anita Hesse vorgenommen wurde. Das würde bestimmt eine sehr spannende Zeit werden, ihr erster Ausflug in die Berufswelt. Während Eva das Dressing anrührte, stellte sie sich vor, wie sie in die gehobene Gastronomie ging.

»Das sieht fantastisch aus«, sagte Paul.

»Danke. Dein Salat aber auch.« Er hatte sich für Endivien mit einer raffinierten Salatsoße entschieden.

Sabine blickte auf und sah sie an, dann widmete sie sich wieder ihrem Salat. Da ihr nicht entging, wie interessiert Sabine an Paul war, hatte Eva ein schlechtes Gewissen, auch wenn sie wusste, dass das Unsinn war. Er konnte ja selbst entscheiden, mit wem er Zeit verbringen wollte, und niemand von ihnen hatte ein Eigentumsrecht an ihm. Momentan hatte Eva auch gar nicht die Absicht, sich wieder zu binden, sie genoss es einfach, Zeit mit ihm zu verbringen, und wollte abwarten, wie sich alles entwickelte.

Nachdem alles servierfertig angerichtet war, hängte Eva ihre Schürze auf und verließ mit den anderen die Küche. Annemarie war genervt, weil sie einen Fettspritzer auf ihrem Kleid hatte.

»Fällt gar nicht auf«, sagte Melanie.

»Es stört mich aber schon zu wissen, dass er da ist.« Annemarie sah auf die Uhr. »Ich ziehe mich schnell um.«

Stephan scherzte mit Chris, und Eva hörte Melanie und Sabine mitlachen. Sie war nach wie vor nicht gut auf ihn zu sprechen. Als Entschuldigung hatte er vorgeschoben, zu viel getrunken zu haben. Doch wenn man nichts vertrug, dann trank man eben nicht oder deutlich weniger. Vielleicht wäre sie nachsichtiger gewesen, wenn er nicht ausgerechnet ihren wunden Punkt getroffen hätte. Es stand ihm nicht zu, so über Peter zu sprechen, und erst recht nicht, über die Intimität mit ihm zu spekulieren.

Sie ging mit Paul zum Speisesaal, dessen Türen bereits offen standen. Es war noch niemand da, aber da es nicht verboten war, sich schon vorher einzufinden, blieben sie. Es war an diesem Tag ohnehin nicht so einladend draußen, es hatte den ganzen Vormittag geregnet, und jetzt war es grau und matschig, dafür aber immerhin noch warm. Peter hatte Sommerregen geliebt, eine Leidenschaft, die sie nicht mit ihm geteilt hatte, und so war er stets allein bei diesem Wetter spazieren gegangen. Im Nachhinein bereute sie das. Hätte sie sich doch nur dazu aufraffen können, mit ihm zu gehen. Wenn sie damals geahnt hätte, wie wenig Zeit sie miteinander haben würden, hätte sie alles viel mehr ausgekostet.

Ihre Mutter hatte versucht, sie von diesen Gedanken abzubringen.

»Willst du dich bei deinem nächsten Mann immer verbiegen und Dinge tun, die du nicht magst, nur für den Fall, dass er womöglich zu früh von dir geht?«

Rational gesehen stimmte das natürlich, aber Eva geriet immer wieder in diese Fahrwasser aus Trauer und Reue wegen verpasster Gelegenheiten.

»Ist alles in Ordnung?«, fragte Paul.

Sie blickte auf, schluckte und brauchte zwei Anläufe, um ein »Ja« herauszubringen.

Er hakte nicht nach, schien zu ahnen, was mit ihr los war. Im Gegensatz zu den meisten anderen wirkte er nicht unbehaglich angesichts ihrer Traurigkeit, sondern lächelte aufmunternd und ließ sie schweigen.

Der Besucher traf nachmittags ein, als Inga gerade Martha und Finja half, ihre selbst getöpferten Schalen zu glasieren. Sie blickte auf, als er das Esszimmer betrat, wo sie mit den Kindern am Tisch saß.

»Lennart?« Inga krauste die Stirn. »Wo kommst du denn her? Wer hat dich reingelassen?«

»Dir auch einen schönen Tag, Cousinchen.« Lennart lächelte entwaffnend. Streng genommen war er Joshs Cousin, nicht ihrer. »Eure Haushälterin hat mir die Tür geöffnet. Offenbar war ihr nicht klar, dass sie das nicht durfte.« Er hatte die Stimme am Satzende angehoben und ließ es halb als Frage ausklingen.

»Natürlich darf sie das, sei nicht albern.«

Martha winkte ihm zu. »Hallo, Onkel Lennart.«

»Hallo, Prinzesschen.«

Finja gönnte ihm nur einen kurzen Blick und widmete sich wieder dem Glasieren, das sie mit höchster Konzentration betrieb. Ihre Stirn war gekraust, und ihre Zungenspitze zeigte sich im Mundwinkel.

Unter Marthas neugierigem Blick erhob Inga sich. »Was führt dich denn so unangekündigt hierher?«

»Ich wollte euch fragen, ob ich eine Zeit lang hier unterkommen kann?«

Inga sah zu Martha, dann senkte sie die Stimme. »Hast du was ausgefressen?« Wundern würde es sie nicht.

»Bin ich fünf? Nein, natürlich nicht. Ich hatte nur ein paar, hm, Probleme mit meinem letzten Arbeitgeber. Daraufhin habe ich meine Wohnung verloren und bekomme ohne Arbeit keine neue.«

»Verstehe. Und da dachtest du, du könntest kostenfrei bei Josh wohnen?«

Zwischen Lennarts Brauen erschien eine kleine Falte. »Nun, ich bin durchaus bereit, mich dafür erkenntlich zu zeigen, und allzu lange würde ich auch nicht bleiben. Aber wenn es dir nicht passt, kann ich mein Lager auch auf der Landstraße aufschlagen. Oder unter einer Brücke in Köln.«

»Rede doch nicht so einen Unsinn.« Dass er und Inga sich nicht besonders gut verstanden, war für Josh kein Geheimnis, aber sie würde nicht verlangen, dass er einen Verwandten vor die Tür setzte. Zwar waren er und Lennart auch nicht die besten Freunde, aber sie verband eine Vertrautheit aus Kindertagen, und so würde er fraglos helfen.

»Josh ist erst heute Abend zu Hause.«

»Darf ich so lange hier warten?«

»Vor die Tür setzen werde ich dich wohl kaum.«

»Ich danke dir vielmals, Cousinchen.«

Inga verdrehte die Augen. »Wo ist dein Gepäck?«

»Unten in der Halle. Ich wollte dich nicht so überfallen.«

Als ob sie sich durch seinen überraschenden Besuch so weniger bedrängt fühlte. »Ich bereite das Gästezimmer vor, du kannst dann später mit Josh darüber sprechen, wie es weitergeht.«

»Vielen Dank«, sagte er ein weiteres Mal.

Sie verließ das Esszimmer und bedeutete ihm, ihr zu folgen. Das Gästezimmer war ein hübscher Raum mit Blick in den Garten. Früher einmal war es das Zimmer von einer der Lehrerinnen gewesen aus der Zeit, als das Lehrpersonal noch hier gewohnt hatte. Hier stand noch die Einrichtung von früher, der Raum war nur modern tapeziert worden, und es lag ein heller Teppich auf dem Boden. Es war eine ansprechende Kombination alter Möbel aus der Vorkriegszeit und der Moderne. Lennart sah sich um und lächelte.

»Wunderbar. Ich hole meinen Koffer.«

»Tu das.«

»Gibt es noch das Restaurant in der Nähe?«

»Ja, aber du darfst natürlich gern bei uns mitessen.«

»Ich möchte keine Umstände machen.«

»Ist schon gut.« Sie ließ ihn allein und ging zurück ins Esszimmer zu den Mädchen. Dass Lennart da war, würde hoffentlich keine Unruhe mit sich bringen. Sein Leben hatte etwas Unbeständiges, und er brachte es nicht fertig, länger an einem Ort zu bleiben oder eine Arbeitsstelle zu behalten. Dabei war es nicht so, dass er unfähig war, im Gegenteil, er war ein kluger Kopf. Aber er ließ sich ungern etwas sagen und wusste nicht, wann man einfach mal still sein sollte. Auf diese Weise hatte er mehrere Arbeitgeber vergrätzt.

Sie sah auf die Uhr. Josh hatte in zwei Stunden Feierabend, und eigentlich müsste sie selbst auch noch an den Schreibtisch und die Buchhaltung machen. Außerdem gab es bereits jede Menge neue Bewerber, da galt es, die Anschreiben zu sichten. Nachdem endlich alles zur Zufriedenheit der Kinder glasiert war, packten sie zusammen, und Inga stellte die Schüsseln zum Trocknen auf die Fensterbank, während die Kinder aufräumten. Danach ging sie, um ein feuchtes Tuch zu holen und den Tisch abzuwischen.

»Spielt noch ein bisschen zusammen«, sagte sie, und die Mädchen verließen den Raum. Kurz darauf hörte sie die Tür zu Marthas Zimmer ins Schloss fallen. Sie ging in ihr Arbeitszimmer, nahm sich die Buchhaltung vor und unterbrach nur kurz, um sich aus der Küche eine Tasse Kaffee zu holen. Auf der Anrichte stand noch Nusskuchen, der von der Kaffeestunde übrig geblieben war, und sie schnitt sich ein Stück ab, legte es auf einen Teller und verließ die Küche. Der junge Thiemann kam ihr entgegen und grüßte höflich. Wirklich ein angenehmer Mann, aber seine Eltern waren ja auch überaus nette Menschen. Inga und Josh hatten ihren ersten Hochzeitstag im Mosel-Restaurant Thiemann verbracht.

Wieder zurück am Schreibtisch vergrub Inga sich in der Arbeit, bis Josh den Kopf zur Tür hineinsteckte. »Störe ich?« Er zwinkerte ihr zu.

Sie sah auf die Uhr, erstaunt, wie schnell die Zeit vergangen war. »Was für eine Frage.« Sie stand auf, ging zu ihm, schlang ihm die Arme um den Hals und küsste ihn. »Wie war dein Tag?«

»Anstrengend, wir haben einen neuen Abteilungsleiter, der viele gute Ideen hat, aber gegen Wände läuft, weil unsere Führungsebene lieber am Althergebrachten festhält. *Was damals gut war, kann heute nicht schlecht sein.*« Er hatte die Stimme verstellt zu dem tiefen Bariton seines Vorgesetzten. »Na ja, du kennst es ja.«

»Allerdings.« Ingas Mutter war genau von diesem Schlag. »Wir haben übrigens Besuch. Lennart ist hier.«

Josh hob die Brauen. »Ach was? Einfach so?«

»Er sagt, er hätte seine Arbeit und auch seine Wohnung verloren.«

»Ach je.« Josh seufzte. »Ich möchte einmal erleben, dass der Kerl keinen Ärger hat. Wo ist er jetzt?«

»Ich habe ihn im Gästezimmer untergebracht.«

Er küsste sie. »Ich danke dir.«

»Das war doch selbstverständlich.«

»Sind Anita und Arno noch hier?«

»Ja, die Mädchen spielen in Marthas Zimmer.«

»Dann lass uns mit ihnen zu Abend essen. Und danach kümmern wir uns um Lennart.« Wieder küsste er sie, und Inga stimmte zu.

Annemarie hatte zum Abendessen nur wenig zu sich genommen, sie war nicht hungrig, was vermutlich an ihrer Unruhe lag. Obwohl sie gern hier war und unbedingt lernen wollte, machte ihr der eng getaktete Tagesablauf zu schaffen. Das Wochenende zu Hause hatte sie wirklich genossen, obwohl da immer der Gedanke im Hinterkopf geblieben war, dass sie sich ab Montag wieder den Regeln hier unterwerfen musste. Hinzu kam, dass sich nach dieser unseligen Pokerrunde die Stimmung zwischen ihnen verschlechtert hatte. Stephan konnte wirklich nett sein, aber Annemarie hatte dieser fiese Ton erschreckt, in dem er mit Eva gesprochen hatte.

Als die anderen sich nach dem Essen im Haus aufteilten, ging Annemarie hinaus, um noch ein bisschen frische Luft zu schnappen. Endlich hatte es aufgehört zu regnen, und sie atmete das erdige Aroma in einem tiefen Zug ein. Sie hatte sich Gummistiefel angezogen sowie ihre Regenjacke, und kurz überkam sie der Drang, wie ein Kind in Pfützen zu springen. Sie schob die Hände in die Jackentaschen, ging die Treppe hinunter und bemerkte erst jetzt den Mann, der an die Hauswand gelehnt stand und eine etwas altmodisch wirkende Pfeife rauchte. Sie fuhr zusammen, und er hob entschuldigend eine Hand.

»Es tut mir leid, ich wollte Sie nicht erschrecken.«

»Schon gut. Sind Sie der Gärtner?« Annemarie hatte gehört, dass dieser in den nächsten Tagen kommen wollte.

Der Mann grinste. »Leider nicht. Ich bin der Cousin von Jochen Heinthal, dem Mann von Inga.«

»Ah, verstehe.« Der Mann war einen halben Kopf größer als sie, hatte rotbraunes Haar und war auf eine interessante Art attraktiv. Nicht besonders gut aussehend, aber doch irgendwie anziehend mit seinem Lächeln und der Art, die Worte zu modulieren.

»Und Sie sind eine der Auszubildenden, nehme ich an.«

»Das zu erraten war jetzt wirklich nicht besonders schwer.«

»Eine intellektuelle Herausforderung war es nicht, das stimmt.« Er paffte an seiner Pfeife.

»Sie könnten raten, in welchem Jahrgang ich bin, das wäre herausfordernder.«

Jetzt lachte er. »Und bietet viele Möglichkeiten für Fettnäpfchen.«

Sie stimmte in das Lachen ein. »Das will ich nicht leugnen.«

Die Tür ging auf, und der Mann von Inga Heinthal trat hinaus. Annemarie war ihm nur wenige Male begegnet, aber sie fand, dass er eine sehr sympathische Ausstrahlung hatte. Er wünschte ihr freundlich einen guten Abend und wandte sich an den Fremden.

»Lennart? Auf ein Wort?«

Der Mann nickte. »Klar.« Dann wandte er sich an Annemarie, zwinkerte ihr zu und ging die Treppe hinauf.

Das war auch Herrn Heinthal offenbar nicht entgangen. »Wehe dir«, hörte sie ihn sagen, ehe die Tür hinter den beiden Männern ins Schloss fiel.

Annemarie sah ihnen nach, dann ging sie über den Hof zum Torbogen. Inzwischen hatte sich eine rotgoldene Abendsonne zwischen den Wolken hervorgewagt und tauchte den Hof in ein warmes Licht, das vom nassen Pflaster reflektiert wurde, sodass Annemarie blinzeln musste. Sie trat hinaus auf die Allee. Ein Spaziergang würde ihr helfen, den Kopf freizubekommen. Irgendwie musste sie ihren Antrieb wiederfinden, der sie hierhergeführt hatte. Am Wochenende hatte ihre Schwester bereits mit einem spöttischen Lächeln gefragt, ob sie womöglich schon genug hatte. Und das nur, weil Annemarie beklagt hatte, dass sie immer so früh aufstehen müsste.

»Nun, willkommen im Arbeitsleben, meine Liebe«, hatte ihre Schwester geantwortet.

Langsam spazierte Annemarie über die Allee, hin und wieder kam ihr ein Auto entgegen, aber ansonsten war sie allein. An der Bushaltestelle, die dahinter lag, saßen zwei junge Männer, einer in ein Buch vertieft, der andere lümmelte mit gelangweilter Miene auf der Bank herum. Er warf ihr einen Blick zu, der vermutlich flirtend sein sollte, aber Annemarie ignorierte ihn und ging weiter.

»Hey, Rotschopf!«, rief er ihr nun hinterher, und sie drehte sich um.

Der andere Mann sah von seinem Buch auf und gab dem neben ihm sitzenden einen Klaps gegen den Hinterkopf. »Lass den Blödsinn.« Er sah Annemarie an. »Entschuldigen Sie bitte.«

Annemarie nickte und setzte ihren Weg fort. Ein Bus

fuhr an ihr vorbei, und als sie sich auf den Rückweg machte und wieder an der Haltstelle vorbeikam, waren die beiden Männer verschwunden. Wolken hatten die Sonne bereits wieder geschluckt, und die ersten Regentropfen klatschten schwer auf den Asphalt. Seufzend zog Annemarie die Kapuze über den Kopf. Aus den Tropfen wurde ein Schauer, und als Annemarie endlich die Schule erreichte, war sie tropfnass. Sie betrat das Haus und streifte sich die Stiefel ab, um keine nassen Abdrücke auf dem Marmorboden zu hinterlassen.

Auf dem Weg zu den Wohnquartieren schob sie sich die Kapuze vom Kopf und schauderte, als ihr kalte Tropfen in den Nacken rannen. Sie öffnete die Tür zum Treppenhaus und lief rasch hoch, um endlich aus den nassen Sachen zu kommen. In ihrem Zimmer saß Eva am Schreibtisch und war gerade dabei, einen Brief zu verfassen. Als Annemarie eintrat, blickte sie auf und lächelte.

»Oje, bist du in den Regenguss gekommen?«

»Ja, auf den letzten Metern.« Annemarie zog eine Grimasse und schälte sich aus den nassen Sachen. »Ich bin vorhin einem Verwandten der Heinthals begegnet.«

»Ach ja? Wer soll das sein? Ein geheimnisvoller Fremder?«

Annemarie musste lachen. »Ich glaube, er ist heute erst angekommen. Ein Cousin, wenn ich mich richtig erinnere.«

Sie schlüpfte in ihren Schlafanzug. So spät war es zwar noch nicht, aber sie wollte lieber früh ins Bett, um am kommenden Tag nicht wieder so müde zu sein.

»Wir treffen uns nachher noch bei Paul, kommst du nicht mit?«, fragte Eva.

»Nein, ich bin unglaublich müde.« Wie zum Beweis musste Annemarie gähnen.

Eva streckte sich und gähnte ebenfalls. »Ich auch, aber

mir fehlt noch die nötige Bettschwere. Außerdem ist es noch nicht einmal acht.«

Annemarie gähnte erneut. »Ich glaube, das ist mir heute egal.«

»Na dann hab eine gute Nacht.« Eva faltete den Brief zusammen, steckte ihn in ein Kuvert und erhob sich. »Ich sehe zu, dass ich ganz leise bin, wenn ich zurückkomme.«

»Keine Sorge, wenn ich schlafe, schlafe ich.« Annemarie nahm ihre Kulturtasche von der Fensterbank und warf einen Blick hinaus in den Hof. Sie sah den Fremden von vorhin zusammen mit Josh Heinthal über den Hof gehen. Sie schienen über irgendetwas heftig zu diskutieren.

»Was gibt es denn da zu sehen?«, kam es von Eva.

Annemarie wandte sich vom Fenster ab. »Ach, nichts weiter.« Mit dem Kulturbeutel in der Hand verließ sie das Zimmer.

Kapitel 5

Diesen Samstag fuhren alle aus ihrem Jahrgang nach Hause, nur Eva und Paul entschieden sich zu bleiben, weil sie abends nach Köln fahren wollten.

Außer ihnen blieben noch einige Auszubildende aus dem zweiten und dritten Jahr übers Wochenende in der Schule. Es gab einen Schlüssel, der unter einem Blumenkübel neben der Eingangstür hinterlegt wurde. Neben der Haustür hing eine Liste, in der sich alle eintrugen. Wer als Letzter heimkam, nahm den Schlüssel mit hinein und schloss ab. Mariella Weiß hatte ihnen erzählt, dass mehrere Systeme ausprobiert worden waren und dieses sich als einziges bewährt hatte.

»Voraussetzung ist natürlich, dass alle zuverlässig sind. Wir hatten auch schon Fälle, da sind die Leute einfach über Nacht bei Freunden geblieben oder einmal war jemand zu betrunken, um sich auszutragen. Der hat noch nicht mal die Tür geschlossen, da war morgens was los, das könnt ihr euch vorstellen.«

An diesem Abend trug Eva ein hübsches blau gemustertes Kleid und silberne Sandalen. Das Haar ließ sie offen, sodass es ihr in weichen Wellen auf die Schultern fiel. Sie hängte sich ein kleines Täschchen über die Schulter und verließ ihr Zimmer. Paul wartete in der Halle auf sie, gekleidet in schwarze Schlaghosen und ein grün-schwarz gemustertes Hemd, dessen Ärmel er bis zur Mitte der Unterarme aufgekrempelt hatte. Er schenkte ihr ein bewunderndes Lächeln.

»Du kannst dir nicht vorstellen, wie ich mich auf den Abend mit dir gefreut habe«, sagte er.

»Mir geht es ähnlich«, gestand sie. »Ich war schon so lange nicht mehr abends aus.«

»Nehmen wir meinen Wagen?«

»Gern.«

Er öffnete ihr die Tür und ließ ihr den Vortritt. Über dem Hof lag das goldene Licht der Spätsonne, die lange Schatten warf und die nahende Dämmerung ankündigte. Sie steuerten auf Pauls weißen Benz zu, der im Schatten der Mauer parkte. Es war ein schöner Wagen mit eleganten Ledersitzen. Im Grunde genommen waren Autos Eva egal, Hauptsache, sie hatten vier Räder und brachten sie, wohin sie wollte. Aber dieser Komfort war durchaus angenehm. Sie ließ sich in den Sitz sinken und seufzte leise.

»Alles in Ordnung?«, fragte Paul, als er den Schlüssel in die Zündung steckte.

»Ja, ich bin nur gerade so entspannt und freue mich auf den Abend.«

Wieder lächelte er, drehte den Schlüssel, und brummend erwachte der Motor zum Leben. Paul setzte rückwärts aus der Parklücke und lenkte den Wagen über den Hof auf die Landstraße. Dort beschleunigte er, und die Landschaft flog an ihnen vorbei. Gewohnheitsgemäß warf Eva einen Blick auf den Tacho und stellte fest, dass die Geschwindigkeit sich im Rahmen hielt. Das war gut, sie konnte Raser nicht ausstehen.

»Hast du eigentlich Geschwister?«, fragte Eva.

»Zwei ältere Schwestern. Und du?«

»Einen Bruder und zwei Schwestern, alle jünger als ich. Arbeiten deine Schwestern denn auch bei euch im Restaurant?«

»Unsere Eltern sind der Meinung, dass das ausschließlich meine Aufgabe sei. Als Mann bin ich automatisch ihr Haupterbe. Meine Schwestern hatten allerdings ohnehin kein Interesse daran, sich im Restaurantfach oder als Köchinnen ausbilden zu lassen. Die eine hat Mathematik studiert und ihren Professor geheiratet, die andere ist Hausfrau und Mutter, ihr Mann ist Lehrer am Gymnasium. Eigentlich hatte sie auch angefangen, auf Lehramt zu studieren, aber dann hat sie sich verliebt, das Studium abgebrochen und zwei Kinder zur Welt gebracht.«

»Ist sie zufrieden?«

»Ja, ich denke schon. Meine Eltern waren nicht so begeistert. Also, dass sie gern zu Hause bleiben wollte, fanden sie nicht so schlimm, aber das abgebrochene Studium haben sie ihr vorgehalten. Dass ihr Mann gut genug für beide verdient, wollen sie nicht gelten lassen. Immerhin weiß man ja nie, was die Zukunft bringt, und da sollte man irgendwas gelernt haben.«

»Da haben sie nicht unrecht. Ich stand ja auch plötzlich da und hatte keine Berufsausbildung. Für zwei Kinder hätte ich nicht sorgen können. Damals erschien mir das nicht so wichtig, aber inzwischen ist mir klar, dass man sich in eine sehr große Abhängigkeit begibt.«

»Das sehe ich ähnlich. Meine Schwester kann es ja halten wie sie will, und wenn es sie glücklich macht, Hausfrau zu sein, dann soll sie das tun. Aber so ganz ohne Perspektive ...«

Die Dämmerung senkte sich hinab, und der Himmel entfärbte sich langsam. Paul hatte das Licht eingeschaltet, und zwei Kegel beleuchteten die Fläche vor dem Wagen. Eva hatte den Kopf entspannt gegen die Lehne gelegt und genoss die Fahrt. Kurz überlegte sie zu fragen, ob sie rauchen dürfte, aber der Wagen roch nach Leder, und der Aschenbecher wirkte nicht, als sei er je benutzt worden, und so ließ sie es bleiben. Sie wollte ohnehin weniger rauchen. Nach Peters Tod hatte ihre Mutter sogar schon die Sorge geäußert, Eva könne zur Kettenraucherin werden.

»Hast du besondere Wünsche, wo du hinmöchtest?«, fragte Paul.

Sie wandte sich vom Fenster ab und ihm zu. »Ich kenne mich in Köln nicht besonders gut aus.«

»Dann weiß ich schon, wo wir hinkönnen. Tanzt du gern?«

»Ja, sehr. Ich war nur schon lange nicht mehr. Peter mochte lieber Standardtänze, für die war ich wiederum nicht so zu haben.«

Paul lachte. »Kann ich verstehen. Ich musste sie damals alle in der Tanzschule lernen.«

»Ich auch. Aber Spaß hatte ich daran nicht. Welche Musikrichtung magst du?«

»Breit gefächert, momentan höre ich am liebsten die Musik von Can.«

»Also sehr avantgardistisch.«

»Das stimmt. Und du?«

»Hm, Jazz mag ich, aber auch moderne Rockmusik.«

»Und was da am meisten?«

»The Who, Deep Purple, Pink Floyd und Led Zeppelin.«

»Beach Boys?«

»Ja, manches schon.«

Sie kamen in der von Straßenlaternen, Leuchtreklamen und Autoscheinwerfern erhellten Stadtmitte an. Die Straßen waren belebt, die Menschen brachen auf, um sich ins Nachtleben zu stürzen. Eva liebte es, weit mehr noch als Peter früher. Er war zwar gern ausgegangen, aber dann zog er ein schickes Restaurants oder einen abendlichen Spaziergang am Rhein einem Tanzlokal vor. Das hatte Eva auch gemocht, es war romantisch gewesen. Aber ein wenig hatte es ihr doch gefehlt, zu tanzen und zu feiern.

»Meine Eltern finden Rockmusik furchtbar«, erzählte Paul. »Für sie klingt sie nur obszön und laut, und die Männer mit den langen Haaren nennen sie abgewrackt.« Er lachte.

»Mein Vater sieht das ähnlich, meine Mutter ist aufgeschlossener. Ich hatte ein Poster von The Who im Zimmer hängen, das hätte mein Vater am liebsten abgerissen. Er hatte immer Sorge, ich könnte mir so einen Typen angeln. Bis ich dann Peter geheiratet habe und das Problem vom Tisch war. Mittlerweile traut er es mir wahrscheinlich nicht mehr zu, dass ich mit einem langhaarigen Rocker ankomme.« Sie lachte, ließ zum ersten Mal den Gedanken zu, dass sie nun wieder die Möglichkeit hatte, sich auf jemand Neues einzulassen.

»Ich habe mir eine Zeit lang die Haare etwas länger wachsen lassen, und meine Eltern hatten sofort Sorge, ich könnte bekifft in einer Hippie-Kommune enden.«

Eva lachte hell auf.

Es war immer noch angenehm warm, und Paul hatte einen Ellbogen auf das offene Fenster gestützt, mit der anderen Hand lenkte er den Wagen sicher durch den Verkehr. Im Vorbeifahren sah Eva die Werbung für den Sommerschlussverkauf bei Kaufhof und überlegte, ob sie es kommenden Samstag schaffte, hierherzukommen. Ihre Mutter hatte etwas von Besuch gesagt, aber nach Köln war es ja nicht weit. In der Woche schaffte sie es nicht. Wenn sie freihatte, waren die Geschäfte bereits geschlossen. Sie wollte gerade etwas sagen, als ein ohrenbetäubendes Scheppern erklang. Danach wurde alles dunkel.

Blaulicht flackerte gespenstisch, und Paul war umgeben von einem Pulk an Menschen, sowohl hilfsbereite als auch schaulustige. Die rechte Seite seines Wagens war so eingedrückt, dass es Paul nicht gelungen war, Eva über die Fahrerseite herauszuziehen. Er hatte lediglich mit zitternden Händen nach ihrer Halsschlagader gesucht und festgestellt, dass sie nur bewusstlos war. Jemand hatte von der Telefonzelle aus einen Krankenwagen und die Polizei geholt. Die Feuerwehr war hinzugerufen worden, um Eva aus dem Auto zu schneiden, während sich Sanitäter um den schockierten und benommenen Paul kümmerten.

Endlich war Eva befreit und auf eine Trage gelegt worden. Da er kein Angehöriger war, durfte er sie nicht ins Krankenhaus begleiten. Immerhin hatte man ihm gesagt, wohin sie gebracht wurde. Ein Sportwagen mit vier jungen Männern, offenbar in ausgelassener Partystimmung, war ungebremst in seinen Wagen gerast. Im Auto der vier Männer hatte die Polizei Alkohol gefunden. Dem Fahrer war jede Feierlaune vergangen, und er hatte mit seinen Freunden totenbleich dagestanden. Gerade traf ein weiterer schnittiger Wagen ein, und ein Mann im Anzug stieg aus, blaffte die Polizisten an, er sei Anwalt, und sein Sohn, der Unfallfahrer, sage jetzt nichts mehr ohne seine Anwesenheit. Zorn stieg in Paul auf, aber er mäßigte sich, wusste, ein Wutausbruch würde nichts bringen.

»Kann jemand Sie abholen?«

Paul wollte einwenden, er könne selber fahren, aber natürlich stimmte das nicht. Weder war er in der Verfassung, noch fuhr dieses Auto irgendwohin. »Darf ich denn gehen?«, fragte er.

»Natürlich. Wir melden uns bei Ihnen.« Der freundliche Beamte nickte ihm aufmunternd zu. »Sicher können Sie Ihre

Freundin morgen besuchen.« Er hatte mitbekommen, wie sehr Paul insistiert hatte, Eva begleiten zu dürfen.

»Ich habe ihn wirklich nicht kommen sehen.« Pauls Stimme brach, und er fragte sich wieder, ob er zu unaufmerksam gewesen war.

»Es ist nicht Ihre Schuld. Sie hatten grün. Das hat bisher jeder der Zeugen bestätigt. Machen Sie sich keine Vorwürfe, das hätten Sie unmöglich verhindern können.«

Paul nickte nur, dann ging er zur Telefonzelle und kramte ein paar Münzen hervor, um seine Eltern anzurufen.

Seine Mutter ging ans Telefon, und als er ihr den Unfall schilderte, war zwar zu hören, wie erschrocken sie war, aber sie blieb ruhig, wies ihn an, in einem Lokal zu warten. »Dein Vater fährt direkt los.«

»Meine Beifahrerin ist im Krankenhaus«, brachte Paul hervor, und wieder brach ihm die Stimme. »Der andere Fahrer ist einfach über rot ...« Er musste zitternd Luft holen.

»Paul?« Die Stimme seiner Mutter klang ruhig, doch ein leichtes Vibrieren konnte sie nicht heraushalten. »Setz dich jetzt in ein Lokal, und versuch dich zu beruhigen. Du kannst mir das alles später erzählen. Wo soll er dich abholen?«

Paul sah auf die Straße und nannte ihr das erste Lokal, auf das sein Blick fiel.

»Dann warte dort. Und wenn was ist, du dich unwohl fühlst oder dir schwindlig wird, ruf einen Arzt.«

Er nickte nur, obwohl er wusste, dass sie das nicht sehen konnte. Dann hängte er auf und verließ die Telefonzelle. Jetzt erst fiel ihm ein, dass seine Geldbörse noch im Auto lag, es blieb ihm also nichts anderes übrig, als noch einmal dorthin zurückzukehren. Er fand sie in der Mittelkonsole und hörte, wie der Anwalt nach wie vor mit den beiden Polizisten sprach.

»Haben Sie bei *dem da* überhaupt einen Alkoholtest gemacht? So, wie der läuft, hat er einiges intus.«

Der da war Paul. Er tat so, als hätte er nichts gehört, wollte sich nur hinsetzen und seine Ruhe haben, bis sein Vater ihn abholte. Glücklicherweise hielt ihn niemand auf, als er zum Lokal ging, die Tür aufzog und ins dämmrige Innere trat. Die Plätze am Fenster waren alle belegt, vermutlich wollte sich niemand die Show dort draußen entgehen lassen, und so lief Paul weiter in den Raum hinein. Ihm tat der Kopf weh, ein Schmerz, der vom Nacken her hoch strahlte.

Der Wirt erschien, und Paul orderte Limonade. Mit hochgezogenen Brauen sah der Wirt ihn an. »So ein junger Kerl?«

»Ich hatte gerade einen Unfall.«

»Ach, das waren Sie?«

Er nickte, was einen weiteren Schmerzstoß durch seinen Kopf jagte.

»Dann brauchen Sie vermutlich erst recht was Stärkeres.«

»Nein, bitte nur Limonade.«

»Wie der Herr wünscht.«

Kurz darauf wurde ihm eiskalte Zitronenlimonade gebracht, und Paul merkte erst jetzt, wie durstig er war. Er stützte den Kopf auf die Hand und schloss die Augen. Was für ein Albtraum! Glücklicherweise gab es so viele Zeugen. Nicht auszudenken, wenn der Schnösel mit dem Anwaltsvater ihm auch noch die Schuld zuschob. Aber die Ampel war eindeutig grün gewesen für Paul, und er hatte nicht damit gerechnet, dass jemand mit einem solchen Tempo über die Kreuzung brettern würde.

Er war eingenickt und schreckte auf, als ihn jemand an der Schulter berührte. Es war sein Vater, der ihn mit besorgter Miene musterte.

»Wie geht es dir?«

»Deutlich besser als meiner Begleiterin.« In Pauls Kopf saß ein dumpfer Schmerz.

»Wir fahren jetzt erst einmal ins Krankenhaus.«

»Ich würde lieber nach Hause.«

»Es ist besser, wenn ein Arzt sich das anschaut.«

Paul war zu erschöpft, um zu widersprechen, und erhob sich.

»Wo ist der Wagen?«

»Der müsste abgeschleppt worden sein. Hier ist die Nummer, unter der wir uns melden sollen.« Paul kramte einen zerknitterten Zettel aus der Tasche, den ihm der Polizist gegeben hatte.

Mittlerweile war die Straße geräumt, und die Schaulustigen waren ihres Weges gezogen. Sein Vater hatte unmittelbar vor dem Lokal geparkt, und nun öffnete er Paul fürsorglich die Tür, was ihm fast schon unangenehm war. Er war ja kein Invalide. Aber er sagte nichts, sondern ließ sich in den Sitz des schwarzen Benz sinken. Sein Vater stieg ebenfalls ein und startete den Motor.

»Du sagtest etwas von einer Beifahrerin. Was ist mit ihr passiert? Schwer verletzt?«

»Das weiß ich nicht, der Wagen ist genau in ihre Seite gedonnert, und sie war eingeklemmt und bewusstlos.«

»Wer ist sie?«

»Eine Auszubildende aus meinem Jahrgang.«

»Steht zu befürchten, dass sie dich verklagt?«

Paul sah seinen Vater irritiert von der Seite an. »Warum sollte sie das tun?«

»Vielleicht glaubt sie, es sei etwas zu holen. Sicher weiß sie, wer du bist. Wir sollten unseren Anwalt …«

»Bitte, tu das nicht. Ich hoffe, sie hat den Unfall unbeschadet überstanden, und du denkst an so was.«

»Ich hoffe natürlich auch, dass es ihr gut geht«, antwortete sein Vater beschwichtigend.

»Weil du Angst um dein Geld hast? Keine Sorge, wenn überhaupt wird sie den Schuldigen verklagen.«

»Das solltest du auch tun.«

Paul hatte nicht die Nerven, sich jetzt Gedanken darüber zu machen. Er war in Sorge um Eva. »Ihre Familie«, sagte er dann unvermittelt. »Man muss doch ihre Familie benachrichtigen.«

»Das wird man im Krankenhaus sicher tun. Sie wird ja ein Ausweisdokument dabeihaben.«

»Ich weiß es nicht ... Ihre Handtasche. Die lag vielleicht noch im Auto. Ich habe nicht daran gedacht ...«

»Es wird sich alles finden«, beruhigte ihn sein Vater. »Sie ist in guten Händen, und allein darauf kommt es an. Jetzt kümmern wir uns erst einmal darum, dass du versorgt bist.« Paul nickte, lehnte den Kopf an die Rückenlehne und dämmerte wieder weg.

Inga wurde frühmorgens vom Telefon geweckt. Sie kämpfte sich mühsam aus der verlockenden Umarmung des Schlafes und tastete nach dem Hörer. Neben ihr regte sich Josh und murmelte etwas Unverständliches.

»Heinthal«, sagte sie schlaftrunken in den Hörer. Sie lauschte, krauste die Stirn und war schlagartig hellwach. »Ach, du meine Güte, das ist ja furchtbar. Wissen die Eltern von Frau Wyland denn Bescheid?«

»Das weiß ich nicht«, hörte sie Frau Thiemann sagen. »Wir wollten nur Bescheid geben, dass Paul die kommende Woche krankgeschrieben ist. Er hat eine leichte Gehirnerschütterung, glücklicherweise nichts Ernstes. Wie es der jungen Dame geht, weiß ich leider nicht.« Sie nannte ihr dann jedoch noch das Krankenhaus, wo sie lag.

Inga bedankte sich und wünschte Paul eine gute Besserung. Dann stand sie auf und verließ das Zimmer, um in ihr Büro zu gehen, wo sie die Nummer von Evas Eltern aus der Kartei heraussuchte. Sie nahm den Telefonhörer ab und drehte die Wählscheibe. Es dauerte, ehe jemand ranging, und bei Inga meldete sich ein Anflug von schlechtem Gewissen. Vielleicht hatten die Eltern ja die Nacht bei ihrer Tochter verbracht und waren gerade erst eingeschlafen. Aber möglicherweise hatten sie auch noch gar nichts von dem Unfall mitbekommen, und dann würden sie sicher Bescheid wissen wollen. Ihr selbst zumindest wäre es gleich, wenn man sie da aus dem Schlaf läuten würde. Bei dem Gedanken daran, dass Martha im Auto verunglücken könnte, wurde ihr ganz schlecht, und sie versuchte den Gedanken abzuschütteln.

»Becker«, hörte sie eine verschlafene Stimme, und im ersten Moment glaubte sie, sie hätte sich verwählt. Dann fiel ihr ein, dass Eva Wyland ja verheiratet gewesen war.

»Inga Heinthal von der Koch- und Restaurantschule Heinthal«, meldete sie sich. »Spreche ich mit den Angehörigen von Eva Wyland?«

»Was ist passiert?« Der Mann klang alarmiert.

»Es gab einen Autounfall, bei dem Frau Wyland als Beifahrerin verletzt wurde.«

»Grundgütiger! Wie geht es ihr? Wo ist sie?« Der Mann sprach hastig.

Inga nannte ihm das Krankenhaus, in dem seine Tochter lag, und verabschiedete sich dann. Sie blieb einen Moment sitzen, legte die Hand auf ihr wild schlagendes Herz. So ein Schreck. Schließlich stand sie auf und ging zurück ins Bett. Josh drehte sich um, blinzelte sie an.

»Was ist denn passiert?«

»Paul Thiemann und Eva Wyland hatten einen Unfall,

Frau Wyland liegt im Krankenhaus, ich weiß nicht, wie es ihr geht. Ich habe gerade ihre Eltern angerufen.«

Josh richtete sich auf. »Das ist ja furchtbar.«

»Ja, das ist es. Ich hoffe, sie erholt sich schnell.« Sie ließ sich wieder unter die Decke gleiten, und Josh zog sie an sich.

»War er zu schnell unterwegs?«

»Laut seiner Mutter hatte er grün, und jemand ist ihm in die Beifahrerseite gefahren.« Sie spürte, wie sich Joshs Brust hob und senkte, lauschte auf seinen Herzschlag. Unvermittelt kam ihr der Unfall in Erinnerung, den sie beide vor Jahren auf der Landstraße gebaut hatten. Josh hatte sich heimlich den Wagen seiner Mutter ausgeliehen, da war er achtzehn und sie fünfzehn gewesen. Nachdem Inga von der Polizei nach Hause gebracht worden war, hatte ihre Mutter den längsten Hausarrest ihres Lebens verhängt. Sollte Martha sich für so einen Leichtsinn abends davonschleichen, dann wäre Inga sicher viel zu erleichtert darüber, ihr Kind wohlbehalten in die Arme zu schließen, als dass sie es auch noch bestraft hätte.

»Denkst du auch gerade an unseren Unfall damals?«, fragte Josh unvermittelt.

»Ja.«

Er drückte sie enger an sich, und Inga hob den Kopf, um ihn zu küssen. »Ich war damals schon so verliebt in dich.«

Ihre Küsse wurden fordernder, und bald darauf drängte sie sich an ihn, sie zogen sich hastig gegenseitig aus, und Inga nahm ihn in sich auf. Als sie danach mit wild klopfendem Herzen an seiner Brust lag, schlief sie ein und wachte erst wieder auf, als Josh sie weckte und ihr eine Tasse Kaffee reichte.

»Was für ein Luxus«, murmelte sie. »Wie viel Uhr ist es?«

»Fast neun.«

»Du liebe Zeit!« Sie fuhr auf. »Ich habe komplett verschlafen.«

»Es ist Sonntag.«

»Aber da muss man ja trotzdem nicht den halben Tag im Bett liegen.«

Er lachte, lehnte sich gegen das Kopfstück des Bettes und nippte an seiner Tasse.

»Wo ist Martha?«

»In der Küche, das Frühstück vorbereiten.«

»Du machst doch hoffentlich Witze.« Inga verschluckte sich an dem heißen Kaffee und hustete.

»Die Auszubildenden aus dem dritten Jahr haben gerade viel Freude daran, ihr zu helfen.«

»Du hast sie zu Arbeit eingespannt am Wochenende?«

»Martha hat um Hilfe gebeten, und sie waren nur zu gern dazu bereit.«

»Da bin ich ja mal gespannt, was sie zaubern.« Inga schloss genießerisch die Augen, als sie den nächsten Schluck Kaffee nahm. Dann dachte sie an Eva Wyland, und die angenehme morgendliche Trägheit schwand. Sie wollte so gern wissen, wie es ihr ging, aber die Eltern konnte sie nun keinesfalls anrufen. Es blieb ihr nichts anderes übrig, als darauf zu warten, dass diese sich mit Neuigkeiten meldeten. Spätestens, wenn sie Eva eine Zeit lang krankmeldeten, mussten sie bei ihr anrufen. Bis dahin blieb ihr nichts anderes übrig, als sich zu gedulden.

Kapitel 6

Paul war mit einer hohen Halskrause, die dazu diente, seinen Nacken zu schonen, in die Schule zurückgekehrt. Sie alle waren erschrocken, als sie von dem Unfall erfahren hatten, vor allem machten sie sich Sorgen um Eva. Sie würde noch eine Weile dem Unterricht fernbleiben, hatte aber alles in allem großes Glück gehabt. Mehrere gebrochene Rippen, Prellungen und eine Gehirnerschütterung hatte sie davongetragen, aber keine ernsthaften inneren Verletzungen. Sie kurierte sich aus, und sobald sie sich einigermaßen schmerzfrei bewegen konnte, würde sie zurückkehren.

»Bist du froh, dass sie weg ist?«, fragte Melanie Sabine, als sie in der halben Stunde vor dem Mittagessen zusammen mit Annemarie im Garten saßen.

»Warum sollte ich darüber froh sein?« Sabine war sichtlich irritiert.

»Weil du Paul nun für dich allein hast.«

»Und da soll ich froh sein, wenn ihr etwas passiert? So wichtig ist mir kein Mann, dass ich einer anderen Frau so etwas wünsche. Im Übrigen liegt es nicht an ihrer An- oder Abwesenheit, ob er sich für mich interessiert. Das ist seine Entscheidung.«

»Du musst ja nicht gleich so schroff werden.« Melanie war beleidigt.

»Dann stell nicht so dumme Fragen. Ich habe doch kein Eigentumsrecht an ihm, das in Kraft tritt, sobald die Nebenbuhlerin weg ist. Wenn er sich für sie mehr interessiert, dann ist es eben so. Mir tut es leid, weil er mir wirklich gefällt, aber was soll's.«

»Chris ist aufregend«, sagte Melanie. »Ich würde mit ihm ins Bett gehen, wenn ich nicht schon vergeben wäre.«

Sabine zuckte nur mit den Schultern und antwortete nicht. Ob sie das schon einmal gemacht hatte, sagte sie nicht. Annemarie war mit noch keinem Mann so richtig zusammen gewesen. Mal ein bisschen herumgeknutscht auf Partys, aber keiner dieser Männer war ihr interessant genug erschienen, um sich näher auf ihn einzulassen, geschweige denn mit ihm zu schlafen.

»Du bemühst dich aber nach wie vor um ihn«, fuhr Melanie fort, die es nicht gut sein lassen konnte. »Würdest du ihn ihr ausspannen, wenn es sich ergeben würde?«

»Ausspannen? Er ist doch kein Pferd.« Sabine schlug ein Bein über das andere und zupfte ihre Bluse zurecht. »Außerdem führt er momentan keine Beziehung, soweit ich weiß. Wenn er lieber mit ihr zusammen sein möchte, dann ist es eben so.«

»Das klingt ziemlich abgebrüht«, entgegnete Melanie.

»Nein, ich bin nur pragmatisch. Warum soll ich mich um Dinge sorgen, die ich nicht ändern kann?«

»Wir müssen langsam rein«, sagte Annemarie mit Blick auf die Uhr.

Nach der gleißenden Helligkeit im Garten erschien es im Salon sehr düster. Ihre Augen brauchten einen Moment, um sich an die anderen Lichtverhältnisse zu gewöhnen. Als sie die Halle durchquerten, bemerkte Annemarie den Cousin der Heinthals. Er lächelte sie an, und sie lächelte freundlich zurück.

»Wer ist das?«, fragte Melanie. »Den habe ich hier noch nie gesehen.«

»Ein Verwandter von Inga Heinthal«, erklärte Annemarie. »Ich hatte doch von ihm erzählt, oder nicht?«

»Mir nicht«, sagte Sabine.

»Mir auch nicht«, fügte Melanie hinzu. »Sieht nicht übel aus, auch wenn er nicht mein Typ ist.«

Nach dem Mittagessen hatten sie den Rest des Tages theoretischen Unterricht, und nach dem Abendessen vereinbarten die Männer, zusammen Karten zu spielen.

»Dieses Mal gern bei uns«, bot Chris an. »Spielt eine von euch mit?«, wandte er sich an die drei Frauen.

»Aber nicht wieder Strip-Poker?«, fragte Melanie argwöhnisch.

»Nein, sicher nicht«, entgegnete Paul.

Stephan wirkte, als sei ihm diese Möglichkeit nicht unlieb, sagte aber nichts.

»Dann bin ich dabei«, sagte Melanie, und Sabine schloss sich an.

»Ich nicht.« Annemarie hatte keine Lust auf Kartenspiele. »Für heute reicht es mir, ich bin müde und möchte früh ins Bett.«

»Es ist doch noch nicht mal sieben«, kam es von Melanie.

»Ich gehe ja auch nicht jetzt direkt ins Bett. Vielleicht mache ich einen kleinen Abendspaziergang. Dieses frühe Aufstehen ist einfach nichts für mich. Wenn ich dann aber nicht einigermaßen zeitig schlafen gehe, ist meine Müdigkeit dahin, und ich kann bis weit nach Mitternacht nicht einschlafen. Und morgens bin ich dann wie gerädert.«

»Kommt mir bekannt vor«, sagte Martin. »Dann hab einen schönen Abend und gute Nacht.«

»Das wünsche ich euch auch.« Annemarie ging zur Eingangstür, zog sie auf und trat hinaus in den Sommerabend. Nicht mehr lange, dann wäre es vorbei mit den langen, sonnigen Tagen. Sie mochte den Herbst auch sehr, aber vor dem Winter graute ihr. Morgens aufstehen, wenn es eiskalt und finster war – eine schreckliche Vorstellung. Hoffentlich gehörte Eva nicht zu den Leuten, die darauf bestanden, bei offenem Fenster zu schlafen. Das ginge auf gar keinen Fall.

Drei Männer und zwei Frauen des dritten Jahrgangs standen plaudernd im Hof, und Annemarie grüßte im Vorbeigehen. Sie trat durch den Torbogen und spazierte die Landstraße entlang in Richtung des Landgasthofes, den sie ein paarmal im Vorbeigehen gesehen hatte. In der Nähe befand sich ein hübsches Café, das um diese Zeit schon geschlossen hatte. Angeblich hatten dort schon vor zwanzig Jahren die Auszubildenden ihre Freizeit bei Kaffee und Kuchen verbracht. Damals, als es noch verboten war, junge Männer zu treffen und man zu festen Uhrzeiten zurück sein musste. Diese Zeiten waren glücklicherweise vorbei. Ihre Mutter erzählte ihr hin und wieder davon, und Annemarie war glücklich und dankbar, dass es in ihrer Jugend weniger streng zuging.

»Was für eine reizende und unerwartete Begegnung«, hörte sie eine Männerstimme sagen und drehte sich um.

Der Verwandte der Heinthals kam auf sie zu und wirkte dabei ein wenig außer Atem, als hätte er sich beeilt, sie einzuholen. Annemarie hob die Brauen. »Na, wenn ich mir Sie so anschaue, kann ich nicht so recht glauben, dass die Begegnung zufällig ist.«

Er lachte. »Also ich habe Sie nicht verfolgt, falls Sie darauf anspielen. Ich bin von dort gekommen«, er wies auf eine Straße, die seitlich von der Landstraße abzweigte, »und habe Sie gesehen, wie Sie in Gedanken versunken entlangspaziert sind. Da bin ich, das gebe ich freimütig zu, ein bisschen schneller gegangen, um Sie einzuholen.«

»Verstehe. Und welchem Zweck diente das?«

»Ich dachte, Sie hätten vielleicht nichts gegen ein bisschen Gesellschaft. Ich möchte mich aber keinesfalls aufdrängen.«

Annemarie hatte nichts dagegen, sie fand ihn durchaus anziehend, und so neigte sie bejahend den Kopf. Er lächelte und ging neben ihr her.

»Woher kommen Sie?«, fragte Annemarie.

»Aus Karlsruhe.«

»Und machen Urlaub im schönen Köln?«

Er lachte. »Na ja, für eine Urlaubsreise würde ich mir vermutlich eher Italien aussuchen. Ich bin gerade in der beruflichen Umorientierung.«

Also arbeitslos, dachte Annemarie. »Möchten Sie in der Schule als Lehrer anfangen?«

Wieder lachte er. »Das wäre ein Spaß. Ich glaube nicht, dass Sie das, was ich fabriziere, wirklich kochen möchten.«

»Was haben Sie denn vorher beruflich gemacht?«

»Ich bin Ökonom und habe in einem Technik-Unternehmen gearbeitet. Und welches Berufsziel haben Sie?«

»So ganz genau weiß ich das noch nicht. Am liebsten würde ich mich später auf Confiseriewaren spezialisieren.«

»Gibt es dafür nicht eine eigene Ausbildung?«

»Doch, aber mir gefällt das Konzept an dieser Schule, und ich finde es nicht verkehrt, mich breiter ausbilden zu lassen. Am Ende können wir uns ja auf einen Schwerpunkt konzentrieren, und der liegt dann bei mir darauf, Confiseurin zu werden. Aber das ist ja noch ein paar Jahre hin.«

»Ich habe mich noch gar nicht vorgestellt. Lennart Heinthal, mein Vater ist der Bruder von Joshs Vater.«

»Annemarie Moll.«

Das Landgasthaus kam in Sicht, und ihnen begegneten immer mehr Spaziergänger, die den schönen Sommerabend ebenfalls auskosteten. Annemarie grüßte im Vorbeigehen und warf einen Blick auf die Fachwerkfassade des Gasthofes.

»Möchten Sie einkehren?«, fragte Lennart Heinthal.

Annemarie zögerte. Ging sie damit zu weit? Immerhin war er mit der Schulleiterin verwandt.

»Na kommen Sie, es muss ja niemand erfahren.« Offenbar konnte er Gedanken lesen.

Sie überlegte noch einen kurzen Moment, dann nickte sie. »Also schön. Aber nur eine Limonade.«

Er hob die Brauen. »Limonade?«

»Ganz genau. Ich hoffe, Sie sind nicht enttäuscht.«

»Keineswegs.«

Sie betraten das Gasthaus, und eine freundliche Wirtin hieß sie willkommen. Sie waren gut besucht, aber es fand sich doch ein Tischchen am Fenster. Höflich rückte Lennart Heinthal Annemarie den Stuhl zurecht, und sie nahm Platz.

»Vielen Dank, Herr Heinthal.«

»Sagen Sie bitte Lennart. So weit sind wir vom Alter ja nicht auseinander, und immer, wenn mich jemand *Herr Heinthal* nennt, fühle ich mich, als stünde mein Vater hinter mir.«

Sie musste lachen. »Also gut. Annemarie.«

»Es ist mir ein Vergnügen, Annemarie.«

Während sie die Karte studierten, schwiegen sie. Zwar wusste Annemarie bereits, was sie wollte, aber auf diese Weise konnte sie ihre Befangenheit überspielen. Es war eben doch etwas anderes, als mit einem der Auszubildenden auszugehen.

Als die Wirtin zu ihnen kam, gaben sie ihre Bestellung auf, wobei sich Lennart für etwas Stärkeres entschied. Nun gut, das war ihm überlassen. Annemarie blieb bei der Limonade. Sie fragte sich, was man sich in der Schule erzählen würde, wenn jemand sie hier sähe mit dem Verwandten der Heinthals. Würde man womöglich denken, sie erschleiche sich irgendwelche Vorteile?

»Du schaust so verstohlen zum Fenster, ich hoffe, ich bringe dich nicht in Verlegenheit.« Seine Fähigkeit, ihre Gedanken zu erraten, war ja beinahe unheimlich.

»Nein, alles bestens.« Die Getränke wurden gebracht, und Annemarie nippte an ihrer Limonade. »Haben Sie schon eine Idee, was Sie als Nächstes tun möchten? Also beruflich.«

Er zuckte mit den Schultern. »Ich habe mich noch nicht festgelegt.« Mehr schien er dazu nicht sagen zu wollen, und sie fragte nicht weiter nach.

Sie trank ihre Limonade aus, und als er für sie bezahlen wollte, zückte sie rasch selbst ihre Geldbörse. Er bemerkte es, und sie musste zu seinen Gunsten anmerken, dass er nicht insistierte, sondern akzeptierte, dass sie nicht eingeladen werden wollte. Als sie aufstanden, sah sich Annemarie noch einmal verstohlen um, um sicherzugehen, dass niemand sie sah, der sie kannte. Zwar gefiel ihr dieser Mann außerordentlich gut, aber gleichzeitig befürchtete sie Unannehmlichkeiten. Andererseits war er ja wenigstens kein Lehrer, also tat sie zumindest nichts Verbotenes. Gerede würde es trotzdem geben, und das wollte sie tunlichst vermeiden. Es sollte nicht bei jeder guten Note die Frage aufkommen, ob das ihrer Leistung geschuldet war oder weil sie die richtigen Kontakte knüpfte.

»Wissen Sie«, sagte er, als sie hinaustraten, »ich habe in der Schule absolut nichts zu sagen.«

»Sie können Gedanken lesen, oder?« Das war ja langsam unheimlich.

»Nein, Sie sind einfach gut zu durchschauen.«

Na, das hörte ja jede Frau gern. Jetzt war es an Annemarie, mit den Schultern zu zucken. Was sollte sie darauf auch antworten?

»Wenn es Ihnen lieber ist, lasse ich Sie das letzte Wegstück allein gehen. Noch ist es ja hell.«

»Ich habe auch im Dunklen keine Angst.«

»Das glaube ich gern, aber ich möglicherweise.« Er grinste spitzbübisch, und nun musste Annemarie lachen.

»Also gut, Sie dürfen mich begleiten, bis zu der Kurve … ach, egal, begleiten Sie mich bis zur Schule.«

»Abgemacht.«

Mittlerweile war Annemaries Müdigkeit verschwunden, aber sie würde sich dem Kartenspiel trotzdem nicht anschließen. Während sie langsam zurückspazierten, nahm sie sich vor, Eva am nächsten Samstag zu besuchen.

»Wie geht es Ihrer Freundin, die im Krankenhaus liegt?«, fragte Lennart.

»Sie sollten damit wirklich im Zirkus auftreten.«

Inga streckte sich und gähnte. Sie genoss die abendliche Ruhe, wenn sie am Schreibtisch saß, um sich mit Plänen zu beschäftigen, die über den reinen Schulbetrieb hinausgingen. Sie wollte ein eigenes Restaurant, das an die Schule angegliedert wurde, ihren Ausbildungsbetrieb. Einstellen würden sie vorzugsweise Absolventinnen und Absolventen ihrer Schule. Diese Idee trug sie schon länger mit sich herum, und sie sparte eisern darauf hin. Josh unterstützte sie, und so wanderte jeder nicht genutzte Pfennig auf ein Sparkonto, wo eine inzwischen recht stattliche Summe darauf wartete, Ingas Traum Wirklichkeit werden zu lassen.

Sie würden eine Privatschule bleiben, das war wichtig, um weiterhin auf Exklusivität zu setzen. Durch das Schulgeld konnte Inga den hohen Standard aufrechterhalten und eine kleine Anzahl Auszubildender auf hohem Niveau unterrichten. Sie hatte eine Zeit lang überlegt, Auszubildende anzunehmen, die täglich aus der Umgebung hierher pendelten, aber nicht im Schulgebäude übernachteten, aber das hatte sie verworfen. Ihr gefiel das derzeitige Konzept, das wollte sie auf jeden Fall beibehalten. Vielleicht schrieben sie einfach zwei Plätze im Jahr aus, die sie in einer Art Stipendium vergaben. Das würde ihr zudem vermutlich noch mehr Aufmerksamkeit in der Presse zukommen lassen.

Nachdem die Vergangenheit ihrer Mutter ans Licht gekommen war, hatte Inga viel dafür getan, Wiedergutmachung zu leisten. Sie spendete jährlich einen Teil der Einnahmen für Stiftungen zugunsten der Opfer aus der NS-Zeit, hielt nichts geheim, sondern ging offen mit den Verbrechen um, die ihre Mutter begangen hatte.

Von dem Vermögen ihrer Mutter hatte Inga ebenfalls einen guten Teil gespendet und nur behalten, was sie für den Betrieb der Schule benötigte. Als sie damals die Leitung übernommen hatte, hatte sie ein Sparbuch angelegt und zahlte darauf monatlich alles ein, was sie entbehren konnte. Das sollte ihr Grundstock werden für die Gründung ihres eigenen Restaurants. Josh unterstützte sie in ihren Wünschen nach Kräften. Ihre Finanzen hielten sie jedoch strikt getrennt, weil Inga das Restaurant aus eigenen Mitteln bezahlen wollte. Es war ihr wichtig, das zu schaffen, und zudem wollte sie nicht, dass Josh investierte und Geld verlor, sollte sich die Sache als Rohrkrepierer erweisen. Schließlich war da ja auch Martha, die abgesichert sein musste. Und vielleicht – hoffentlich! – irgendwann auch noch ein weiteres Kind.

Inga fragte sich, wie lange Lennart wohl bleiben würde. So richtig konnte sie sich nicht damit anfreunden, dass er so plötzlich aufgetaucht war und ganz offensichtlich nicht plante, demnächst wieder abzureisen. Was bei seiner Arbeit mal wieder schiefgelaufen war, wusste sie nicht, und eigentlich interessierte es sie auch nicht unbedingt. Er war ein kluger Kopf und hatte einen soliden Studienabschluss. Es sollte kein Problem für ihn sein, eine Arbeitsstelle mal etwas länger zu behalten. In der Regel fand er immer schnell etwas Neues, und dass dem dieses Mal nicht so war und er, der ja so ganz und gar Großstadtmensch war, freiwillig in diese Einöde zog, beunruhigte sie.

Sie wollte nicht kleinlich wirken, und es machte ihr nichts aus, dass er vorübergehend auf ihre Kosten lebte. Das, was er für sich an Essen abzweigte, war nicht der Rede wert, und dass er hier schlief und hin und wieder seine Wäsche in die Maschine steckte, tat ihnen finanziell nicht weh. Josh hatte zwar angeboten, für die Unkosten aufzukommen, aber Inga winkte ab. Darum ging es ihr nicht. Sie wollte nicht, dass er sich hier dauerhaft einquartierte, weil sie einfach nicht gut mit ihm klarkam. Sie konnte ihn schwer durchschauen und befürchtete, dass etwas Gravierendes vorgefallen war.

Helga Reinartz – ehemals Langen – hatte sich für den kommenden Nachmittag angekündigt. Sie war eine ehemalige Auszubildende und gute Freundin von Anita. Anstatt in die Gastronomie hatte es sie in die Welt des Journalismus verschlagen, zunächst für Kolumnen in einem Haushaltsmagazin, dann in gesellschaftliche Themen. Inzwischen hatte sie es zur Redakteurin eines Gesellschaftsmagazins gebracht. Bei ihrer letzten Stelle hatte sie sich in den Chefredakteur verliebt und daraufhin gekündigt, weil sie nicht wollte, dass es hieß, sie verdanke ihren Aufstieg nur ihrem Ehemann. Als es damals darum ging, Ingas Mutter unter Druck zu setzen, damit sie öffentlich gestand, was sie getan hatte, war Helga eine große Hilfe gewesen.

Inga sah aus dem Fenster in den Hof und bemerkte in der aussteigenden Dämmerung zwei Spaziergänger von der

Allee kommen. Der Größe zufolge waren es eine Frau und ein Mann. Zuerst dachte Inga, es handele sich um zwei ihrer Auszubildenden, dann jedoch erkannte sie Lennart und erstarrte. Warf er sich da gerade an eine ihrer Schülerinnen heran? Inga verengte die Augen, hoffte, sie irrte sich, aber er war es unverkennbar, da gab es keinen Zweifel. Zudem sah ihm keiner ihrer Auszubildenden auch nur annähernd ähnlich, da konnte es kein Missverständnis geben.

Verärgert wandte sich Inga ab und verließ ihr Arbeitszimmer. Sie würde ihn zur Rede stellen, aber nicht in Gegenwart der Schülerin, um sie nicht in Verlegenheit zu bringen. Sie wartete in der Beletage im Flur, bis die beiden sich voneinander verabschiedet hatten. Die Schritte der jungen Frau entfernten sich, während Lennart langsam die Treppe hochkam. Als er Inga bemerkte, hielt er inne und hob die Brauen.

»Wartest du auf mich?«

»Bändelst du mit meinen Schülerinnen an?«

Jetzt erschien ein Lächeln auf seinen Lippen. »Du klingst ein wenig, hm, altmodisch.«

»Das ist keine Antwort auf meine Frage.«

»Die Frauen sind erwachsen, oder? Soweit ich weiß, musst du nicht auf sie aufpassen.«

»Sie befinden sich unter meiner Obhut, und ich möchte sichergehen, dass sie ihre Ausbildung hier unbeschadet durchlaufen.«

»Du denkst, ich schade ihnen?«

»Ja, durchaus, wenn du auf eine Affäre aus bist.«

Lennart kam die letzten Stufen hoch. »Wir leben nicht mehr in den Fünfzigern, Inga. Wenn deine Schülerinnen wollen, können sie sich auf ihre Mitschüler einlassen.«

»Das ist etwas anderes und bewegt sich auf einer anderen

Ebene, als wenn ein Angehöriger der Schulleitung versucht, eine von ihnen zu verführen.«

Lennart seufzte. »Ich kann dich beruhigen, wir sind uns rein zufällig über den Weg gelaufen, mehr nicht.«

Inga war argwöhnisch, aber da sie den Wahrheitsgehalt dieser Aussage nicht überprüfen konnte – und auch nicht wollte –, musste sie sich damit zufriedengeben. Zudem stimmte es natürlich, dass die Auszubildenden erwachsen waren und sie ihnen nicht vorschreiben konnte, ob sie Affären hatten oder nicht. Ihr wäre es zwar lieber, wenn sie für die Zeit ihrer Ausbildung hier auf diese Art der Ablenkung verzichteten, aber Inga war auch einmal in dem Alter und sehr verliebt in Josh gewesen. Da hätte auch jeder auf verlorenem Posten gestanden, der versucht hätte, sie davon abzuhalten.

»Tu mir bitte den Gefallen, und lass es, ja?« Sie bemühte sich um einen freundlichen Ton, weil sie vermutete, dass sie damit weiterkam.

»Mach dir keine Sorgen.« Lennart nickte ihr zu und ging an ihr vorbei zum Gästezimmer.

Eva kam es so vor, als gäbe es keine Stelle an ihrem Körper, die nicht schmerzte. Solange die Schmerzmittel wirkten, war es einigermaßen erträglich, schlimm wurde es, sobald die Wirkung nachließ und die Schwester nicht schnell genug mit Nachschub kam. Ihr Oberkörper steckte in einem Stützverband, und sie hatte überall Prellungen, die zu schwarzvioletten Blutergüssen geworden waren. Der Kopf tat weh, und aufgrund der Gehirnerschütterung durfte sie weder lesen noch fernsehen, sondern musste die Tage in gähnender Langeweile verbringen, in der das Radio die einzige Ablenkung war. Zimmernachbarn hatte sie nicht, weil ihre Eltern viel Geld bezahlten, damit sie allein untergebracht wurde, dabei hätte eine andere Frau, mit der sie sich hätte unterhalten können, immerhin etwas Abwechslung geboten.

Ihre Eltern waren außer sich vor Sorge. Die Schule hatte sie benachrichtigt, und direkt am kommenden Tag waren sie zu Beginn der Besuchszeit in ihrem Zimmer erschienen, ihre Mutter ganz blass und ihr Vater mit feuchten Augen. »Wie ist das denn bloß passiert?«, hatte ihre Mutter gefragt. »Die Schulleiterin sagte, du wärest mit einem jungen Mann unterwegs gewesen? War das so ein Verkehrsrowdy, der dein Leben in Gefahr gebracht hat?«

Eva wusste selbst nicht so richtig, was eigentlich passiert war. Offenbar war ihnen jemand seitlich ins Auto gerast. Es ging so schnell. Sie erinnere sich nur noch an einen Knall, danach war sie hier wach geworden.

Wenigstens hatten ihre Eltern sie beruhigen können, als sie nach Paul gefragt hatte. Offenbar hatte er den Unfall weitgehend unbeschadet überstanden. Ihre Mitauszubildenden hatten ihr einen großen Blumenstrauß geschickt mit Genesungswünschen und der Ankündigung, sie am kommenden Wochenende zu besuchen. Von Paul war ein eigener kleiner Blumenstrauß mit Schokolade angekommen, den ein Kurierdienst gebracht hatte. Paul war wirklich lieb, und Eva freute sich darauf, ihn wiederzusehen.

»Ist das was Ernstes?«, fragte ihre Mutter, als der Blumenstrauß geliefert wurde.

»Wir kennen uns kaum.«

»Ihr seid miteinander ausgegangen, und er schickt dir Blumen.«

»Wir wollten tanzen gehen, dazu ist es aber nicht gekommen. Und die Blumen schickt er, weil ich im Krankenhaus liege.«

Ihre Mutter wirkte nicht überzeugt. »Wie heißt er denn?«

»Paul Thiemann.«

Ihre Mutter neigte den Kopf. »Der Restaurant-Erbe?«

»Ja, genau der.«

»Ach, es würde mich so freuen für dich.« Ihre Mutter wirkte entzückt.

»Wie gesagt: Da ist überhaupt nichts. Wir sind gute Freunde.«

»Das ist immer die beste Basis.«

Eva schloss die Augen. Gespräche strengten sie nach wie vor an. Ihre Mutter verabschiedete sich kurz darauf, drückte ihr noch einen Kuss auf die Wange und versprach, am nächsten Tag wieder zu kommen. Mit geschlossenen Augen lächelte Eva und ließ sich in einen Halbschlaf gleiten. Die Schmerzmittel zeigten endlich Wirkung, und Eva fühlte sich wie in einer wattigen Wolke. Laut den Ärzten würde es noch mehrere Wochen dauern, bis die Prellungen nicht mehr schmerzten. Bei den Rippen sogar bis zu drei Monate. Wie das mit ihrer Ausbildung funktionieren sollte, wo sie lange in der Küche stehen musste, wusste sie nicht, aber irgendwie würde es schon gehen.

Ihr Vater hatte gesagt, er würde einen Anwalt aufsuchen, da ihr Schmerzensgeld zustünde. Für Eva spielte das überhaupt keine Rolle, sie wollte einfach wieder auf dem Damm sein.

Kapitel 7

Obwohl Annemarie nicht vorgehabt hatte, sich auf ihn einzulassen, ergab es sich mit ihr und Lennart Heinthal beinahe wie von selbst. Sie wollte das nicht, weil er ein Verwandter von Inga Heinthal war, aber er hatte ihr versichert, dass das im Grunde genommen nicht zählte, weil er mit der Schule ja nichts zu tun hatte und Joshs Verwandter war, der nicht mal im Schulbetrieb arbeitete.

Anfangs hatten sie sich scheinbar zufällig beim Spazierengehen getroffen, bis sie irgendwann anfingen, sich gezielt zu verabreden, wobei Annemarie darauf achtete, dass sie von niemandem gesehen wurden. Sie wollte nach wie vor nicht, dass man ihr nachsagte, sie würde sich Vorteile erschleichen wollen.

Auf einem ihrer Spaziergänge war es schließlich zum ersten Kuss gekommen, und mittlerweile nutzten sie die abgeschiedenen Wege, um ausgiebig herumzuknutschen. Dass es abends früher dunkel wurde, machte die ganze Sache noch etwas einfacher. Dafür waren die Temperaturen draußen leider nicht mehr so angenehm. Annemarie wusste nicht, ob sie dabei war, sich zu verlieben, aber es fühlte sich auf jeden Fall gut an. Allerdings fragte sie sich, wie lange er wohl noch blieb und was aus ihnen wurde, wenn er eine Arbeit fand, die ihn weiter wegführte.

»Ich schaue mich in Köln um«, sagte er, als sie ihn darauf ansprach. »Dort findet sich bestimmt etwas.«

Annemarie fragte sich, warum er dann nicht längst etwas

Neues hatte, schwieg aber, denn im Grunde genommen ging sie das überhaupt nichts an. Bisher war ja noch nicht einmal klar, worauf diese Beziehung hinauslief. Sie wusste nicht, ob sie sich überhaupt fest binden wollte. Eigentlich war sie ganz zufrieden damit, wie es gerade lief. Aber wenn er mehr wollte – und Lennart drängte sie in dieser Hinsicht überhaupt nicht –, dann wäre sie nicht abgeneigt. Zudem hatte sie nun, wenn sie sich morgens aus dem Bett quälte, zumindest etwas, worauf sie sich freuen konnte.

»Hast du Lust, Freitagabend mit mir nach Köln zu fahren?«, fragte er. »Wir könnten ins Casino gehen.«

»In ein Casino?« Annemarie machte große Augen.

»Ja. Warst du schon einmal in einem?«

»Nein, noch nie.«

»Dann wird es Zeit. Du wirst sehen, es ist ein Riesenspaß.«

Annemarie zögerte. »Ich … Eigentlich spiele ich nicht um Geld.« So spannend sie die Vorstellung eines Casinobesuches auch fand, so konnte sie sich zu einer solchen Verschwendung nicht überwinden.

»Das musst du auch nicht. Schau mir einfach zu, und bring mir Glück.«

Sie spazierten über die Allee, und ein böiger Herbstwind bog die Äste über ihnen. Immerhin war es trocken, am Vortag hatte es fast pausenlos geregnet. Dennoch hob Annemarie fröstelnd die Schultern. Der nahende Winter war bereits als Frosthauch in der herbstlichen Luft zu spüren. Lennart entging die Geste offenbar nicht, denn er legte den Arm um sie, und sie erlaubte, dass er sie enger an sich zog. Schließlich blieben sie stehen und küssten sich.

»Also, was ist?«, fragte er, als er sich lange genug von ihr gelöst hatte. »Kommst du mit?«

Sie nickte nur, und er küsste sie erneut. Arm in Arm schlenderten sie weiter, und Annemarie fragte sich, was passieren würde, wenn ihnen jetzt jemand von der Schule begegnen würde. Dennoch verblieb sie in seiner Umarmung, genoss es, nah an ihn geschmiegt durch die Dunkelheit zu laufen. Annemarie wollte die Zeit mit ihm voll und ganz auskosten, sonst gab es hier schließlich kaum etwas, das ihr so viel Freude bereitete. Mittlerweile kostete es sie eine enorme Überwindung, am Wochenende wieder zurückzufahren, da wollte sie sich wenigstens dieses Vergnügen gönnen. Annemarie war wissbegierig, wollte unbedingt eine gute Köchin und Konditorin werden, aber der Weg dorthin war so mühsam. Und das musste sie noch fast drei Jahre aushalten. Hoffentlich würde sie sich irgendwann daran gewöhnen.

»Sollen wir direkt am kommenden Wochenende gehen?«, fragte Lennart.

»Gern.« Ihre Eltern hätten sicher nichts dagegen, wenn Annemarie nicht nach Hause fuhr. Im Gegenteil: Sie würden sich darüber freuen, dass sie Freunde gefunden hatte, mit denen sie ausging.

»Hast du ein Auto? Ich habe nämlich leider keines. Aber vielleicht kann ich mir das von meinem Cousin ausleihen.«

»Ich habe eins.« Eine Windböe ließ sie erschauern.

»Sollen wir zurück?« Offenbar war ihm nicht entgangen, dass sie fror.

»Nein, noch ein bisschen.«

Sie schlenderten weiter, und Annemarie lauschte auf das Rauschen des Windes in den Bäumen, das leise Schmatzen, das ihre Schritte auf dem nassen Laub machten, das Brummen eines Motors, als sich ein Auto näherte und an ihnen vorbeifuhr. Jetzt gerade war sie sehr zufrieden.

Eigentlich mochte Eva den Herbst, aber sie konnte ihn kaum genießen, weil ihre Rippen tatsächlich immer noch schmerzten. Nun ging es auf November zu, damit waren die goldenen Herbsttage vorbei, und es kamen die Stürme und der Regen. Immerhin waren die ganzen Angelegenheiten rund um den Unfall mittlerweile abgeschlossen. Den Fahrer des anderen Wagens traf die volle Schuld, und Paul und sie hatten Schmerzensgeld erhalten.

Sobald sie wieder lesen durfte, hatte sie den Lernstoff im Krankenhaus aufgearbeitet, und als sie schließlich wieder in die Schule zurückkehrte, hatte man ihr ermöglicht, in der Küche alles im Sitzen zu erledigen, um ihre Rippen zu schonen. Die anderen waren überaus verständnisvoll und halfen ihr, wo sie nur konnten. Hatte Eva vor ihrem Unfall das Gefühl gehabt, der Haussegen hinge schief, war davon zumindest momentan nichts zu spüren.

»Was ist eigentlich mit dir und diesem Verwandten der Heinthals, der hier wohnt?«, fragte sie Annemarie, als sie abends zusammen im Zimmer saßen.

Annemarie wirkte sofort alarmiert. »Nichts, außer, dass wir hin und wieder zusammen spazieren gehen. Woher weißt du überhaupt davon?«

»Ich habe euch mal zusammen auf dem Hof gesehen, da wirktet ihr ziemlich vertraut.«

Annemarie sog die Unterlippe zwischen die Zähne und zögerte. »Du hast das aber niemandem erzählt, oder?«

»Nein. Was hätte ich auch erzählen sollen? Außerdem bist du erwachsen, und verboten ist es schließlich nicht.«

»Ich will kein Gerede. Nachher heißt es, ich würde mir auf diese Weise gute Noten erschleichen.«

»Wenn jemand etwas Blödes von dir denken will, tut er es, auch ohne diesen Mann.«

»Ja, stimmt schon. Aber ich möchte es trotzdem nicht riskieren oder herausfordern.« Annemarie stopfte sich das Kissen im Rücken zurecht und gähnte. »Und was ist mit dir und Paul?«

Kurz zuckte ein Lächeln über Evas Lippen. »Wir gehen demnächst noch einmal aus und holen unseren Tanzabend nach. Ich hoffe, meine Rippen machen es mit.«

»Tun sie immer noch weh?«

»Nein, meistens nicht.«

»Vielleicht sollten wir mal probetanzen«, sagte Annemarie.

Eva musste lachen. »Und wo sollen wir das tun?«

Annemarie war ganz begeistert von ihrer eigenen Idee. »Ich habe doch meinen Kassettenspieler dabei.« Sie sprang auf und ging zum Schrank.

»Du willst doch jetzt nicht ernsthaft hier tanzen.«

»Warum denn nicht? Man kann immer tanzen, finde ich. Und du willst doch in Form sein, wenn du mit Paul ausgehst.« Sie stellte das Kassettengerät auf ihr Nachtschränkchen und legte eine Kassette ein. Im nächsten Moment erklang von The Who »Won't Get Fooled Again«.

Annemarie bewegte sich tänzelnd auf Eva zu und forderte sie auf, es ihr gleichzutun. Diese musste wieder lachen, erhob sich jedoch. Die ersten Schritte waren noch etwas zögerlich, weil sie befürchtete, eine falsche Bewegung zu machen. Dann jedoch kam sie aus sich heraus und begann wie wild zu tanzen. Sie warf die Arme nach oben, drehte sich im Kreis, ließ die Hüften kreisen. Es folgte »Rock and Roll« von Led Zeppelin, und Eva stellte entzückt fest, dass nichts mehr wehtat, als sie sich immer ausgelassener zur Musik bewegte.

Als es sehr nachdrücklich klopfte, hielten sie beide inne. Waren sie zu laut? Annemarie drehte die Musik leiser, und

Eva ging zur Tür. Davor standen Sabine, Paul, Chris und Melanie.

»Findet hier etwa eine Party statt, zu der wir nicht eingeladen sind?« Sabine hob die Brauen, grinste und hielt mit der Rechten eine Flasche hoch.

»Eigentlich prüfen wir gerade nur, ob Evas Rippen es mitmachen, tanzen zu gehen.«

Sabine schob sich an Eva vorbei ins Zimmer, während ihre Hüften sich im Takt zur Musik bewegten, die Annemarie nun wieder lauter drehte. »Na, das sollten wir aber unbedingt überprüfen.«

Zu den Klängen von »Brown Sugar« der Rolling Stones tanzte sie durch das Zimmer, umfasste Evas Hüften, sodass diese sich im Takt mit ihr bewegte. Die Männer wirkten zögerlich, aber das ließ Sabine nicht zu, sondern griff im Vorbeigehen nach Chris' Arm und zog ihn mit sich. Nun löste sich auch Melanie und fing an zu tanzen, und Paul tat es ihr gleich. Sabine trat zurück, drehte sich Chris zu und tanzte gespielt aufreizend um ihn herum.

Wieder klopfte es, und Annemarie öffnete Martin die Tür, der sich offensichtlich ausgeschlossen fühlte.

»Eigentlich wollten wir nur schauen, ob Eva wieder tanzen kann. Hol direkt Stephan, sonst ist er auch noch beleidigt.«

Kurz darauf erschienen die beiden, als gerade »Layla« von Derek and the Dominos erklang. Sie drehten sich, lachten ausgelassen, und schließlich stiegen Annemarie und Sabine auf die Betten und tanzten dort, schwangen die Hüften, warfen ihr Haar zurück, während Eva mit Paul tanzte. Schließlich folgte der langsame Teil des Liedes, und Paul legte zögernd eine Hand an ihre Taille, nahm ihre Hand und wiegte sich mit ihr zum Takt der Musik.

Irgendwann hatten sie sich müde getanzt und ließen sich nacheinander lachend auf den Boden oder aufs Bett fallen.

»Ich schätze, Eva kann wieder tanzen«, fasste Sabine es zusammen, und die anderen stimmten zu. Sie öffnete die Flasche, und Annemarie holte Gläser aus ihrem Nachtschränkchen. Eva lehnte ab und trank nur Wasser. Sie war erschöpft und guter Stimmung. Als es dieses Mal klopfte, war es niemand, der mitfeiern wollte, sondern eine junge Frau aus dem dritten Jahrgang, die sich beschwerte.

»Könnt ihr euch nicht vorstellen, dass andere um diese Uhrzeit schlafen wollen?«

Gerade in diesem Moment setzte »Lookin' Out My Back Door« ein, und Eva musste albern kichern. Paul sah sie an und grinste, während Annemarie die Musik leiser stellte und sich entschuldigte.

»Ach, die soll sich mal nicht so haben.« Sabine prostete in die Runde. »Das war eine ganz wunderbare Idee. Wer von euch beiden hatte sie denn?«

»Annemarie.« Eva hob ihr Wasserglas in deren Richtung.

»Wunderbar.« Sabine trank einen großen Schluck. »Schade, dass wir morgen alle so früh rausmüssen.«

»Erinnere mich bloß nicht daran«, stöhnte Annemarie.

»So langsam solltest du dich mal daran gewöhnt haben«, sagte Martin.

»Ich kann sie verstehen«, entgegnete Chris. »Mir fällt das auch schwer.«

Prompt musste Eva gähnen und verbarg es hinter ihrer Hand, woraufhin Sabine grinste. »Das war vermutlich die Aufforderung zum Gehen.«

»Nein«, entgegnete Eva ein weiteres Mal gähnend. »Bleibt ruhig.«

»Sabine hat recht, wir sollten los«, sagte Martin. »Morgen

müssen wir alle früh raus, und du bist gerade erst wieder so richtig auf dem Damm.«

»Es geht mir inzwischen schon sehr gut.«

»Dann wollen wir mal hoffen, dass es so bleibt«, antwortete Chris.

Da Eva wirklich müde war, widersprach sie nicht, sondern wünschte allen eine gute Nacht, wobei ihr Blick Paul ein wenig länger festhielt. Er lächelte ihr zu, und in ihrem Magen flatterte es. Sie mochte ihn wirklich sehr, er war ein wunderbarer Mann, und mit einem Mal machte ein jähes Glücksgefühl ihr die Brust weit.

Nach dem Grau ihrer Jugend in den Nachkriegsjahren und den aufstrebenden Sechzigern kam Inga die jetzige Zeit vor wie ein Farbenfeuerwerk. Trotz der Krisen und Umbrüche präsentierte sie sich in einer geradezu schrillen Modernität. Inga mochte das sehr und liebte die bunten Kleider, die Möbel, die Architektur – alles symbolisierte den Aufbruch. Wer jedoch keinerlei Anstalten machte, etwas Neues anzufangen, war Lennart. Inga wünschte sich so sehr, er würde sich endlich eine Arbeit suchen, aber er schien nur seinen Vergnügungen nachzugehen, nahm den Bus in die Stadt und kehrte manchmal erst am kommenden Morgen zurück.

»Vielleicht sucht er dort ja nach Arbeit«, sagte Josh, als sie abends zusammen im Wohnzimmer saßen.

»Nachts?«

»Er fährt ja manchmal schon früher los, und vielleicht hat er auch morgens Termine.«

»Nachdem er durchgefeiert hat?« Inga wollte nicht nörgelig klingen, aber es ging ihr unglaublich auf die Nerven. Lennart sollte endlich was tun, sollte arbeiten und sich eine Bleibe suchen.

»Wenn es dir zu viel wird, sage ich ihm, dass er gehen soll.«

»Nein, das möchte ich nicht. Ich wüsste nur einfach gern, wie seine Pläne aussehen. Er wohnt hier, sagt aber nicht, wie es weitergeht. Wenn er bleiben möchte, kann er sich ja auch einbringen.«

»Soll er deine Auszubildenden unterrichten?«

»Gott bewahre«, murmelte Inga.

»Wolltest du nicht ohnehin den ökonomischen Bereich weiter ausbauen und die Auszubildenden besser auf die kaufmännischen Anforderungen vorbereiten?«

»Kannst du ihn dir als Lehrer vorstellen? Außerdem habe ich dir doch schon erzählt, dass ich den Eindruck habe, er würde mit einer meiner Schülerinnen etwas anfangen. Wie soll ich ihn da unterrichten lassen?« Sie klappte das Buch zu, das sie gerade gelesen hatte. Martha schlief schon seit einer Stunde, und Inga ließ den Abend gern mit Josh im Wohnzimmer – früher herrschaftlich Salon genannt – ausklingen.

»Wie kommst du darauf, er würde deinen Schülerinnen nachstellen?«, fragte Josh nun.

»Ich habe ihn gesehen, wie er mit einer von ihnen von einem Spaziergang zurückgekehrt ist.«

»Daran ist doch nichts Verwerfliches.«

»Ich habe ihn zur Rede gestellt und ihm gesagt, er solle sich von den Auszubildenden fernhalten, aber er meinte, die Frauen sei erwachsen und könnten selbst entscheiden, mit wem sie Zeit verbringen.«

»Damit hat er ja streng genommen nicht unrecht.«

»Aber ich möchte es nicht. Es bringt Unruhe in den Schulbetrieb. Kannst du dir vorstellen, wie es ist, wenn es dann heißt, einer aus der Familie der Schulleiterin geht eine Beziehung mit den weiblichen Auszubildenden ein?«

»Ja, natürlich. Ich verstehe dich ja auch. Aber es bringt nichts, dich jetzt verrückt zu machen, solange es sich lediglich um einen Spaziergang handelt. Ich weiß, dass dir die jungen Frauen sehr am Herzen liegen, aber du bist nicht dafür verantwortlich, auf wen sie sich einlassen. Wenn du möchtest, spreche ich aber noch mal mit ihm.«

Inga wusste, wie nahe Josh und Lennart sich früher einmal gestanden hatten. Lennart war ein ganzes Stück jünger als er und Josh für ihn wie ein großer Bruder. Zwischen ihnen lagen an die sechzehn Jahre, und Josh war in der Tat vom Alter her näher an den Auszubildenden als an ihr und Josh.

»Das wäre lieb. Vielleicht erzählt er dir dann ja auch, wie seine Pläne aussehen. Aber frag ihn nicht so direkt danach, sonst denkt er noch, wir wollten ihn vor die Tür setzen.«

»Ich werde überaus diskret sein«, versprach Josh.

Inga klappte ihr Buch wieder auf, doch es fiel ihr schwer, sich darauf zu konzentrieren. Sie hatte ein ungutes Gefühl, konnte aber nicht so recht benennen, worin es bestand. Dass Josh sich so ohne Weiteres hier einquartierte und offenbar nicht vorhatte zu gehen, war nervig, konnte aber kein Grund für eine solche Unruhe sein. Auf ihr Bauchgefühl konnte sich Inga normalerweise verlassen, es hatte sie auch damals nicht getäuscht, als sie der Überzeugung gewesen war, ihre Mutter verheimliche ihr etwas Wichtiges. Sie sah Josh an, wollte ihre Bedenken bereits in Worte fassen, ließ es dann jedoch bleiben. Schließlich ging es nur um ein diffuses Gefühl. Aber es ließ sich auch nicht abschütteln, also gab Inga es auf, lesen zu wollen, und stand auf, legte Josh die Arme um den Hals und lenkte sich auf diese Weise von ihrem Unbehagen und den düsteren Vorahnungen ab.

Wenn Annemarie sich morgens mit bleischweren Gliedern aus dem Bett quälte, konnte sie sich kaum vorstellen, dass sie an diesem Tag überhaupt so richtig wach würde. Dann nahm sie sich vor, abends früh zu Bett zu gehen. Kaum war es jedoch so weit, war die Müdigkeit wie weggefegt, und sie hätte die Nacht durchtanzen können.

An diesem Tag lag der Schwerpunkt auf praktischen Stunden in der Küche, was einerseits gut war, weil Annemarie so müde war, dass sie im Unterricht vermutlich eingeschlafen wäre. Doch auch in der Küche musste sie konzentriert bei der Sache sein. Erneut ging es um Fleisch und Verarbeitung – es gab einfach kein Entkommen. Immer wieder musste Annemarie ein Gähnen unterdrücken.

»Fleisch hat einen Eiweißgehalt von durchschnittlich zwanzig Prozent«, erklärte Sandra Weitzmann. »Warum ist Eiweiß wichtig für eine vollwertige Ernährung?« Sie sah in die Runde, und es war Paul, der sich meldete.

»Eiweiß ist der einzige Stickstoffträger im Körper, kann daher also durch keinen anderen Stoff ersetzt werden.«

Fräulein Weitzmann nickte bestätigend. »Ein weiterer Punkt ist der Fettgehalt von Fleisch. Da gibt es Abweichungen je nach Alter, Rasse und der Fütterung. Ein gut genährtes Tier weist einen höheren Fettgehalt im Fleisch auf. Es enthält weniger Wasser und hat einen deutlich höheren Kaloriengehalt.«

Annemarie starrte auf einen Punkt im Raum, um wach zu bleiben. Sie lehnte sich an die Anrichte, hatte die Arme vor der Brust verschränkt und hoffte, sie wirkte einigermaßen bei der Sache.

»Damit«, erklärte Fräulein Weitzmann, »erschöpft sich der Nährstoffgehalt von Fleisch. Eiweiß und Fett. Aus diesem Grund sollte Fleisch in einer ausgewogenen Küche nie die Hauptzutat sein, sondern in Maßen genossen werden, am besten in Kombination mit reichlich Gemüse. Vor allem Kartoffeln lassen sich hervorragend mit Fleisch kombinieren. Man verwertet das Tier aber auch weiter. Wer kann mir darüber etwas sagen?« Sie sah auffordernd in die Runde, und ihr Blick blieb an Annemarie hängen, die ihn blinzelnd erwiderte. »Fräulein Moll?«

»Ähm, Knochen?« Annemarie bemerkte, wie Chris grinste, und auch Stephan und Melanie wirkten amüsiert. Sie führte die Antwort weiter aus. »Knochenmark ist eiweißhaltig.« Sie ließ es wie eine Frage in der Luft hängen.

»Knochenmark ist vor allem fetthaltig«, antwortete Sandra Weitzmann. »Daneben beinhaltet es noch etliche weitere Nährstoffe. Was noch?«

Chris gab die gewünschte Antwort. »Knochen, Knorpel, Sehnen und Haut enthalten eiweißähnliche Stoffe, die man Leimstoffe nennt. Bei längerem Kochen lösen sie sich, und wenn sie erkalten, kann man sie für die Zubereitung von Sülze verwenden.«

Annemarie wurde übel.

»Darüber hinaus«, fuhr Chris fort, »sind auch die inneren Organe nutzbar und enthalten Eiweiß und Fett. Leber darüber hinaus noch Glykogen und Eisen.«

Annemarie verdrängte die Vorstellung, diese glibberigen Organe zubereiten zu müssen, und atmete konzentriert in den Bauch.

»Wenn Sie die Leimstoffe nutzen möchten«, sagte Sandra Weitzmann, »ist es wichtig, sie so lange zu kochen, bis sie ausgelaugt sind. Auf diese Weise lässt sich auch eine Brühe als Basis für andere Gerichte herstellen. Besonders nahrhaft ist eine solche Brühe nicht, aber sie ist verdauungsfördernd und regt den Appetit an. Beim Garen ist es wichtig, dass Sie alles so zubereiten, dass es optimal verwertet wird. Wenn Sie sämtliche Nährstoffe im Fleisch erhalten möchten, müssen Sie es heiß anbraten oder in kochendes Wasser geben. Das außen gelagerte Eiweiß gerinnt dadurch sofort, wodurch ein Auslaugen verhindert wird. Wollen Sie jedoch Brühe herstellen, setzen Sie das Fleisch in kaltem Wasser auf. Bei der Zubereitung muss darauf geachtet werden, dass sämtliche Nähr- und Geschmacksstoffe vollständig erhalten bleiben, daher ist die Garmethode und auch die Vorbereitung wichtig. Wenn Sie das Fleisch waschen, tupfen sie es danach umgehend trocken, damit das Wasser das Fleisch nicht auslaugt. Beim Schneiden verzichten Sie auf Holzbretter, weil die den Fleischsaft aufsaugen.«

Annemaries Gedanken drifteten ab, während es darum ging, Fleisch mit Speckscheiben zu umwickeln, die Nutzung der Extraktivstoffe sowie dem richtigen Garen. Wieder gähnte sie.

»Gesalzen wird erst am Ende des Garvorgangs«, fuhr Sandra Weitzmann fort. »Sonst wird der Fleischsaft gelöst, und das wollen wir vermeiden.«

Konnte es bitte endlich vorbei sein?

»Kommen wir zum Ausbraten der Fette. Vielleicht mag Fräulein Moll uns etwas dazu sagen?«

Das wusste Annemarie sogar, weil ihre Mutter es ihr irgendwann gezeigt hatte. Sie fand es zwar ekelhaft, war aber stets zum Helfen angehalten worden. Und so konnte sie es genau schildern. »Aufbewahrt wird es in einem vorgewärmten Steintopf, der mit Pergamentpapier zugebunden wird.«

Sandra Weitzmann wirkte erstaunt. Vermutlich hatte sie geglaubt, Annemarie wieder beim Träumen erwischt zu haben.

Anschließend ging es an die Praxis, die Zubereitung eines

einfachen Rindfleischragouts. Immerhin keine Innereien. Fleisch verarbeitete Annemarie zwar auch nicht besonders gern, aber das war auszuhalten. Sie schnitt es in Stücke, gab es in kochendes, gesalzenes Wasser, wo es nun eineinhalb Stunden garen musste.

»Bei dem austretenden Schaum handelt es sich um Eiweiß«, erklärte Sandra Weitzmann, »das nicht abgeschöpft werden muss.«

Während das Fleisch köchelte, bereiteten sie die Beilagen zu, und Annemarie machte sich daran, Gemüse zu schneiden. Dann blickte sie auf und bemerkte, dass Lennart die Küche betrat. Er grüßte in die Runde und rief: »Lassen Sie sich bitte nicht von mir stören.«

Als ob das so einfach wäre. Annemarie versuchte nicht hinzusehen, als er sich am Kaffee bediente. Das Fleisch hatte sie noch in der kalten Küche verarbeitet, aber nun stand sie in der Hauptküche, und Lennart war nur wenige Meter von ihr entfernt. Sie rief sich zur Ordnung, wandte sich mit etwas zu viel Schwung der Arbeit zu, stieß mit dem Ellbogen gegen den Topf, der ins Wanken geriet. Reflexhaft wollte sie danach greifen, verbrühte sich aber an einem Schwall Wasser die Hand und zuckte zurück. Im nächsten Moment ging der Topf mit einem lauten Scheppern zu Boden, und das kochende Wasser spritzte in alle Richtungen. Melanie, die ihr am nächsten stand, schrie auf und sprang zur Seite.

»Du lieber Himmel!« Sandra Weitzmann war herbeigeeilt. »Ist jemand verletzt?«

Annemarie schüttelte den Kopf, obwohl sie sich die Hand und den Knöchel verbrüht hatte. Aber sie wollte nicht noch mehr Aufmerksamkeit auf sich ziehen. Als sie den Blick hob, bemerkte sie, dass Lennart innegehalten hatte und zu ihr hinübersah. Auch das noch.

Im nächsten Moment kamen Paul, Chris und Sabine, um die Bescherung zu beseitigen. Annemarie, die nicht danebenstehen wollte, während die anderen ihr Chaos beseitigten, ging ebenfalls in die Hocke.

»Muss das alles nun in den Müll?«

»Das Fleisch lässt sich noch retten«, sagte Sandra Weitzmann. »Es wäre eine furchtbare Verschwendung, es zu entsorgen.« Ein unterkühler Blick traf Annemarie. »Wie ist das überhaupt passiert?«

»Das weiß ich nicht, ich bin irgendwie dagegengestoßen.«

»Verstehe.«

Es dauerte, das fettige Wasser komplett aufzuwischen. Noch einmal von vorne mit dem Ragout anzufangen, dafür reichte die Zeit nicht mehr, und so sollte Annemarie sich zu Chris stellen und ihm bei den Beilagen zur Hand gehen.

»Rühren Sie die Soße an, damit Sie wenigstens etwas zum Gericht beigetragen haben.«

Annemarie biss sich auf die Unterlippe, und Chris trat zur Seite, sodass sie nun an den Herd konnte. Sie nahm einen halben Liter von der Brühe ab und stellte ihn beiseite. Dann zerließ sie Fett in einem Topf, erhitzte Mehl und gab eine gewürfelte Zwiebel hinzu. Unter ständigem Rühren goss sie die Brühe hinein und ließ alles auf kleiner Flamme köcheln. Schließlich kamen Salz, Pfeffer, Essig und Zucker hinzu. Sie schmeckte die Soße ab und war zufrieden mit dem Ergebnis.

»Wie konntest du denn den ganzen Topf runterwerfen?«, fragte Melanie, als sie auf dem Weg in die Pause vor dem Mittagessen waren.

»Das weiß ich selbst nicht. Es war einfach ein Versehen.«

»Hat dir der Typ den Kopf verdreht?« Sabine nahm mal wieder kein Blatt vor den Mund.

»Ach was«, sagte Annemarie vermutlich ein bisschen zu

schnell. »Ich bin heute einfach müde und stehe ein bisschen neben mir.«

»Du bist immer müde«, entgegnete Stephan. »Wenn du so weitermachst, lässt die Weitzmann dich noch durchfallen.«

»Das Schuljahr hat doch gerade erst angefangen«, entgegnete Annemarie verärgert.

»Ja, aber so richtig dabei warst du bisher ja nicht.« Stephan zuckte mit den Schultern. »Du musst jetzt auch nicht sauer werden, aber das ist ja nun wirklich offensichtlich. Und dann kommt dieser Typ rein, und du wirfst den ganzen Topf vom Feuer.«

»Das hatte doch nichts mit ihm zu tun.« Annemarie klang angriffslustiger, als sie eigentlich sein wollte.

»Na ja, die Weitzmann wirkte schon ziemlich verärgert«, sagte nun auch Melanie.

Annemarie sog ihre Unterlippe ein und antwortete nicht. Dass direkt der Schluss gezogen wurde, sie sei durch Lennart abgelenkt, beunruhigte sie. Hatten die anderen doch etwas bemerkt? Sie womöglich miteinander gesehen?

»Lasst es gut sein«, kam es nun von Paul. »Das Missgeschick ist passiert, was bringt es, jetzt noch drauf herumzureiten.«

Stephan schien noch etwas sagen zu wollen, schwieg dann aber und warf Annemarie einen kurzen Blick zu. Womöglich wusste er doch mehr, als er zugab.

Kapitel 8

Annemarie hatte sich für diesen Abend das eleganteste Kleid angezogen, das sie dabeihatte. Ihr Haar war sorgsam frisiert und fiel in weichen Wellen. Außerdem trug sie schicke Pumps, die für das nasse Herbstwetter zwar nicht optimal waren, aber über den Hof zum Auto und vom Auto zum Casino würde es schon gehen. Sie war an diesem Wochenende die Einzige aus ihrem Jahrgang, die hiergeblieben war. Eva und Paul wollten zwar auch ausgehen, hatten es aber auf kommendes Wochenende verschoben, da Paul etwas dazwischengekommen war und er nach Hause musste.

Da sie nicht mit Lennart zusammen das Haus verlassen konnte, trafen sie sich bei ihrem Wagen. Seit ihr in der Küche der Unfall mit dem Kochtopf passiert war, hatten sie sich nicht mehr gesehen. Fünf Tage war das nun her, aber sie sorgte sich zu sehr, dass die anderen etwas mitbekamen, und fühlte sich beobachtet.

Als sie hinaustrat, hatte es glücklicherweise aufgehört zu regnen. Es war jedoch so nasskalt, dass sie kurz überlegte, ob sie nicht doch reingehen und andere Schuhe anziehen sollte. Nein, dachte sie, egal. Sie wollte schick aussehen, und dafür brauchte es die Pumps. Im Dunkeln war es nicht so einfach, den Pfützen auszuweichen, aber das Licht der Außenbeleuchtung war ausreichend, um sich zu orientieren. Der Wind hatte aufgefrischt und fuhr Annemarie unter das Kleid, sodass sie erschauerte.

Lennart wartete bereits am Auto, und sie schloss hastig

auf, zog den Knopf an der Beifahrertür hoch, und er ließ sich neben ihr im Wagen nieder. Ihr VW-Käfer verfügte über ein Warmluftgebläse, aber der Motor musste dafür eine Weile laufen, sonst kam nur kalte Luft heraus. Sie drehte den Zündschlüssel, legte den Rückwärtsgang ein und setzte aus der Parklücke. Dann lenkte sie das Auto vom Hof auf die Straße.

»Wie geht es dir?«, brach Lennart das Schweigen. »Du hast dich rar gemacht in den letzten Tagen. Fast dachte ich schon, du wärst mir böse.«

»Nein, warum sollte ich? Aber nach dem Vorfall mit dem Kochtopf wollte ich lieber nichts tun, was Aufmerksamkeit auf uns lenken könnte. Die anderen haben solche Anspielungen gemacht, als ahnten sie etwas.«

»Es wäre vermutlich gar nicht mal so schlimm, aber wenn es dir lieber ist, dass sie nichts wissen, dann halten wir uns zurück.«

Annemarie nickte nur. Sie fuhr nicht gern im Dunkeln und hielt den Blick konzentriert auf die Straße gerichtet. Lichtkegel beleuchteten die nass glänzende Straße, hin und wieder kam ihr ein Wagen entgegen.

»Bist du verärgert?«, fragte Lennart schließlich. »Oder warum sagst du nichts?«

»Ich fahre nicht gern im Dunkeln, und Unterhaltungen lenken mich zu sehr ab. Wir wollen die Nacht ja nicht im Straßengraben verbringen.« Sie versuchte, es scherzhaft klingen zu lassen.

»Ach, mit dieser Tatsache könnte ich mich durchaus anfreunden.« Sie hörte das Grinsen in seiner Stimme.

»Viel zu kalt.«

Als sie endlich in der Stadt ankamen, atmete Annemarie erleichtert aus. Hier erhellten Straßenlaternen die breiten

Straßen, und Annemarie entspannte sich, als sie sich in den Verkehr einfädelte.

»Wo muss ich hin?«

Er dirigierte sich durch die Straßen, und Annemarie, die sich in Köln nicht auskannte und auch keinen Stadtplan besaß, hoffte, dass Lennart, der ja auch nur sporadisch hier war, wirklich den richtigen Weg kannte. Wenn nicht, käme sie vermutlich nur noch auf die Landstraße zurück, wenn sie sich durchfragte. Als sie bei Gelb an einer Ampel hielt, stimmte der Wagen hinter ihr ein wildes Hupkonzert an, aber Annemarie ignorierte ihn.

»Warum bist du nicht noch schnell rüber?«, fragte Lennart.

»Du weißt doch von dem Unfall meiner Mitbewohnerin.«

»Aber daran trug sie doch keine Schuld.«

»Ich möchte trotzdem kein Risiko eingehen.«

Als die Ampel umsprang, hupte der Fahrer hinter ihr bereits wieder, bevor Annemarie losfahren konnte. Was für ein aggressiver Idiot! Als kein Gegenverkehr kam, überholte er sie, nicht ohne beim Vorbeifahren noch einmal laut zu hupen.

»Es gibt schon Spinner«, sagte Lennart. »Mach dir nichts draus.«

»Tue ich nicht.« Wobei das nicht stimmte, Annemarie war das Blut ins Gesicht gestiegen, obwohl sie wusste, dass die Sache eher dem anderen Fahrer peinlich sein sollte.

Die Straßen waren schmaler und sehr voll, sodass Annemarie sich teilweise zwischen geparkten Autos und Gegenverkehr vorbeischlängeln musste. Le petit Paris, las sie, Diskothek Montmartre. Davor standen Männer mit Schlaghosen, deren offene Jacken gestreifte Pullover zeigten, Männer in Lederjacken mit Pelzkragen, Frauen in bunten Kleidern, trotz der Kälte ohne Mäntel, andere mit Pullovern und Hosen. Am

Straßenrand entdeckte sie einen Polizeiwagen. Menschen drängten sich vor Kneipen, bei einer Schlägerei wäre einer der Kontrahenten Annemarie fast vors Auto gelaufen, und sie bremste so abrupt, dass sich Lennart mit der Hand noch rasch am Handschuhfach aufstützte.

»Bist du sicher, dass wir hier richtig sind?«

»Ja, weiter die Straße runter.«

Annemarie war nicht ganz wohl dabei, und sie erinnerte sich daran, dass ihr Bruder ihr gesagt hatte, sie würde nun also in die Nähe von »Klein-Chicago« ziehen. Auf ihre Frage hin, was er damit meinte, hatte er gesagt, Köln sei die kriminellste Großstadt der gesamten Republik. Erneut wollte sie fragen, ob sie hier wirklich richtig waren, aber sie schwieg.

»Hier ist es«, sagte er. »Du kannst dort parken.« Er wies auf eine Lücke zwischen zwei Autos.

Annemarie fuhr weiter, legte den Rückwärtsgang ein und parkte den Wagen. Dann schaltete sie den Motor aus und sah sich um. Um sie herum gab es zahlreiche Lokalitäten, Leuchtreklame, deren grelle Farben sich auf dem nassen Asphalt spiegelte, aber nichts erinnerte auch nur annähernd an ein Casino.

»Komm.« Lennart nahm ihre Hand und zog sie mit sich. Sie gingen auf ein großes Haus zu, in dem offenbar ein Kino betrieben wurde, das nun jedoch geschlossen hatte. Vergilbte Plakate hingen in den Kästen, und an den Wänden entdeckte sie aufgeweichte Reste bunten Papiers. Irritiert folgte Annemarie Lennart, als dieser zielstrebig auf eine Treppe zuging, die in ein Souterrain führte. Dort klopfte er an die Tür. Das Herz schlug ihr bis zum Hals, als Annemarie darauf wartete, was nun geschah. Von der Straße her hörte sie Stimmen von Frauen und Männern, Rufe, Lachen, Streit in einem wilden Durcheinander.

Eine Klappe an der Tür ging auf, und Annemarie hätte fast gekichert. Das war ja völlig absurd, wie in einem dieser Gangsterfilme, die ihre Eltern im Abendprogramm schauten. Sie hörte nur mit halbem Ohr hin, als Lennart mit dem Mann sprach, und überlegte, ob sie nicht Übelkeit vortäuschen sollte. Doch ehe sie diesen Gedanken in allen Konsequenzen zu Ende gedacht hatte, wurde die Tür geöffnet, und Lennart zog sie ins Innere. Es war weniger verrucht, als sie befürchtet hatte, und hatte zugleich nichts von der mondänen Atmosphäre, auf die sie gehofft hatte. Da hätte es auch ein weniger schickes Kleid und wärmere Stiefel getan.

Rauchschwaden durchzogen den Raum, Männer sowie Frauen saßen und standen um Spieltische herum. Es gab eine Bar mit hohen Hockern, die von mehr Personen belagert wurde, als Platz war. Annemarie hatte keine Ahnung von Glücksspiel, und so recht wusste sie auch nicht, was sie sich vorgestellt hatte – das hier jedoch nicht. Es wirkte düster und heruntergekommen, obwohl man offenbar versucht hatte, dem Raum ein gewisses Flair zu geben durch die billig wirkenden Kronleuchter, den überladenen Orientteppich, der mit dem teuren im Wohnzimmer ihrer Eltern nichts gemein hatte, und den mit rotem Samt bezogenen Stühlen.

Annemarie schluckte und war sich der Blicke, die sie auf sich zogen, nur zu bewusst. Lennart trug zwar ein Sakko, aber darunter Jeans und ein kariertes Hemd, womit er deutlich besser hierher passte als sie. Warum hatte er ihr das denn nicht gesagt? Andererseits hatte er ihr Kleid unter dem Mantel nicht sehen können. Sie hätte ihn einfach vorher fragen sollen, vielleicht hätte sie sich dann gleich entschieden, nicht mitzugehen.

»Wünsch mir Glück«, sagte er dicht an ihrem Ohr und küsste ihren Hals, was einen wohligen Schauer auslöste.

Annemarie riss sich zusammen. Jetzt war sie nun einmal hier, und wenn es ihm Freude bereitete, konnte sie ja auch versuchen, sich darauf einzulassen und den Spaß einfach mitzumachen. Sie würde zwar selbst nicht spielen, aber das hatte er ja vorher gewusst.

»Du bist meine Muse«, hatte er gesagt. So recht passte der Begriff nicht, fand Annemarie, schließlich war er kein Künstler. Aber wer wollte schon kleinlich sein?

Er wechselte Geld in Chips – eine sehr stattliche Summe, wie Annemarie fand – und stieg beim Pokertisch ein. Sie setzte sich schräg hinter ihn, um zuzusehen. Da ihre bisher einzige Berührung mit diesem Spiel jene unselige Nacht mit dem Strip-Poker war, war sie mit den Spielregeln nicht vertraut und wusste nicht, ob er jetzt ein gutes oder ein schlechtes Blatt hatte. Dadurch konnte sie sich immerhin nicht durch ihre Mimik verraten. Anfangs lief es gut für ihn, und er gewann öfter hintereinander. Annemarie würde es nun gut sein lassen oder weiterhin nur kleine Beträge setzen, aber offenbar machte ihn der gute Lauf übermütig, und er setzte in der nächsten Runde eine größere Summe. Auch jetzt gewann er. Danach verlor er jedoch eine Runde nach der anderen. Irgendwann stand er auf, wechselte erneut Geld in Chips, was Annemarie sehr leichtsinnig fand, und setzte auch die. Seine Pechsträhne schien kurzzeitig ein Ende zu finden, aber dann ging es weiter bergab. Als er den letzten Chip verloren hatte, wechselte er ein weiteres Mal.

»Reicht es jetzt nicht?«, fragte sie ihn verstohlen, während er nach einem neuen Spiel Ausschau hielt.

»Ich soll mittendrin aufhören?« Er ging zum nächsten Tisch und spielte Russisch Roulette. Hier gewann er immerhin mehrmals. Allerdings machte ihn das wieder übermütig, und er verlor fast alles beim Blackjack. Die Verluste tat er leichthin ab. Annemarie konnte das nicht, auch wenn es nicht ihr Geld war. Aber eine solche Verschwendung machte sie ärgerlich. Sie war zu Sparsamkeit erzogen worden, dazu, dass Geld einen Wert hatte, den man sinnvoll einsetzte. Was hätte man dafür alles kaufen können!

Er setzte den letzten Rest, den er noch hatte, beim Baccara, und jetzt gewann er immerhin. Annemarie gefiel es hier nicht, sie hatte sich das anders vorgestellt, glamouröser. Nicht so eine Kaschemme, wo man einfach nur sinnlos Geld verplemperte. Natürlich war ihr klar, dass das beim Glücksspiel dazugehörte. Aber musste er gleich so viel setzen? Sie war davon ausgegangen, sie würden durch die prächtigen Räume schlendern, hin und wieder ein paar Jetons setzen, wie man das in Filmen sah, zwischendurch einen Champagner trinken und die eleganten Leute beobachten.

»Bist du müde?«, fragte Lennart.

Froh um den Ausweg, den er ihr bot, gähnte Annemarie. »Ja, schon ein wenig.«

»Sollen wir aufbrechen?«

»Nur zu gern.«

»Dann warte, ich tausche nur eben die Chips ein. Das lief jetzt richtig gut.«

Angesichts der Summe, die er verloren hatte, war das kaum mehr als ein Taschengeld, aber Annemarie wollte jetzt nicht diskutieren, sondern nickte nur und zwang sich zu einem Lächeln. Sie nahm ihren Mantel von der Garderobe, zog ihn an und wartete auf Lennart. Dabei gähnte sie ein weiteres Mal. Sie war tatsächlich ziemlich müde. Und jetzt musste sie auch noch über die Landstraße.

»Soll ich fahren?«, fragte Lennart, der gerade zu ihr trat und seine Geldbörse verstaute.

»Deine Fähigkeit, Gedanken zu lesen, ist wirklich unheimlich. Ja, sehr gern.« Sie reichte ihm den Schlüssel, zog ihn dann aber wieder weg. »Du hast doch getrunken.«

»Keinen Alkohol, das tue ich nie, wenn ich spiele.«

Viel mehr hätte er volltrunken vermutlich nicht verlieren können, dachte Annemarie.

Draußen war die Temperatur noch um ein paar Grad gefallen, und Annemarie schlugen die Zähne aufeinander, als sie zum Auto eilten. Lennart schloss auf, ließ sie ein und startete den Motor. Es dauerte, ehe das Gebläse warme Luft ausstieß, und als es endlich so weit war, hielt Annemarie die Hände davor, um sie zu wärmen.

»Bist du enttäuscht?«, brach Lennart schließlich das Schweigen.

»Wie kommst du darauf?«

»Es wirkt so.«

»Na ja, ich habe mir etwas Glamouröseres vorgestellt.«

»Das tut mir leid, ich hätte dich vorwarnen sollen. So vornehm ist es nicht.«

»Ich glaube, das ist generell nichts für mich. Mich macht es nervös und angespannt, die ganze Zeit daran zu denken, wie viel Geld man verlieren könnte. Nicht mal, wenn es nicht mein eigenes ist.«

»Wirklich? Mich elektrisiert es. Es gibt fast nichts Aufregenderes.«

Die Fahrt über die dunkle Landstraße wirkte einschläfernd, und Annemarie hatte Mühe, wach zu bleiben. »Ich glaube, wenn wir noch mal ausgehen, würde ich lieber in eine Disko oder so.«

»Das lässt sich einrichten.«

Annemarie schaltete das Radio ein, fand schließlich einigermaßen gute Musik und ließ sie laufen. Auf diese Weise blieb sie hoffentlich wach. Was ihre Mutter wohl dazu sagen würde, dass sie mit diesem fast Fremden nachts über die Landstraße fuhr? Sie machte sich immer so viele Sorgen. Dass er anhalten und sie bedrängen würde, befürchtete Annemarie nicht, denn dafür hätte es bereits Gelegenheiten genug gegeben. Und sie war zwar vorsichtig, wollte aber auch nicht ständig verzichten, nur weil theoretisch etwas passieren konnte.

Schließlich kam die Schule in Sicht, und in diesem Moment fiel Annemarie siedend heiß ein, dass sie vergessen hatte, sich in die Liste einzutragen, damit Inga Heinthal wusste, dass sie noch ausgegangen war und den Schlüssel entsprechend hinterlegte.

»Wie kommst du ins Haus?«, fragte sie. »Hast du einen eigenen Schlüssel?«

»Ja, ich habe vorübergehend einen bekommen.« Er fuhr den Wagen auf den Hof und parkte.

Als er den Motor ausgeschaltet hatte, stieg Annemarie aus, und dieses Mal wirkte die kalte Luft belebend, die Müdigkeit wich. Hand in Hand gingen sie über den Hof. Annemaries Verstimmung wegen des seltsamen Casinos und des verlorenen Geldes verflog, und als sie sich schließlich vor der Tür, die zu den Quartieren führte, trennten, ließ sie zu, dass er sie an sich zog und küsste.

»Dosenravioli?« Eva stand am Herd und schnupperte.

»Du bist natürlich anderes gewöhnt«, antwortete ihr Vater und grinste schief. »Aber ich habe deiner Mutter versprochen, euch übers Wochenende zu versorgen.«

»Das hätte ich doch machen können.«

»Du bist so selten hier, da kannst du dich mal ein bisschen verwöhnen lassen.« Mit Dosenravioli und Schichtsalat, dessen meiste Bestandteile ebenfalls aus der Konserve kamen.

Eva wusste, dass ihr Vater nicht kochen konnte, er hatte es nie gelernt, weil sowohl seine Mutter als auch seine Ehefrau der Meinung waren, er bräuchte es nicht. Dass er aus seinem kargen Wissen doch irgendwie das Beste zu machen versuchte, rührte sie. Er hätte es ohne Weiteres ihr überlassen können, tat es aber nicht. Ihre Mutter musste an diesem Wochenende kurzfristig zu ihrem Vater fahren, der allein lebte und über Herzflimmern klagte. Es war so eilig gewesen, dass sie nicht vorgekocht hatte, sondern sich darauf verließ, dass Eva sich schon um alles kümmern würde.

Eva half ihrem Vater, das Essen aufzutragen, und ihr achtzehnjähriger Bruder Gerd verzog das Gesicht. »Ich dachte, Eva kocht.«

»Eva ist zu Besuch«, antwortete ihr Vater streng.

»Ich mag Ravioli«, sagte ihre fünfzehnjährige Schwester Marie, während die vierzehnjährige Sonja ebenso skeptisch wirkte wie ihr Bruder.

»Wer nicht essen mag, kann sich gern ein Brot in der Küche machen«, sagte Eva.

Dazu hatte wiederum niemand Lust, und so versammelten sie sich schließlich alle um den Tisch und aßen gemeinsam. Obwohl Eva keine Freundin von Fertigessen aus Konserven war, so war es doch überraschend gut. Sie spürte gerade, wie sie sich entspannte, als ihre Schwester Marie fragte, ob sie denn inzwischen einen neuen Freund in der Schule hätte.

»Peter ist doch gerade erst unter der Erde«, tadelte Gerd sie, und Eva, die eben hatte antworten wollen, erstarrte. Zwar war Paul nicht direkt ihr Freund, aber da war etwas zwischen ihnen, und eigentlich hatte sie von ihm erzählen wollen. Die Reaktion ihres Bruders jedoch ließ sie zögern. War es zu früh? Für sie selbst fühlte es sich gut an, aber würden die Leute reden? Im Grunde genommen war es Eva immer egal gewesen, was die Menschen sich so erzählten. Wer lästern wollte, tat es, ganz gleich, ob es Anlass dazu gab oder nicht. Andererseits war gerade Peter ein sensibles Thema, und sie wollte nicht, dass sich die negativen Gespräche um ihn drehten. Es würde ihr vorkommen, als würde man damit sein Andenken beschmutzen.

»Wir wollen darüber jetzt nicht sprechen«, sagte ihr Vater, der ihre Reaktion offenkundig fehldeutete.

»Ist schon gut.« Eva zwang sich zu einem Lächeln. Nach dem Essen stand sie auf und räumte ab. So richtig wusste sie an diesem Wochenende jedoch nichts mit sich anzufangen. Sie wäre lieber mit den anderen in der Schule geblieben und merkte nun doch, wie sich ihr Lebensmittelpunkt langsam verlagerte. Zwar war sie gern hier, aber gerade am Wochenende konnte man mit denen, die dortblieben, viel Spaß haben.

»Hast du Pläne für den Abend?«, fragte ihr Vater, während Eva den Abwasch machte.

»Nein, eigentlich nicht. Vielleicht lese ich ein Buch.«

Ihr Vater nahm ein Handtuch und trocknete ab. »Warum gehst du nicht aus. Du bist doch jung.«

»Meine Freundinnen sind fast alle mit ihren Familien beschäftigt.« Eva dachte an Paul, mit dem sie dieses Wochenende eigentlich etwas hatte unternehmen wollen. »Ist schon gut, ich werde einfach den ruhigen Abend genießen.«

Ihr Vater schien noch etwas sagen zu wollen, schwieg aber. Vielleicht dachte er an die Eva, die sie vor Peters Tod gewesen war, die lebenslustig war, viele Freunde hatte, gern ausging und bis spät in die Nacht tanzte.

Das Telefon klingelte, und ihr Vater legte das Handtuch beiseite, um dranzugehen. Eva hörte, wie er mit jemandem sprach, dann kam er zurück in die Küche.

»Es ist für dich. Ein junger Mann.« Es gelang ihm nicht, ein Lächeln zu unterdrücken.

Eva trocknete sich die Hände ab und eilte in den Flur an den Apparat. »Ja?« Sie klang etwas atemlos.

»Störe ich?«

»Nein, gar nicht.« Sie lachte. »Ich habe gerade an dich gedacht.«

»Tatsächlich?« Er klang erfreut. »Dann haben wir ja zeitgleich aneinander gedacht. Mein Abend ist furchtbar öde, aber ich kann nicht weg. Da wollte ich fragen, ob du zu mir kommen magst.«

Evas Blick flog zur Uhr. Halb sieben. »Ja, gern. Aber habt ihr heute nicht eine große Familienfeier?«

»Ja, aber das ist eine Feier im großen Rahmen, und ich bin eigentlich nur hier, um den Anstand zu wahren. Die Cousine meines Vaters feiert ihren Geburtstag im Restaurant.«

»Verstehe. Also wenn es nicht stört …«

»Tut es nicht.«

Eva ließ sich die Adresse mitsamt Wegbeschreibung geben und hängte ein. Als sie in die Küche zurückkehrte, grinste ihr Vater. »Du gehst aus und amüsierst dich?«

»Ich gehe aus. Ob es amüsant wird, wird sich zeigen.«

Sie wollte den Abwasch zu Ende machen, aber das erlaubte er nicht. »Geh und sag Marie und Sonja, sie sollen das tun.«

»Ist gut.« Eva hängte die Küchenschürze an den Haken und lief hoch in ihr Zimmer, um sich umzuziehen. Auf dem Weg dorthin rief sie in die Zimmer ihrer Schwestern, sie sollten nach unten gehen und ihrem Vater in der Küche helfen. Aus Sonjas Zimmer kam prompt eine maulige Antwort, aber Eva ignorierte sie.

»Du fährst in die Nähe von Koblenz, ja?«, fragte ihr Vater, als Eva eine halbe Stunde später zurückkam. Sie trug ein blau gemustertes Herbstkleid, das schick genug war für einen festlichen Anlass, aber gleichzeitig ausreichend leger, um als Freizeitkleid durchzugehen. Dazu hatte sie passende Stiefel angezogen. Da sie nicht wusste, ob es für die Rückfahrt dann nicht schon zu spät war oder ob sie etwas trank, packte sie rasch Zahnbürste, Waschutensilien und ein Nachthemd in einen kleinen Beutel, den sie jedoch im Auto lassen würde. Paul sollte schließlich keinen falschen Eindruck bekommen.

»Ja, ich muss noch auf der Straßenkarte schauen, wie ich hinkomme.«

Nun wirkte ihr Vater doch, als hätte er Bedenken. »Soll ich dich fahren?«

»Ich bitte dich.« Eva schlüpfte in ihren Mantel und legte einen Schal um. »So weit ist es auch wieder nicht.«

»Wenn es zu spät wird, kannst du vielleicht irgendwo unterkommen?« Er machte sich immer Sorgen, das war sogar während ihrer Ehe nicht anders gewesen, und da hatte sie immerhin einen eigenen Haushalt geführt.

»Ich bin erwachsen, das schaffe ich schon.«

Jetzt lächelte er. »Daran hatte ich keinen Zweifel. Mach dir einen schönen Abend.«

»Bis später, Paps.« Sie winkte ihm zu, griff nach ihren Schlüsseln und verließ das Haus.

Draußen schlug ihr eine feuchte Kälte entgegen, und sie zog frierend die Schultern hoch, als sie zum Wagen lief. Ab der Autobahnabfahrt Koblenz hatte Paul ihr den Weg beschrieben. Rasch sah sie auf der Straßenkarte nach, wie sie fahren musste, dann startete sie den Motor.

Kurz nachdem sie losgefahren war, setzte ein Nieselregen ein, den ihre Scheibenwischer tapfer bekämpften. Erst hatte sie einen schmierigen Film auf der Windschutzscheibe, aber dann wurde die Sicht besser, und Eva beschleunigte. Sie fuhr gern Auto, empfand es als überaus entspannend, und um diese Uhrzeit war nicht mehr so viel los auf den Straßen.

Bis Koblenz kam sie zügig voran, danach musste sie sich orientieren. Sie hatte sich die Beschreibung eingeprägt, musste aber dann doch einmal anhalten, um auf ihre Notizen zu schauen. Sie war falsch abgebogen, musste noch einmal zurück und fand dann die richtige Straße. Schließlich war das Mosel-Restaurant Thiemann ausgeschildert, und ab da brauchte sie keine Beschreibung mehr.

Eine stattliche Anzahl von schicken Wagen hatte sich auf dem Parkplatz vor dem Restaurant angesammelt, und Eva musste suchen, ehe sie ein Lücke fand, die ausreichend groß war, damit sie ihren Käfer zwischen einem Benz und einem Jaguar platzieren konnte. Ihre eigene Familie war durchaus gut situiert, aber das hier war offenbar eine ganz andere Liga. War sie doch falsch angezogen? Eva war sich nicht mehr so sicher, aber es ließ sich jetzt ohnehin nicht mehr ändern. Sie griff nach ihrer Handtasche, öffnete die Tür und stieg aus. Dann verschloss sie den Wagen – wobei sie sich beim besten Willen nicht vorstellen konnte, dass ein Autodieb sich ausgerechnet an ihrem Wagen vergreifen würde. Da es aufgehört hatte zu regnen, ließ sie den Schirm im Auto. Sie schulterte ihre Tasche und ging auf den Eingang des Restaurants zu. Dabei fuhr sie sich einmal ordnend durch die Haare.

Als sie das sehr schicke Restaurant betrat, kam ihr ein Kellner entgegen, beflissen lächelnd. »Guten Abend, die Dame.«

»Guten Abend, ich bin mit Paul Thiemann verabredet«, sagte sie.

»Ah, Herr Thiemann hat Sie bereits angekündigt. Folgen Sie mir bitte.« Er ging ihr voraus in einen angrenzenden Festsaal.

Es war eine große Gesellschaft, die sich hier eingefunden

hatte. Eva wusste nicht, ob sie mit ihrem Kleid da mithalten konnte. Der Kellner nahm ihr den Mantel ab, und im nächsten Moment kam Paul auf sie zu, lächelnd und so offenkundig glücklich, sie zu sehen, dass es Eva ganz warm ums Herz wurde.

»Wie schön, dass du gekommen bist«, sagte er. »Ich hoffe, ich habe dich bei nichts Wichtigem gestört.«

»Dann wäre ich nicht gekommen.« Sie erwiderte das Lächeln und nahm der Antwort damit die Spitze.

»Du kannst dir nicht vorstellen, wie froh ich bin, dass du hier bist. Es war todlangweilig. Leider bestehen meine Eltern darauf, dass ich bei dieser Art Veranstaltung anwesend bin, nicht nur als Sohn des Hauses, sondern auch als künftiger Restaurantbesitzer.« Sein Blick glitt suchend durch den Raum. »Dort hinten können wir uns hinsetzen, da ist ein kleiner Tisch frei.«

»Sollte ich nicht deine Eltern vorher begrüßen?« Eva hatte Sorge, unhöflich zu wirken.

»Die sind momentan sehr beschäftigt, das holen wir später nach.« Paul führte sie durch den Raum.

»Hätte ich nicht ein Geburtstagsgeschenk oder so mitbringen sollen?« Darauf kam sie jetzt erst.

»Nein, du bist mein Gast. Ich sage einfach, mein Geschenk ist von uns beiden.«

»Ist gut.« Eva ließ sich zögernd nieder, nachdem er ihr den Stuhl zurechtgerückt hatte.

Paul setzte sich ihr gegenüber und winkte einen Kellner heran, bei dem er Champagner bestellte. Damit war die Frage beantwortet, ob sie abends noch nach Hause fuhr. Später würde sie Paul fragen, wo sie in der Nähe unterkommen konnte. Jetzt gleich würde es möglicherweise etwas aufdringlich wirken.

Ein Orchester spielte Tanzschlager, und auf der Bühne hatten sich mehrere Paare eingefunden.

»Gehören die hier alle zu deiner Familie?«, fragte sie.

»Nein, viele schon, aber es sind auch etliche Freunde und Bekannte eingeladen.«

Eva nickte und entspannte sich ein wenig. Sie blickte in die Karte, die Paul ihr gereicht hatte, und entschied sich für ein Fischgericht an Trüffelschaum und buttriger Gemüsebeilage. Paul gab die Bestellung für sie beide auf – wobei er selbst nur ein kleines Beilagengericht wählte – und mit einem beflissenen Lächeln eilte der Kellner davon.

»Warum isst du so wenig?«, fragte Eva.

»Wir hatten vorhin schon Familienessen.«

Sie sah sich im Raum um, der eine Atmosphäre gediegener Eleganz versprühte. Die Wände waren cremefarben, von der holzgetäfelten Decke hingen Kronleuchter, auf den weißen Damasttischtüchern standen silberne Kerzenhalter, die Stühle aus Eichenholz waren mit rotem Samt bezogen. Eva bevorzugte eigentlich Restaurants, die etwas moderner waren, aber das hier hatte was.

»Sind deine Schwestern heute auch hier?«

»Nein, die Anreise ist zu weit, und sie haben kleine Kinder.«

Eine sehr elegante Dame, die ihr rötlichbraunes Haar in einer schicken Kurzhaarfrisur trug, kam zu ihnen an den Tisch. »Paul, möchtest du uns deinen Besuch nicht vorstellen?«

»Ihr wart beschäftigt«, sagte er, »da wollten wir nicht stören. Mutter, das ist Eva Wyland, Eva, meine Mutter, Birgit Thiemann.«

Eva erhob sich und gab der Frau die Hand. »Es ist mir ein Vergnügen.«

Die Frau lächelte und erwiderte den Druck ihrer Hand nicht. »Sie sind die Dame, mit der unser Paul seinen Unfall hatte?«

»Ja, ganz recht.«

Birgit Thiemann nickte nur. »Und was führt Sie heute Abend zu uns?«

»Ich habe sie eingeladen«, sagte Paul, dem die Fragerei offenkundig unangenehm war.

Ein schmales Lächeln erschien um Birgit Thiemanns Lippen. »Wie reizend. Dann amüsieren Sie sich gut.« Sie nickte Eva zu und entfernte sich.

»Entschuldige bitte«, sagte Paul, »auf Außenstehende wirkt sie eher unterkühlt.«

»Ist doch kein Problem«, antwortete Eva, die zwar nicht gerade behaupten konnte, Birgit Thiemann sei ihr sympathisch. Aber so schlimm war es nun auch wieder nicht.

»Ich würde dich zum Tanzen auffordern, aber die Musik ist eher was für die Generation unserer Eltern.«

»Wir haben ja noch unseren Tanzabend in Köln.«

»Den nehmen wir auch bald in Angriff.« Paul lehnte sich zurück und wirkte entspannt. »Es ist so schön, dass wir uns heute sehen können.«

»Ja, das finde ich auch. Ich … Also, mein Vater ist ja immer etwas ängstlich, obwohl ich schon seit Jahren erwachsen bin. Auf jeden Fall musste ich ihm versprechen, dass ich mir hier eine Herberge oder ein Hotel suche. Weißt du eins in der Nähe, wo ich unterkommen könnte?« Nun war es heraus.

»Du musst dir keine Herberge suchen. Wir haben hier Gästezimmer genug.«

»Ich quartiere mich doch nicht einfach bei euch ein.«

»Nein, natürlich nicht. Ich quartiere dich hier ein.«

»Deine Mutter wirkte nicht gerade begeistert, mich hier

zu sehen.« Eva wollte sich nicht vorstellen, wie diese Frau reagierte, wenn sie morgens am Frühstückstisch erschien.

»Meine Mutter wirkt nie von etwas begeistert. Außerdem ist es selbstverständlich. Ich habe dich eingeladen, da ist es doch das Mindeste, dass ich für deine Übernachtung sorge.«

Eva zögerte. »Aber ihr habt doch vermutlich ohnehin so viele Gäste jetzt.« Ihr Blick flog zur Tanzfläche, wo sich mittlerweile mehr Paare eingefunden hatten.

»Wir haben alle Besucher in Hotels untergebracht. Bei uns ging es aus dem Grund nicht, weil dann die Leute, die im Hotel sind, vermutlich gefragt hätten, warum man nicht sie ausgewählt hätte, bei uns zu wohnen. Das gibt dann so viele unnötige Diskussionen, dass meine Eltern lieber darauf verzichten wollten.«

Eva war sich unsicher, befürchtete jedoch, es könnte unhöflich wirken, wenn sie so vehement ablehnte. Sie mochte Paul und wollte ihn nicht vor den Kopf stoßen. Also nickte sie schließlich. »Na schön. Wenn es für deine Eltern wirklich kein Problem ist?«

»Nein, ganz bestimmt nicht.«

Bald darauf wurden ihre Bestellungen gebracht, und Eva, die das Mosel-Restaurant Thiemann bisher nur dem Namen nach gekannt hatte, musste zugeben, dass es seinem Ruf mehr als gerecht wurde. Das Essen war hervorragend, und sie seufzte genießerisch.

»Warum erwarten deine Eltern von dir eigentlich eine Ausbildung zum Koch und Konditor? Später wirst du ja wohl kaum selbst in der Küche stehen.«

»Ihnen ist es wichtig, dass man weiß, was man tut, wenn man ein Gastronomieunternehmen leitet. Mein Vater hat damals eine ähnliche Ausbildung durchlaufen. Außerdem lernen wir ja nicht nur kochen, sondern auch wirtschaften in Gastronomieunternehmen. Man weiß schließlich nie, was kommt. Angenommen, das Unternehmen würde sich eines Tages nicht mehr rechnen, dann wäre ich imstande, es in kleinem Rahmen aufgrund eigener Fähigkeiten zu erhalten. Oder etwas Neues zu gründen.«

Eva nickte, weil sie gerade den Mund voll hatte. Sie selbst wusste noch nicht, was sie mit ihrem Abschluss später anfangen sollte, aber sie konnte sich gut vorstellen, in die gehobene Gastronomie zu gehen. Ein Hotelbetrieb würde sie auch reizen. Es gab so viele Möglichkeiten.

Nach dem Essen ging sie mit Paul nach draußen, wo sie sich eine Zigarette ansteckte und er ihr Feuer gab. Danach zündete er sich selbst eine an und atmete den Rauch in einem langen Zug aus. »Meine Mutter hat mir gestern einen Vortrag über die Schädlichkeit von Zigaretten gehalten.«

»Hat ja gut gefruchtet«, antwortete Eva, und beide lachten.

Sie standen auf dem Platz vor dem Restaurant und beobachteten die Leute, die kamen und gingen, elegant gekleidete Paare, eine Gruppe Männer in Geschäftsanzügen, zwei Frauen, die offenkundig Mutter und Tochter waren. Hin und wieder fuhr ein Auto vorbei, und durch die geöffneten Fenster des Festsaals drang Gelächter. Sie hätten auch im Saal rauchen können, manche taten das. Aber Eva wollte es sich ohnehin abgewöhnen, und da war es besser, sie machte es sich so schwer wie möglich. Hinauszugehen kostete sie gerade bei diesem Wetter immer eine gewisse Überwindung.

Nachdem sie aufgeraucht hatten, gingen sie zurück, und nun lernte Eva Pauls Vater kennen, einen distinguiert wirkenden Herrn, der unverkennbar Ähnlichkeit mit seinem Sohn hatte. Sein Lächeln war nicht ganz so zurückhaltend wie das seiner Frau, aber wirkliche Herzlichkeit zeigte es nicht.

»Meine Frau hat mir bereits gesagt, dass die junge Dame, mit der unser Paul den Unfall hatte, auf unserer Familienfeier zu Besuch ist.« Wie er es sagte, klang es, als sei Eva ein Eindringling – daran änderte auch nicht, dass er weiter lächelte.

»Ich habe sie eingeladen.« Pauls Stimme hatte sich um mehrere Grade abgekühlt. »Und eigentlich hatte ich ihr auch ein Gästezimmer angeboten, damit sie so spät nicht mehr zurück muss.«

»Nun, mein Lieber, nichts stünde mir ferner, als dich als Lügner oder Wortbrecher dastehen zu lassen. Natürlich kann Fräulein …«, er sah Eva fragend an.

»Frau Wyland.«

Kurz hob er die Brauen, schien zu überlegen, ob sie geschieden, verwitwet oder schlicht modern sein wollte. »Natürlich kann Frau Wyland eines unserer Gästezimmer haben. Wir wollen ja nicht, dass sie einen weiteren Unfall erleidet.«

Eva krauste die Stirn. Dachte der Mann womöglich, es sei ihre Schuld? Dass sie Paul abgelenkt hatte? Oder warum sprach er so seltsam mit ihr?

»Ich muss dann weiter, mich um die Gäste kümmern. Genießen Sie den Abend.«

»Es tut mir leid«, sagte Paul, während er seinem Vater mit gekrauster Stirn nachsah. »Meine Eltern zeigen sich heute nicht gerade von ihrer besten Seite.«

»Es ist nicht so schlimm. Sie haben ja auch gerade viel um die Ohren. Vielleicht meinen sie es nicht so.« Eva fragte sich, warum sie diese Leute gerade verteidigte. Den Vater fand sie beinahe noch schlimmer als die Mutter. Die war zwar sehr unterkühlt gewesen, aber immerhin nicht so unfreundlich.

Paul bestellte etwas zu trinken für sie beide, und Eva wäre am liebsten doch in ein Hotel gegangen, aber Paul war so lieb und fürsorglich, dass sie das nicht über sich brachte. Und schließlich war sie seinetwegen hier und nicht wegen seiner Eltern.

Nach der Feier begleitete Paul Eva in den privaten Bereich der Familie. »Unser Gästezimmer ist im zweiten Obergeschoss.«

Im Erdgeschoss gab es eine kleine Küche, ein Wohn- sowie Esszimmer. Im ersten Obergeschoss war das Zimmer seiner ältesten Schwester sowie seiner Eltern mitsamt Ankleidezimmer und einem großen Bad untergebracht. In der Etage darüber befand sich Pauls Zimmer, das seiner anderen Schwester und ein Gästezimmer.

»Du hast ein eigenes kleines Bad«, sagte er. »Das Bett beziehe ich dir noch.«

»Das kann ich doch selbst tun.«

»Du bist mein Gast.« Paul verließ den Raum, um Bettwäsche zu holen, legte Laken auf die Matratze, während Eva offenbar nicht untätig danebenstehen wollte und das Kissen bezog. Danach schüttelte er das Kissen auf und schlug die Bettdecke einladend zurück. »Es ist angerichtet, die Dame.«

Sie lachte. »Vielen Dank.«

»Wir haben noch eine verpackte Zahnbürste, falls du eine brauchst, und du kannst auch ein Shirt von mir haben zum Schlafen.«

»Danke, aber ich habe vorgesorgt. Meine Sachen sind im Auto, ich hole sie rasch.«

Pauls Zimmer lag unmittelbar nebenan, und bei dem Gedanken an Eva, die nur wenige Meter von ihm entfernt schlafen würde, schlug ihm das Herz schneller. Sie waren bisher eher auf freundschaftlicher Ebene miteinander umgegangen.

Wenn es nach ihm ging, würde er die Beziehung gern vertiefen, aber er würde behutsam vorgehen, wollte nicht, dass sie sich bedrängt fühlte.

Als es klopfte, beschleunigte sich sein Herzschlag. Es war jedoch nicht Eva, die sein Zimmer betrat, sondern seine Mutter. Sie sah sich um, als suchte sie etwas.

»Falls du Eva suchst, sie ist im Zimmer nebenan«, sagt er kalt. Ihr Verhalten ärgerte ihn, was ihr offenbar nicht so richtig bewusst zu sein schien.

»Immerhin wahrt sie den Schein.«

»Welchen Schein sollte sie wahren? Ich habe ihr unser Gästezimmer angeboten, und sie nutzt es.«

»Dein Vater sagt, sie sei eine *Frau* Wyland. Ist sie eine dieser sehr modernen Frauen?«

»Sie ist sehr modern, aber auch verwitwet.«

Seine Mutter wirkte, als hätten sich ihre Gedanken bestätigt, jene fast schon enervierende Art des Rechtbehaltens, die man Kindern gegenüber an den Tag legte. »Und jetzt ist sie auf der Suche nach einem neuen Ernährer?«

Paul spürte, wie ihm vor Wut das Blut heiß in die Wangen stieg. »Ist dir entgangen, dass wir zusammen eine Ausbildung machen? Und dass ihre Familie durchaus vermögend genug ist, um die Schule für sie zu bezahlen?«

»Welcher Ort wäre wohl besser geeignet, um wohlhabende junge Männer kennenzulernen?«

»Sag mal, soll das ein Scherz sein? Wenn sie wohlhabende Männer kennenlernen möchte, bieten sich dafür bestimmt eher andere Orte an als ausgerechnet eine Schule.«

Seine Mutter sah ihn mit jenem nachsichtigen Blick an, mit dem man die gar zu große Naivität der Jugend bedachte. Paul machte das rasend. »Und der Unfall?«

»Was soll damit sein?«

»Spekuliert sie auf dein schlechtes Gewissen, um dich damit irgendwie unter Druck zu setzen?«

»Warum sollte ich ein schlechtes Gewissen haben? Ich habe doch nichts falsch gemacht.«

»Ich sagte ja auch nicht …«

»Außerdem«, fiel er ihr ins Wort, »wäre ich dir dankbar, wenn du deine Stimme senken würdest, denn ich möchte nicht, dass sie hört, wie du über sie sprichst. Sie ist eine bezaubernde junge Frau und hat es nicht verdient, dass du so über sie redest.«

Jetzt war es an seiner Mutter, rot anzulaufen. »Wie sprichst du denn mit mir? Ich möchte dich lediglich vor deiner eigenen Gutgläubigkeit bewahren. Es gibt so viele nette junge Damen.«

»Müssen wir dieses Gespräch wirklich führen? Es ist spät, und ich bin müde.«

In ihrem Gesicht zuckte es, und sie schien noch etwas sagen zu wollen, schwieg dann jedoch. »Dann geh nur *schlafen.*« Sie betonte das letzte Wort.

Paul verdrehte die Augen, sagte aber nichts. Er kleidete sich um, ging ins Bad und hoffte, dass er Eva noch einmal begegnete. So recht wusste er nicht, was er erwartete, aber er wünschte sich, sie zu sehen. Die Tür ihres Zimmers jedoch blieb verschlossen. Erst am kommenden Morgen sah er sie und versuchte, an ihrem Blick auszuloten, ob sie etwas von dem Gespräch mit seiner Mutter mitbekommen hatte. Ihre Miene gab jedoch nichts preis.

Kapitel 9

Wisst ihr schon, was ihr für die Adventsfeier vorbereitet?«, fragte Melanie, als sie mittags bei Tisch saßen. Um sie herum war Geschirrklappern zu hören, die Stimmen der Auszubildenden, hier und da ein Lachen. Es gab Königsberger Klopse mit Kapernsoße und Kartoffeln, dazu einen Salat als Beilage.

Von Frau Weitzmann hatten sie am Vortag erfahren, dass eine Adventsfeier stattfinden würde, für die alle Auszubildenden etwas beisteuerten. Endlich gab es etwas, worauf Annemarie sich wirklich freute. Bisher hatten sie kaum gebacken, das stand erst im nächsten Halbjahr auf dem Programm.

»Noch nicht«, sagte Sabine. »Vielleicht Vanillekipferl.«

»Ich mache Pfefferkuchen.« Eva wirkte etwas angegriffen in letzter Zeit, fand Annemarie. Ob sie etwas ausbrütete?

Annemarie hörte nur mit halbem Ohr zu, während die anderen ihre Ideen diskutierten. Sie hatte sich für diesen Abend wieder mit Lennart verabredet für einen Spaziergang. Nach ihrem Besuch im Casino vier Tage zuvor hatten sie sich nicht mehr getroffen. Zunächst hatte Annemarie befürchtet, er würde sie zu spießig finden, aber mittlerweile spielte es für sie gar keine Rolle mehr, was er von ihr dachte. Sie mochte ihn und konnte sich durchaus mehr vorstellen, aber sie würde keine Dinge tun oder gutheißen, die ihr nicht gefielen. Wenn er sein Geld auf diese Weise verlieren wollte, war das seine Sache, damit wollte sie nichts zu tun haben. Es stellte sich ohnehin die Frage, ob jemand zum Partner taugte, der so leichtsinnig mit Geld umging. Wenn er das einmal des Spaßes wegen tat, dann war das eine Sache. Spielte er jedoch regelmäßig, käme eine Beziehung mit ihm für sie nicht infrage. Der Cousin ihres Vaters hatte seine Familie damit fast in den Bankrott gestürzt.

»Träumst du?« Sabines Stimme riss sie aus den Gedanken.

»Hm, nein.«

»Ich habe dich zweimal gefragt, ob wir heute Abend zusammen Karten spielen sollen.«

»Nein, danach ist mir nicht so.«

»Du machst überhaupt nicht mehr mit, wenn wir spielen«, sagte Stephan.

»Es macht mir eben keinen großen Spaß.«

»Dafür sitzen wir zusammen und lernen uns besser kennen.«

Auf die Weise, wie sie sich beim Poker kennengelernt hatten, konnte Annemarie gut und gern verzichten. Sie sagte jedoch nichts und hob nur kurz die Schultern.

»Lass sie doch«, meinte Melanie. »Wir sind genug, und wenn sie keine Lust hat …« Die Art, wie sie es sagte, gefiel Annemarie nicht, aber sie wollte keine Diskussion anzetteln, und so konzentrierte sie sich auf ihr Essen. Eva war ebenfalls zurückhaltend, was Annemarie jedoch nicht wunderte. Vom Kartenspielen dürfte sie die Nase voll haben.

Nach dem Essen ging es in den Klassenraum, und sie widmeten sich der Zusammensetzung von Nahrungsmitteln und dem Vitamingehalt, was sie anhand einer Tabelle bis heute hatten lernen sollen. Annemarie hatte es wirklich vorgehabt, aber dann war doch immer etwas Interessanteres dazwischengekommen, und sie hatte die dröge Tabelle nach hinten geschoben. Jetzt stand sie da und hoffte, dass sie nicht drangenommen wurde. Die Theoriestunden waren das mit

Abstand langweiligste am gesamten Schulleben. Annemarie wünschte, sie könnten einfach ein Gericht nach dem anderen kochen. Dazu hatte sie zwar auch nur bedingt Lust, aber es war wenigstens abwechslungsreich, und die Zeit verging schneller.

Die Theoriestunden gingen noch bis fünf Uhr, danach hatten sie endlich frei. Annemarie atmete auf und verließ den Klassenraum. Sie hörte noch, wie Melanie eine spitz klingende Bemerkung machte und sich dabei zu Stephan neigte. Was hatte sie eigentlich für ein Problem? Dachte sie wirklich, Annemarie hielt sich für etwas Besseres und wollte daher keine Zeit mit ihnen verbringen. Stephan ging nicht darauf ein, immerhin.

»Ich klinke mich für diesen Abend auch aus«, sagte Sabine unvermittelt.

»Ach ja? Wie kommt's?«

»Ich bin einfach müde.« Wie zum Beweis gähnte sie.

Annemarie ging auf ihr Zimmer und machte sich frisch. Gegen sieben wollten sie sich treffen, da war noch gut Zeit. Offenbar hatte Eva ebenfalls Pläne, denn sie war nach der Theoriestunde direkt verschwunden und hatte auch keinen Abstecher auf ihrem Zimmer gemacht. Sich die Zeit mit Plaudern zu vertreiben, fiel somit aus. Um sechs ging Annemarie zum Abendessen und begegnete dabei Melanie auf dem Flur. Kurz überlegte Annemarie, ob sie sie auf die blöde Bemerkung ansprechen sollte, entschied sich dann jedoch dagegen. Schweigend gingen sie hinunter, und vermutlich nahm Melanie die Missstimmung ebenfalls wahr. Einige Auszubildende der höheren Jahrgänge stießen zu ihnen, und gemeinsam nahmen sie die Treppe ins Erdgeschoss. Annemarie hatte sich so auf die Ausbildung gefreut und sich an die Internatsgeschichten erinnert, die sie als Kind gelesen hatte.

Doch nun fand sie alles einfach nur furchtbar anstrengend, und bisher hatte sie, abgesehen von Eva, auch niemanden, den sie hier wirklich als Freundin bezeichnen würde. Immerhin gab es Lennart, auf den sie sich freuen konnte.

Beim Abendessen stellten sie fest, dass Sabine nicht da war.

»Vielleicht ist sie nach Köln gefahren«, sagte Chris. »Sie hat sich Stephans Auto geliehen.«

»Tatsächlich?« Melanie wirkte verstimmt. »Sie meinte doch, sie sei müde.«

»Vermutlich wollte sie einfach allein sein«, versuchte Martin sie zu entschuldigen.

»Sie hätte ja fragen können, ob von uns auch jemand Lust hat auf Köln«, entgegnete Melanie. »Wenn sie unbedingt allein sein möchte, kann sie dann ja trotzdem allein was unternehmen.«

»Wann bekommst du eigentlich dein neues Auto?«, fragte Stephan an Paul gewandt, der seit seinem Unfall stets mit dem Zug und dem Bus unterwegs war.

»Ich hätte schon längst eins haben können, wenn mein Vater das übernommen hätte. Aber das möchte ich nicht, ich möchte es selbst aussuchen, daher wird es erst etwas in den Weihnachtsferien.« Pauls Blick streifte Eva, die ihn kurz erwiderte, kaum sichtbar lächelte und sich dem Essen widmete. So recht wurde Annemarie nicht schlau aus der Beziehung. Offenkundig mochten die beiden sich sehr, aber Eva verhielt sich immer etwas distanziert, in letzter Zeit noch mehr als ohnehin schon. War etwas vorgefallen? Das würde auch erklären, warum sie in letzter Zeit so bedrückt wirkte. Zerstritten schienen sie allerdings auch nicht zu sein. Annemarie beschloss, der Sache auf den Grund zu gehen.

Nach dem Essen lief sie hinauf, um ihren Mantel zu holen, und gerade als sie im Begriff war, das Zimmer zu verlassen, kam Eva herein.

»Du gehst auch aus?«, stellte sie das Offensichtliche fest.

»Nur ein bisschen spazieren.«

»Ich spiele mit den anderen Karten.«

»Jetzt doch?«

»Ja, Martin und Paul haben versprochen, dass es dieses Mal ein normales Gesellschaftsspiel wird.«

»Dann ist es ja gut.« Annemarie öffnete die Zimmertür. »Wir sehen uns später.«

In der Eingangshalle war es still, und nur ein kleines Licht erhellte den Bereich. Obwohl es noch keine sechs Uhr war, konnte man glauben, es ginge schon auf nachts zu. Annemarie freute sich schon darauf, wenn die Tage wieder länger wurden. Dass es am späten Nachmittag schon dunkel wurde, empfand sie als niederdrückend, ebenso die Kälte.

Sie zog ihren Schal enger um den Hals und schloss den obersten Mantelknopf. Beim Öffnen der Tür schlug ihr die Kälte entgegen, schwer vom kürzlichen Regen, und Annemarie überlegte, ob es wirklich so eine gute Idee gewesen war, sich für diesen Abend ausgerechnet zum Spazierengehen zu verabreden. Frierend stand sie im finsteren Hof, das karge Außenlicht spendete kaum Licht. Weil Annemarie nicht wollte, dass man sie zusammen sah, hatten sie sich außerhalb des Tors verabredet, und so lief sie rasch dorthin, in der Hoffnung, dass er dort bereits auf sie wartete. Sobald sie sich bewegten, wurde es bestimmt etwas wärmer.

Von Lennart fehlte jedoch jede Spur, und als Annemarie einen Blick über den Hof warf, lag dieser still und verlassen da. Das konnte doch wohl nicht wahr sein. Was hatte er denn zu tun, dass er es nicht einmal pünktlich hierher schaffte?

Annemarie konnte nicht einmal das Ziffernblatt lesen, weil es zu dunkel war. Entnervt ging sie schließlich zurück und hielt den Arm unter die Außenlaterne. Lennart war bereits mehr als fünfzehn Minuten zu spät. War ihm etwas dazwischengekommen? Dann hätte er ja nun wirklich absagen können. Andererseits – wie hätte er das tun sollen? Annemarie hatte ihm ja strikt untersagt, in Gegenwart der anderen vertrauliche Gespräche mit ihr zu führen. Diese Verabredung hatten sie auch nur treffen können, weil Annemarie seine Gewohnheiten kannte und wusste, wo sie ihm unauffällig über den Weg laufen konnte. Er rauchte oft draußen, jedoch nicht unter der Ulme, wie alle anderen es taten, sondern im seitlichen Bereich des Gartens. Dort stand er morgens noch vor dem Frühstück. Auch abends nach dem Abendessen konnte man davon ausgehen, ihn zu treffen.

Annemarie ging zurück an den Treffpunkt, wo sie weiterhin wartete. Aber nach wie vor kein Lennart. Mit einem entnervten Seufzen überquerte sie erneut den Hof, sah auf die Uhr und beschloss, dass fünfundvierzig Minuten vergeblichen Wartens nun wirklich genug waren. Hoffentlich hatte er wenigstens einen guten Grund dafür, sie zu versetzen.

Übel gelaunt machte sie sich auf den Weg zurück über den Hof und stieß die Tür auf. Was sollte sie jetzt mit dem angebrochenen Abend anfangen? Sie ging die Treppe hinauf, zog sich Mantel und Stiefel aus und beschloss, den anderen beim Spielen Gesellschaft zu leisten. Zwar hatte sie auch dazu keine richtige Lust, aber es machte sie so wütend, versetzt worden zu sein, dass sie nicht allein bleiben wollte.

Stephan wirkte erstaunt, als sie nach kurzem Anklopfen sein Zimmer betrat, wo außer Sabine alle saßen. »Was für ein seltener Glanz in meiner Hütte.«

»Ich war ein wenig draußen an der frischen Luft und bin

jetzt wieder wach«, erklärte sie den Meinungsumschwung. »Was spielt ihr?«

»Rommé«, antwortete Chris.

»Ach, das spielt man ja ohnehin höchstens zu sechst.« Sie wollte bereits den Rückzug antreten.

»Wir wechseln uns einfach ab«, sagte Paul. »Bleib doch.«

»Außerdem ist es wirklich ganz lustig«, fügte Eva hinzu, was letzten Endes den Ausschlag für Annemarie gab, zu bleiben.

Es wurde besser als erwartet, obwohl Annemarie keine begeisterte Rommé-Spielerin war. Aber es gab keine anzüglichen Bemerkungen, und sie lachten viel. Annemarie gewann gleich zwei Runden in Folge, und sie war mittlerweile sogar einigermaßen guter Stimmung. Als sie schließlich spätabends zurück auf ihr Zimmer ging, hatte sich sogar ihr Ärger auf Lennart gelegt. Bestimmt gab es einen guten Grund, warum er nicht gekommen war.

Als Inga morgens nach dem Frühstück in ihr Büro ging, schlief Lennart noch. Sie hatte ihn sehr spätnachts heimkommen hören und ärgerte sich unglaublich. Wie konnte man einfach so in den Tag hineinleben? Und wie lange wollte er eigentlich noch bleiben? Angeblich bemühte er sich in Köln um eine Arbeit, aber das konnte doch nicht monatelang dauern. Seit wann war er jetzt eigentlich schon hier? Auf jeden Fall zu lange. Inga war sicher alles andere als spießig, aber dass jemand nur so in den Tag hinein lebte, dafür hatte sie kein Verständnis.

»Soll ich ihn wegschicken?«, fragte Josh, dem ihre Missbilligung nicht entging.

»Das würde ich nie von dir verlangen.«

»Ich tue es trotzdem.«

Inga küsste ihn und rang kurz mit sich. Sie wusste, wie gern Josh seinen Cousin hatte. Nach wie vor war er wie ein jüngerer Bruder für ihn, und Inga wollte nicht schuld daran sein, wenn ihre Beziehung einen Knacks bekam – auch wenn sie selbst dafür ja gar nichts konnte. Dass Lennart sein Leben nicht in den Griff bekam, war ja niemandem anzulasten außer ihm selbst.

Aber momentan hatte sie ohnehin genug anderes um die Ohren. Sie holte Ideen ein für ihr eigenes Restaurant, und darüber hinaus hatte sie seit ein paar Tagen dieses diffuse Gefühl, wieder schwanger zu sein. Nun gaukelte ihr Körper ihr das öfter vor, aber dieses Mal fühlte es sich wirklich an wie bei Martha. Einmal war ihre Blutung bisher ausgeblieben, aber das kam hin und wieder vor. Es blieb nur zu hoffen, dass ihr nicht wieder die Enttäuschung bevorstand. Um nicht zu viel daran zu denken, stürzte sie sich mit Eifer in die Vorbereitungen für die Adventsfeier. Es hatten sich wieder mehrere Ehemalige angemeldet.

Inga spielte seit Kurzem mit dem Gedanken, die Räume des Hauses noch einmal umzugestalten. Den ehemaligen privaten Salon im Erdgeschoss benutzten sie im Grunde genommen so gut wie gar nicht mehr, da sie auch private Feiern oben im Wohnzimmer abhielten. Dort befand sich auch das Esszimmer, und wenn das nicht reichte, hätten sie immer noch den großen offiziellen Salon zur Verfügung. Aber wann lud sie schon einmal so viele Leute ein? Dass sie aus dem ehemaligen privaten Esszimmer für feierliche Anlässe ein Büro gemacht hatten, war damals die richtige Entscheidung gewesen, obwohl es wirklich riesig war. Aber wenn sie ein Restaurant hinzubekamen, fiel mehr Arbeit an, und dann könnte Inga hier noch ein Sekretariat unterbringen, das ihr mit der Verwaltung des gesamten Betriebes half. Was sie mit dem ehemaligen Salon machen sollte, wusste sie noch nicht, aber da fiel ihr bestimmt noch etwas ein.

Einmal hatte sie die vage Idee gehabt, hier eine eigene Kinderbetreuung einzurichten, die es Frauen wie Anita und ihr leichter machte zu arbeiten. Sie könnten jemanden einstellen, der die Kinder betreute, das ersparte ihnen viel Fahrerei, und die Schule würde für Lehrerinnen, die Kinder hatten, als Arbeitsplatz deutlich attraktiver werden. So richtig konkret war diese Überlegung noch nicht, und Inga hätte auch gar nicht gewusst, wie sie das momentan bewerkstelligen sollte. Das alles würde einen enormen Aufwand bedeuten. Aber spätestens wenn sie das Restaurant eröffneten, würde sie die Idee wieder aufgreifen.

Während Inga die Buchhaltung machte, hörte sie, wie eine Gruppe junger Leute durch den Korridor ging, plaudernd und gut gelaunt. Mit jedem Jahrgang, der sie verließ, hatte sie das Gefühl, Menschen zu etwas Großem verholfen zu haben – der Fähigkeit, auf eigenen Beinen zu stehen und aus eigener Kraft etwas zu erreichen. Noch vor zwanzig Jahren hatte der Schwerpunkt darauf gelegen, Frauen als Hauswirtschafterinnen zu entlassen, die allenfalls befähigt waren, ihre Ehemänner beim Leiten eines Gastronomiebetriebs zu unterstützen. Edith Waltz hatte von der Vorstellung, Frauen könnten etwas allein bewerkstelligen, nicht viel gehalten. Eigentlich seltsam, wenn man bedachte, dass sie nach dem Tod ihres Mannes eine Schule aus eigener Kraft aufgebaut und bewirtschaftet hatte und sich von niemandem hatte reinreden lassen. Nicht einmal geheiratet hatte sie erneut, um ihre Unabhängigkeit zu bewahren. Aber das war ja nicht die einzige Widersprüchlichkeit und Heuchelei, die Inga an ihrer Mutter entdeckt hatte.

Es klopfte, und Inga blickte von ihrer Arbeit auf. Zu ihrer

Überraschung betrat Lennart den Raum, eine Tasse Kaffee in der Hand, die er auf dem Schreibtisch vor ihr abstellte. Mit einem erstaunten und leicht irritierten »Danke« nahm Inga die Geste an. Kurz fiel ihr Blick auf die Uhr. Wenn Lennart gerade erst aufgestanden war, hatte er bis weit nach neun Uhr geschlafen. Das schaffte Inga nicht mal am Wochenende, selbst dann nicht, wenn Josh sich morgens um Martha kümmerte. Sie verstand nicht, wie man es in einer Arbeitswoche über sich brachte, fast den halben Tag im Bett zu liegen. Aber sie wollte nicht schon wieder so schlecht über ihn denken, auch wenn die freundliche Geste sie argwöhnisch machte. Aber vielleicht war es ja auch einfach nur das – eine nette Geste.

»Ich wollte fragen, ob ich mir gleich kurz deinen Wagen ausleihen kann«, sagte Lennart.

Na bitte. Inga unterdrückte ein Seufzen. »Wozu brauchst du ihn denn?«

»Ich habe ein Gespräch in Köln.«

Inga lag die Frage auf der Zunge, ob es sich um ein Bewerbungsgespräch handelte, aber das erschien ihr zu indiskret. »Klar.« Dann würde Arno die Kinder später holen müssen, oder sie nahm sein Auto. Da würde sich schon eine Lösung finden.

»Ich bleibe nicht lange. Bis Martha nach Hause kommt, bin ich wieder zurück.«

Konnte der Kerl womöglich Gedanken lesen?

»Ich kann sie auch abholen, wenn du möchtest.«

»Nein, lass nur. Wir wollen da nicht so viel Unruhe reinbringen und sorgen dafür, dass immer dieselben Leute kommen. Zudem müssten wir das auch beim Kindergarten anmelden, sonst geben sie dir Martha gar nicht mit.«

»Verstehe. Na ja, ist auch vernünftig so, da könnte ja jeder kommen.« Er lächelte entwaffnend und erhob sich. »Vielen Dank. Bis später.«

In solchen Momenten verstand Inga, warum Josh ihn so gern mochte. Er konnte überaus charmant sein. Auch bei den Frauen kam er sicher gut an. Das lag gar nicht so sehr an seinem Aussehen, sondern eher daran, wie er lächelte, was er sagte, wie er sich bewegte oder einen ansah. In jungen Jahren wäre Inga für jemanden wie ihn ebenfalls empfänglich gewesen – doch ihr Herz hatte schon seit ihrem fünfzehnten Lebensjahr für Josh geschlagen.

»Sag mal«, hielt sie ihn zurück. »Kannst du eigentlich bei unserer Adventsfeier mit aushelfen? Wir planen das ja einmal im Jahr als größere Feier mit den Eltern, und ich habe dieses Jahr ein paar mehr Ehemalige eingeladen.«

»Solange ich nicht kochen oder backen soll.«

»Gott bewahre.« Sie musste lachen, was er mit einem schiefen Grinsen erwiderte.

»Ich habe während des Studiums hin und wieder gekellnert und bin gar nicht mal ungeschickt.«

»Darauf komme ich gern zurück. Zunächst dachte ich aber an Organisatorisches, die Vorbereitungen, Aufbau, was halt so dazugehört.«

»Ich bin ganz der deine.«

Eigentlich, dachte Inga, war er ja doch gar nicht so übel. Sie ärgerte sich zwar immer noch hin und wieder über ihn, aber er war eben dennoch ein anständiger Kerl. Sie hoffte, dass er bald eine neue Stelle fand, dann entspannte sich ihr Verhältnis sicher wieder.

»Bist du mir eigentlich böse?«, fragte Paul, als er mit Eva in der kurzen Pause nach dem Essen allein im Aufenthaltsraum der Auszubildenden saß.

»Nein, warum sollte ich?« Eva hatte sich auf einem der bequemen Sessel niedergelassen und die Beine ausgestreckt. Sie war müde, hatte zu wenig geschlafen und dann den ganzen Vormittag in der Küche gestanden. Nachher ging es zunächst mit einer Stunde Theorie weiter, was ihr an diesem Tag nur recht war. Sie rieb sich die Nasenwurzel und fühlte sich abgeschlagen. Hoffentlich brütete sie nichts aus.

»Du bist so kurz angebunden, seit Anfang der Woche schon. Bist du mir böse, weil meine Eltern sich so unhöflich benommen haben?«

Unhöflich nannte er das also? Eva schüttelte den Kopf. Sie hätte ihm sagen können, dass sie seine Mutter gehört hatte, das Haus war hellhörig, wie das bei sehr alten Häusern oft der Fall war. Sie hatte nicht alles im Detail mitbekommen, aber doch genug.

»Zwischen uns ist also alles in Ordnung?«

Es war nicht seine Schuld, das wusste Eva. Er hatte sie vehement verteidigt, und sie tat ihm unrecht, wenn sie so abweisend war. Aber es hatte sie verletzt und wütend gemacht, wie diese Frau über sie gesprochen hatte. Sie dachte an ihren Vater, ihren lieben, herzensguten Vater, der sich mit so viel Wärme von ihr verabschiedet hatte in der Hoffnung, dass sie einen schönen Abend verlebte. Und dessen hart erarbeitetes Geld, das ihnen einen doch nicht unerheblichen Wohlstand sicherte, dieser Frau nicht gut genug war. Wer war sie eigentlich? Sie hatte doch vermutlich selbst in diese reiche Familie eingeheiratet oder das Geld ihrer Eltern mit eingebracht. Und darauf bildete sie sich etwas ein? Nach allem, was Eva von Pauls Familie wusste, füllte seine Mutter zwar repräsentative Aufgaben aus, arbeitete sonst aber nicht. Und da glaubte sie ernsthaft, sich ein Urteil über Eva erlauben zu können? Mit welchem Recht?

»Ja«, antwortete sie schließlich auf seine Frage und lächelte etwas angestrengt. »Natürlich.« Sie wusste nicht, warum sie ihm nicht einfach sagte, was sie gehört hatte. Aber sie fand es demütigend und wollte auch nicht, dass er dachte, sie hätte gelauscht.

Als sie wieder zum Unterricht gingen, schwieg er, wirkte zwar nicht verstimmt, aber irgendwie verletzt. Das tat Eva leid, denn sie mochte ihn sehr, aber sie war nicht in Stimmung, sich nun mit seinen Befindlichkeiten auseinanderzusetzen. Sie hatte ihr eigenes Päckchen zu tragen, und nachdem sie gerade einigermaßen über Peters Tod hinweg war, wollte sie sich nun nicht ausgerechnet auf eine Familie einlassen, die sie so offensichtlich ablehnte.

Volker Brandis führte sie an diesem Tag durch die Theoriestunde, und das war ganz nach Evas Geschmack. Sie liebte es, zu backen. Die Unterschiede zwischen Rührteig, Knetteig, Biskuitteig, Honigteig, Hefeteig und Brandteig kannte sie natürlich. Wenig Erfahrung hatte sie mit Eiweißteig und Teig mit schaumig geschlagenen Eiern – meist gelangen ihr die Rezepte nicht so richtig. Daher war sie froh, dass es an diesem Tag um Baiser und Baiserboden in der Küche gehen würde, denn der Theorie folgte nun die Praxis. Im Grunde genommen war es ja nicht schwer, man schlug für Mandelmakronen einfach zwei Eiweiß zu steifem Schnee, gab Zucker, Zimt und Bittermandel-Backöl hinzu und hob zum Schluss die Mandel unter den Eischnee. Beim Backen wurden daraus jedoch keine Makronen, sondern auf dem gefetteten Backblech klebten zerlaufene Flatschen.

Als sie in der Küche standen, sprach sie Herrn Brandis darauf an. »Ich habe es wirklich mehrmals probiert«, versicherte sie abschließend, damit er nicht dachte, es mangle ihr an Ehrgeiz.

»Es gibt einige Fehler, die man bei Eischnee machen kann«, entgegnete er. »Entweder, Sie schlagen ihn nicht fest genug. Augenscheinlich hat man schon eine steife Masse, aber sie muss so fest sein, dass Sie den Schnitt eines Messers sichtbar darin hinterlassen. Oder aber Sie schlagen ihn zu fest, dann wird er rissig. Manche machen den Fehler und geben den Zucker zu früh hinzu. Zu spät ist es jedoch auch nicht gut, Sie müssen den Zucker langsam einrieseln lassen. Wir probieren es jetzt aus. Und verlieren Sie nicht den Mut, es ist kein Meister vom Himmel gefallen, wie man so schön sagt.« Den letzten Satz richtete er an alle. »Wichtig zu wissen ist zudem, dass der Eischnee umso besser gelingt, je frischer die Eier sind.«

Sie machten sich an die Arbeit, und Eva war überaus zufrieden damit, wie ihr der Eischnee gelang. Sie machte alles strikt nach Anweisung, ließ Herrn Brandis sogar einmal draufschauen, damit er ihr sagte, ob der Eischnee nun die richtige Festigkeit hatte. Als er schließlich im Ofen war, gingen die Makronen wunderbar auf, und Eva starrte mit dem Staunen eines Kindes vor einem Fernseher darauf. Als sie die Ofentür jedoch leicht öffnete, konnte sie geradezu sehen, wie die Häufchen zusammenfielen, als hätte man Luft aus einem Ballon abgelassen. Frustriert stieß sie die Luft aus.

»Ach, so ein Mist«, entfuhr es ihr.

Herr Brandis war gerade bei Chris und gab ihr mit einer Handbewegung zu verstehen, er werde gleich bei ihr sein. Stephan trat zu ihr und sah sich das Malheur an. »Hast du die Makronen in einen fast kalten Ofen geschoben?«

»Ja, natürlich. Sie waren wunderbar bis gerade eben.«

»Vielleicht hast du die Ofentür zu weit geöffnet.«

»Sie muss geöffnet werden, sonst kann die Feuchtigkeit nicht entweichen.«

»Ja, aber nur einen kleinen Spalt. Klemm einen Kochlöffel dazwischen oder so.«

Eva wollte widersprechen, als Herr Brandis dazukam und Stephan zustimmte. »Bis hierher war alles richtig, das Baiser ist leicht gelblich verfärbt. Der Fehler war das zu schnelle Öffnen der Ofentür. Aber machen Sie sich keine Gedanken, Sie sind nicht die Einzige, der das passiert ist.«

Tatsächlich waren Annemaries Makronen am besten gelungen. Aber auch Sabines sahen gut aus, und Stephans ebenfalls. Aber Eva musste es können, sie hatte doch einen eigenen Haushalt geführt. Wie konnte es da sein, dass es ständig schiefging, wenn sogar Annemarie, die so offenkundig keine Lust hatte, überhaupt hier zu sein, es besser hinbekam als sie? Eine hilflose Wut überkam sie, und sie musste an sich halten, nicht das gesamte Blech mit den Makronen an die Wand zu pfeffern. Stattdessen schloss sie die Backofentür heftiger als gewollt.

»Was ist denn mit dir los?«, fragte Melanie. »So ein Drama ist es doch wohl nicht.«

»Halt dich doch einfach da raus«, antwortete Eva gallig, was ihr nun die Blicke aller anderen einbrachte. Frust und Wut trübten ihr den Blick, und zu ihrem Erschrecken merkte sie, wie sich eine Träne in ihrem Augenwinkel sammelte. Hastig wandte sie sich ab und rannte fast fluchtartig aus der Küche.

»Was ist denn mit der los?«, hörte sie Melanie sagen. »Heult die etwa?«

»Sei doch einfach still«, antwortete einer der Männer, aber Eva konnte nicht mehr erkennen, wer es war, da die Tür seine Stimme dämpfte.

Sie eilte hinaus in den trüben Herbsttag. Was für eine lächerliche Figur hatte sie da gerade abgegeben. So ein Ausbruch wegen ein paar misslungener Makronen? Eva zog ihre Zigaretten hervor und zündete sich eine an. Das Wochenende bei Paul hatte sie völlig aus dem Lot gebracht. Sie sah zum Haus, befürchtete, er würde ihr nachlaufen, wie nach der Pokerrunde. Aber die Tür blieb verschlossen, und offenbar hatte man entschieden, sie in Ruhe zu lassen. Das war ihr nur recht, sie musste erst einmal einen klaren Kopf bekommen. So etwas durfte ihr nicht noch einmal passieren. Herr Brandis hielt sie nun womöglich für hysterisch, und die anderen dachten sicher, sie könne nicht damit umgehen, dass ihr etwas misslang.

Nachdem sie aufgeraucht hatte, zögerte sie kurz und zündete sich dann doch eine zweite Zigarette an. So würde es ihr nie gelingen, damit aufzuhören. Dabei rauchte sie wirklich zu viel. Aber sie brauchte jetzt einfach noch ein paar Minuten, bevor sie zurückging und sich den Blicken der anderen aussetzte. Schließlich drückte sie die Zigarette im Kübel aus und machte sich auf den Weg zurück in die Küche. Es duftete schon im Flur auf dem Weg dorthin nach karamellisiertem Zucker. Vermutlich kam das von den feinen Confiserieprodukten, die der dritte Jahrgang gerade in der Kaffeeküche zubereitete.

»Ah, da sind Sie ja wieder.« Herr Brandis hatte ihre misslungenen Makronen aus dem Ofen geholt.

»Entschuldigen Sie bitte den Abgang.«

»Ist schon gut. Wir sind ja noch die nächste Stunde hier. Wenn Sie möchten, versuchen Sie sich gern daran. Es sind ja nicht nur Ihre misslungen.«

Eva nickte. Probeweise nahm sie einen Flatschen vom Blech und biss hinein. Immerhin schmeckten sie, und man musste nichts entsorgen. Schlimmer wäre es gewesen, wenn sie auch noch schwarz verkohlt gewesen wären. Also fing sie wieder von vorne an, rührte das Eiweiß und ging genau nach Vorgabe vor.

»Ich finde, von allen misslungenen sind deine am besten«, sagte Stephan und zwinkerte Eva zu.

»Na, besten Dank auch«, antwortete Melanie.

Paul sah Eva an, die seinen Blick kurz erwiderte und sich dann wieder ihrem Eischnee widmete. Es war nicht fair ihm gegenüber, aber sie musste erst einmal auf Abstand gehen. Sie fühlte sich verletzlich, als könnte ihr Innerstes zerbrechen, wenn sie nicht auf sich achtgab. Also konzentrierte sie sich ganz auf das, was sie gerade tat – Makronen herstellen.

Man konnte nicht behaupten, dass sie beim zweiten Durchgang gelungen waren, aber immerhin waren sie nicht völlig zusammengefallen. Sie musste einfach noch die Feinheiten hinbekommen. Vielleicht probierte sie es noch einmal aus, wenn sie am Wochenende zu Hause war. Ihre Geschwister, die keiner Leckerei widerstehen konnten, würden sich freuen. Und sie konnte auch für die Adventsfeier welche herstellen. Eva brauchte diese Art von Herausforderung. Wenn ihr etwas nicht gelang, steckte sie das Ziel möglichst hoch. Nachdem sie fertig und alle Arbeitsplätze aufgeräumt waren, verschwand Eva in ihrem Zimmer, noch ehe sie jemand ansprechen konnte.

Annemarie begegnete Lennart vor dem Abendessen zufällig in der Bibliothek. Sie wollte sich ein Buch ausleihen und genoss hin und wieder die abendliche Ruhe im Raum, wenn nicht gerade fünf weitere Auszubildende auf dieselbe Idee kamen. Ihn hier zu sehen erstaunte sie jedoch, denn bisher hatte er nicht den Eindruck gemacht, dass Romane ihn übermäßig interessierten. Kühl grüßte sie ihn und ging zum Regal.

»Was ist los?«, fragte er, und Annemarie mochte es einfach nicht glauben.

»Hast du nicht etwas vergessen?«

Er verengte die Augen, als forschte er in seinem Gedächtnis. Dann wurde es ihm offenbar bewusst, und er hatte sogar den Anstand, rot zu werden. Also gab es keine echte Begründung, er hatte es schlicht und ergreifend vergessen. Das war unfassbar. »Annemarie, ich kann gar nicht sagen …«

»Ach, erspar es mir einfach, ja? Ich habe fast eine Stunde draußen auf dich gewartet.«

»Eine Stunde?«

Am liebsten hätte sie sich auf die Zunge gebissen. »Ich dachte, dir wäre vielleicht etwas passiert«, rettete sie sich. Schließlich sollte er nicht denken, er könne sie einfach versetzen, und sie würde liebeskrank eine Stunde draußen in der Kälte stehen. »Nun gut, es war auch keine volle Stunde.«

»Es tut mir so furchtbar leid. Ich hatte eine Verabredung in Köln, und da habe ich es ganz vergessen.«

Immerhin hatte er die Größe, es zuzugeben und nicht irgendeine entwürdigende Ausrede zu faseln. Aber das machte die Sache nicht besser. Wer wollte schon vergessen werden? Noch dazu von einem Mann, mit dem man sich durchaus eine Beziehung vorstellen konnte.

»Wollen wir es nachholen?«

Sie zuckte nur mit den Schultern.

»Heute Abend?«

»So spontan geht das nicht.«

»Warum nicht? Hast du etwas geplant?«

»Ja, stell dir vor.«

»Du bist ziemlich sauer, oder?«

»Wäre es dir lieber, dass es mir egal ist?«

»Natürlich nicht.«

Die Tür wurde geöffnet, und hastig wandte sich Annemarie dem Regal zu. »Ach, guten Abend«, hörte sie Sabines stockende Stimme. »Ich wollte mir nur ein Buch ausleihen?«

Annemarie drehte sich zu ihr um. Warum diese Verlegenheit? Sie durften doch hierher. Oder hatte sie mitbekommen, wie vertraut Annemarie und Lennart gewesen waren? Hastig zog sie einen beliebigen Roman aus dem Regal und ging zur Tür. »Tu dir keinen Zwang an«, sagte sie und verließ den Raum.

Danach ärgerte sie sich ein wenig. Sie hätte sich doch einfach mit ihm treffen können. Er hatte sich entschuldigt, und sie wollte ja auch gar nicht mit ihm brechen. Aber egal, zurück konnte sie nun nicht mehr, das würde ja irgendwie seltsam wirken, erst recht, wenn Sabine wirklich etwas bemerkt hatte.

Annemarie ließ sich in der Halle frustriert auf einen der altmodischen Stühle mit hoher, steifer Lehne sinken. Es herrschte nur ein dämmriges Zwielicht, aber das war ihr gerade recht. Sie wollte mit niemandem sonst reden. Stattdessen behielt sie die Tür im Auge, um Lennart abzupassen, wenn er herauskam. Dann würde sie ihm sagen, dass sie ihn doch treffen wollte.

Sabine war noch dort, und offenbar brauchte sie lange, um den passenden Lesestoff zu finden. Doch irgendwann öffnete sich die Tür, und Lennart spähte hinaus. Er wandte sich um, schien etwas über die Schulter zu sagen, und dann kam Sabine hinter ihm her. Die Art, wie sie sich ansahen, machte Annemarie stutzig. Als sie bemerkte, wie Sabine ihm in einer vertrauten Geste die Hand auf den Arm legte, erstarrte Annemarie, hoffte, dass sie sich irrte und alles ganz anders war. Aber da, unverkennbar, berührte sie ihn ein zweites Mal, lächelte zärtlich, und Annemarie hätte sie am liebsten geschüttelt. Nein, dachte sie im nächsten Moment, nicht Sabine verdiente ihren Zorn, sondern Lennart, dieser Schuft. Sie wusste vermutlich gar nichts von ihnen beiden, sonst wäre sie eben in der Bibliothek nicht so irritiert gewesen. Oder hatte sie es doch gewusst und geglaubt, sie platze da in etwas hinein? War sie nicht am Vorabend auch fort gewesen? Waren sie womöglich miteinander ausgegangen, während Annemarie frierend in der Kälte gewartet hatte wie eine liebeskranke Närrin?

Kurz überlegte sie, ob sie aufspringen und mit einem kalten »Lasst euch nicht stören« an ihnen vorbeigehen sollte. Diese Blöße wollte sie sich jedoch nicht geben, das wäre ja geradezu mitleiderregend. Sie wartete, bis die beiden sich trennten und Sabine in Richtung der Quartiere davonging. Als Lennart auf die Haupttreppe zulief, regte sie sich, und er fuhr heftig zusammen.

»Grundgütiger! Spinnst du, mich so zu erschrecken? Was lauerst du da überhaupt in der Ecke? Spionierst du mich aus?«

Sie erhob sich, lächelte. »Aber nein. Ich wollte nur sagen, dass ich meine Meinung geändert habe und doch heute Abend mit dir spazieren gehen würde. In die Bibliothek konnte ich ja schlecht zurück.«

Er wirkte, als würde er die Situation ausloten, abschätzen, wie viel sie wusste. »Ich, hm, habe gerade schon andere Pläne gemacht.«

»Wie das? Du warst doch allein.«

»Ich habe mir einfach etwas anderes vorgenommen. Ich springe doch nicht, wie es dir gerade passt. Als ich mich entschuldigt habe, hast du mich von oben herab abgefertigt.« Er schaffte es tatsächlich, dass sie sich irgendwie schuldig fühlte und fragte, ob sie ihm nun doch unrecht tat. Aber nein, die Geste war so offensichtlich gewesen.

»Also gut.« Sie wandte sich ab. »Dann vielleicht ein anderes Mal.« Auf dem Weg zu den Quartieren kam ihr Sabine entgegen und knöpfte gerade ihren Mantel zu. Sie wirkte aufgeräumt und gelöst.

»Gehst du noch aus?«, fragte Annemarie überflüssigerweise.

»Ja, noch kurz.«

Ihr lag eine Warnung auf der Zunge, aber dann schwieg sie. Vermutlich hätte sie sich wie eine abgewiesene Verehrerin angehört, die nun der Nebenbuhlerin den Mann nicht gönnte. Sollte Sabine nur selbst merken, woran sie bei ihm war.

Kapitel 10

»Du machst es dir ja wirklich nicht leicht«, sagte Paul, als er Eva dabei beobachtete, wie sie Kokos- und Mandelmakronen für die Adventsfeier zubereitete. In der Küche lag der Duft nach karamellisiertem Zucker, schmelzender Schokolade und frischem Gebäck, das gerade aus dem Ofen gezogen wurde. Eva hatte nacheinander Kokosraspeln und Mandeln in einer Pfanne ohne Fett geröstet, bis sie goldgelb waren, und danach erkalten lassen. Für die Makronen musste sie Eiweiß steif schlagen, in das sie vorsichtig Vanillezucker, Zucker und Zimt rieseln ließ. Später wurden behutsam die Kokosflocken untergehoben.

»Das habe ich noch nie«, antwortete sie auf Pauls Kommentar, »und meistens hat sich das bewährt.« Inzwischen hatte sich ihr Verhältnis normalisiert, was einfacher war, je länger das – aus ihrer Sicht zumindest – misslungene Wochenende zurücklag. Letztlich traf Paul keine Schuld, er hatte zu ihr gestanden. Außerdem mochte sie ihn wirklich gern und merkte, dass es ihm genauso ging.

»Es riecht fantastisch«, sagte Sabine und schnupperte. »Alles hier. So weihnachtlich.«

»Das ist ja auch der Sinn der Sache«, antwortete Chris.

Vor allem die Auszubildenden aus dem dritten Jahrgang schienen sich selbst zu übertreffen. Das würde sie auch eines Tages können, dachte Eva, als sie die Kreationen bewunderte, die die jungen Frauen und Männer bereits gezaubert hatten. Prächtige Kuchen und Confiseriewaren – vor allem Letztere geradezu künstlerisch verziert mit Schokolade und Blattgold. Dagegen nahmen sich Evas Makronen, so gut sie auch zu werden schienen, eher bescheiden aus.

Als sie auch mit den Mandelmakronen fertig war, nahm sie noch Nürnberger Elisenlebkuchen in Angriff, nach einem Rezept aus dem alten Backbuch ihrer Großmutter. Dazu schlug sie Eier schaumig, gab Zucker sowie Vanillemark in die Schüssel und fuhr fort, die Masse fünfzehn Minuten lang zu schlagen, bis sie cremig war. Als Nächstes gab sie Nelken und Zimt hinzu sowie Orangeat, das sie in sehr kleine Stücke geschnitten hatte. Es folgten gemahlene Mandeln und Haselnüsse, und schließlich kam die Masse in der Menge von gut einem Teelöffel auf je eine Oblate.

»Das sieht ja prachtvoll aus«, sagte Chris. »Du bist eine wahre Künstlerin.«

»Übertreib es nicht.«

»Doch, man merkt, dass du es wirklich kannst.«

»Ich hatte ja auch einen eigenen Haushalt, da sollte was hängen geblieben sein.«

»Nicht so bescheiden«, sagte nun auch Sabine. »Es sieht wirklich wunderbar aus.«

Während ihre Lebkuchen im Ofen waren, räumte Eva den Platz auf und bereitete die Glasur vor – Puderzucker mit heißem Wasser sowie Kakao mit Puderzucker, Wasser und Kokosfett zu je einer dickflüssigen Masse gemischt. Die Lebkuchen wurden unmittelbar nach dem Backen damit bestrichen und kamen zum Abkühlen auf einen Rost. Zufrieden betrachtete Eva ihre Werke. Dann ging sie herum und schaute, ob sie noch irgendwo helfen konnte. Annemarie wirkte etwas verbissen, aber als sie ihr Hilfe anbot, lehnte sie fast rüde ab. Schulterzuckend ließ Eva sie in Ruhe.

Sie hatten nach dem Frühstück angefangen, hatten Pause

für das Mittagessen gemacht und danach weitergebacken. Manche waren schon früh fertig, manche fingen jetzt erst an. Weil sie die Öfen im Wechsel benutzen mussten, waren Absprachen untereinander nötig, aber das hatten sie gut bewältigt.

Weil es in der Küche nichts mehr für sie zu tun gab, ging Eva in die Halle und bewunderte den Weihnachtsbaum, den sie am Abend zuvor geschmückt hatten. Das übernahmen traditionell immer die Auszubildenden des ersten Jahrgangs. Zu Hause war der Baum immer die große Überraschung vor der Bescherung, doch hier stand er schon zu Beginn der Adventszeit. Die Flügeltüren zwischen Salon und Speisesaal standen offen, sodass aus beiden Räumen ein großer Saal geworden war, und nach dem Mittagessen waren die Tische zu einem langen Büfett aufgebaut worden, auf dem herzhafte und süße Speisen angerichtet wurden. Um sechs Uhr durften die Familien hier eintreffen, und Eva war gespannt, ob ihre Geschwister wohl auch kamen. Ihr Bruder bestimmt, aber bei ihren Schwestern war sie sich nicht so sicher, ob es ihnen nicht zu langweilig werden würde.

Die Heinthals hatten zusammen mit den Lehrern alles geschmückt, und gerade hängte der Verwandte, der hier momentan wohnte, einige Sternenlampions auf. Als er Eva bemerkte, grüßte er freundlich, was sie erwiderte, ehe sie ihn wieder allein ließ, damit er sich nicht von ihr beobachtet fühlte. Der kleine Sohn der Hesses war damit beauftragt worden, Kerzen aufzustellen, aber er schien bereits das Interesse verloren zu haben, denn stattdessen lümmelte er mit einem Buch auf dem altmodischen Stuhl in der Eingangshalle herum. Arno Hesse war mit den beiden Mädchen in der Kaffeeküche, um Ausstechplätzchen zu backen.

Die aufwendigeren Backwerke waren bereits am Vortag

hergestellt worden, ebenso die herzhaften Kleinigkeiten, die es überreich auf dem Büfett geben würde. Alles war so wunderschön und feierlich, dass Eva voller Vorfreude auf den Abend war.

Als endlich alles aufgebaut war, das Büfett vollständig, die Getränke kalt gestellt und die für den Tag gebuchten Kellner eingetroffen waren, gingen die Auszubildenden hoch in die Quartiere, um sich umzukleiden. Für diesen Abend hatte sich Eva für ein türkisfarbenes Satinkleid entschieden mit leicht gepufften Ärmeln und einem v-förmigen, raffinierten Ausschnitt. Das Haar fiel in weichen Wellen auf ihre Schultern. Annemarie trug einen grün gemusterten einteiligen Hosenanzug, in dem sie schick und elegant aussah. Sie wirkte jedoch nicht, als hätte sie sonderlich große Lust auf diesen Abend.

»Ist alles in Ordnung mit dir?«, fragte Eva.

»Ja, sicher.« Das Lächeln wirkte etwas angestrengt. »Warum auch nicht?« Rasch öffnete Annemarie die Tür, als befürchtete sie, dass Eva das Thema vertiefen würde.

Im Korridor trafen sie auf mehrere junge Frauen und Männer, die ebenfalls in diesem Moment ihre Zimmer verließen. Auch Melanie trat hinaus, sehr hübsch in ihrem orangeroten Kleid. Sie lächelte, als sie Eva und Annemarie bemerkte, und ging etwas schneller, um zu ihnen aufzuschließen.

»Ach, das wird herrlich. Ich habe mich die letzten Tage so darauf gefreut. Ob auch getanzt wird?«

»Ja, normalerweise schon«, antwortete eine Frau aus dem dritten Jahrgang. »Das ist immer ein Riesenspaß.«

Als sie wieder hinaus in die Halle traten, hörte Eva leise Musik – klassische Weihnachtsstücke, die für eine besonders festliche Stimmung sorgten. Aus dem Saal waren Stimmen und Gelächter zu hören. Die Eltern der höheren Jahrgänge kannten sich bereits, und es war offenkundig, dass die bereits Anwesenden sich bestens unterhielten. Die Tür nach draußen war geschlossen, aber Eva wusste, dass eine Frau und ein Mann des dritten Jahrgangs dort standen, die Neuankömmlinge willkommen hießen und ihnen die Tür öffneten.

Neugierig spähte Eva in den Saal, konnte aber von ihrer Familie noch niemanden sehen. Immer mehr Eltern und Geschwister kamen an. Erlaubt war an diesem Abend nur Familienbesuch, um die Gästezahl in Grenzen zu halten. Eltern, Geschwister, Verlobte und in Ausnahmefällen Cousinen und Cousins. Pauls Eltern waren bereits da, und seine Mutter schaute nicht schnell genug weg, sodass Eva wusste, sie hatte sie bemerkt. Sie sprach mit ihrem Mann, der so stoisch zur Seite blickte, dass klar war, er wollte keinesfalls Blickkontakt zu ihr. Eva mochte Paul, sehr sogar. Aber diese Familie war nun wirklich schwer zu ertragen.

»Wo ist Sabine?«, fragte sie, an Melanie gewandt.

»Die kommt gleich. Sie meinte, ihr Kleid säße an der Taille auf einmal etwas eng, und da konnte sie sich nicht entscheiden, ob sie es auslässt oder etwas anderes aussucht.«

»Zum Auslassen ist es etwas spät.« Eva sah auf die Uhr. Ihre Eltern waren noch nicht da, und sie verließ den Saal wieder, um zu schauen, ob Sabine Hilfe brauchte.

Im Korridor begegneten ihr Stephan, Paul und drei Frauen aus den höheren Jahrgängen.

»Deine Eltern sind schon da«, sagte sie im Vorbeigehen zu Paul.« Dann klopfte sie an Sabines Tür und trat ein.

»Ach, du bist es. Fragen sie schon nach mir, weil ich zu spät bin?« Sabine trug nur Unterwäsche und stand vor dem offenen Kleiderschrank.

»Nein, es ist noch gar nicht offiziell losgegangen. Was ist denn los?«

»Mein Kleid ist zu eng, anscheinend habe ich zugelegt. Als ich es im Sommer gekauft habe, hat es noch gepasst. Wirklich ärgerlich.«

»Was hast du denn sonst noch da?«

»Ach, nichts Besonderes. Alles eher Alltagskleider.«

»Und wenn du dir was ausleihst?«

»Ich bin die Größte von euch, das sähe doch seltsam aus.«

»Dann ist das Kleid eben etwas kürzer, das macht doch nichts.«

Sabine griff in den Schrank und zog einen einteiligen Hosenanzug heraus. »In einem Kleid, das mir eigentlich zu klein ist, auf einer Feier aufzutauchen, fühlt sich irgendwie nicht richtig an. Aber danke für das Angebot.«

»Der Anzug ist doch hübsch.«

»Ja, aber eher sommerlich, so ohne Ärmel.«

»Unten ist es ohnehin sehr warm.«

Sabine zögerte. »Also gut.« Rasch zog sie sich an und schloss die kleinen Knöpfe vorne. »Gut, dass ich mich schon früh geschminkt und frisiert habe.« Sie blickte noch einmal prüfend in den Spiegel. »Sind schon alle unten von den Heinthals?«

»Ich habe noch niemanden gesehen, nur diesen Verwandten vorhin kurz.«

Sabine nickte nur, und ein Anflug von Röte trat auf ihre Wangen. Das war erstaunlich, denn Eva hätte nicht gedacht, dass der Mann ihr Typ war. Hatte sie ihre Avancen Paul gegenüber aufgegeben?

»Komm, wir müssen los, sonst verpassen wir wirklich den Auftakt«, sagte sie.

Als sie das Zimmer verließen, trafen sie auf Martin, der mit hochrotem Kopf versuchte, eine Krawatte zu binden. »Ich bekomme das nie richtig hin.«

»Ist eine Krawatte nicht zu viel des Guten? Die anderen tragen auch keine.«

»Es ist eine Adventsfeier, und meine Verlobte mag Krawatten.« Das Rot in seinem Gesicht vertiefte sich.

»Lass mich mal machen.« Eva hatte Peters Krawatten mehr als einmal gebunden, und sie stellte fest, dass sie die routinierten Handgriffe immer noch beherrschte.

»Ich danke dir.« Martin zupfte an seinem Hemd.

Gemeinsam gingen sie die Treppe hinunter und kamen zeitgleich mit Inga Heinthal und Anita Hesse am Saal an. »Na, jetzt aber schnell«, sagte Frau Hesse, lächelte dabei jedoch.

Als Eva den Saal betrat, hielt sie Ausschau nach ihrer Familie, und zu ihrer Freude war sie vollzählig erschienen. Rasch lief Eva hin, umarmte ihre Eltern und ihre Schwestern, während sich ihr Bruder mit Liebesbekundungen in der Öffentlichkeit schwertat und sogar ein wenig rot wurde. Aber ein geschwisterliches Knuffen erlaubte er. Evas Schwestern sahen sich staunend um.

»Es ist ja unglaublich hier«, sagte Marie. »Wie in einem Schloss.«

»Sind das ehemalige Grafen oder so?«, wollte Sonja wissen.

»Nein, ich glaube nicht. In der Broschüre stand nichts dazu. Es war wohl einfach eine reiche Familie.«

Ein zart klingender Gong wurde angeschlagen, und nach und nach verstummte das Geplauder, als sich alle zum Büfett wandten, wo Inga Heinthal stand. Sie trug einen eleganten dunkelgrünen Rock mit einer zartgelben Bluse, in deren Ärmelaufschlägen und Schleife am Kragen sich die Farbe des Rockes fand.

»Ich heiße Sie herzlich willkommen zu unserer Adventsfeier. Sie sehen, hinter mir ist ein prachtvolles Büfett aufgebaut – alles die Leistung unserer jungen Auszubildenden.« Sie machte eine Kunstpause, und Applaus ertönte. »Wie Sie sicher bemerkt haben, habe ich mich taktisch geschickt hingestellt, damit ich die volle Aufmerksamkeit habe.« Vereinzelt war Gelächter zu hören. »Als ich die Leitung der Schule vor acht Jahren übernommen habe, standen hier vor mir ausschließlich hoffnungsvolle junge Frauen, die auf ein Leben in Beruf und Ehe vorbereitet wurden. Inzwischen hat sich einiges geändert. Wir unterrichten nun zu gleichen Teilen Frauen und Männer, und es geht vom ersten Jahr an darum, ihnen eine solide Ausbildung mitzugeben, die sie dazu befähigt, beruflich auf eigenen Beinen zu stehen. Früher einmal war das erste Jahr ausschließlich dazu da, den Frauen Hauswirtschaft beizubringen, davon sind wir abgekommen. Die jährlichen Anmeldeanfragen geben uns recht, dass wir damit im Sinne des Zeitgeistes den richtigen Weg eingeschlagen haben. All das habe ich natürlich nicht allein geschafft, an meiner Seite steht meine Direktorin, Anita Hesse, die selbst Absolventin dieser Schule ist.« Sie winkte Frau Hesse heran, und wieder wurde applaudiert. »Ebenso wie mein überaus geschätztes Kollegium.« Arno Hesse, Petra Weißhaupt, Sandra Weitzmann und Volker Brandis traten zu ihr. Bei Frau Weißhaupt hatten sie bisher noch keinen Unterricht gehabt, das fing ab dem zweiten Halbjahr an. »Damit wünsche ich Ihnen einen wunderbaren Abend. Genießen Sie die Werke Ihrer Töchter und Söhne. Sie können zu Recht stolz auf sie sein.«

Wieder brandete Applaus auf, und Inga Heinthal trat zur Seite, wies mit der Hand zum Büfett und eröffnete dieses damit.

»Was hast du zubereitet?« Brigitte Thiemann begutachtete mit zustimmender Miene das Büfett.

Paul deutete auf den gefüllten Honigkuchen, und seine Mutter griff sofort danach.

»Die Elisenlebkuchen sind ja großartig«, sagte sein Vater.

»Die sind von Eva.«

»Ach ja?«

Paul sah seine Mutter an. »Möchtest du auch einen?«

Sie nickte, was ihn in gewisser Weise erleichterte. Zwar hatte er nicht vor, die Diskussion hier anzuzetteln, dafür war es weder der richtige Ort noch die richtige Zeit, aber er hätte es mehr als albern gefunden, wenn sie nichts aß, was Eva gebacken hatte. Dass es zu einer peinlichen Szene kommen würde, befürchtete er nicht, denn seine Eltern wussten, was sich gehörte, und würden weder Eva noch ihre Familie vor allen Leuten bloßstellen, indem sie so taten, als stünden sie gesellschaftlich unter ihnen. Das hoffte er zumindest. Bisher hatten sie ihre Abneigung seinen Bekannten gegenüber noch nie so offen gezeigt. Doch bei Eva schienen sie offensichtlich zu wittern, dass Paul es ernst meinte.

Inga Heinthal trat zu ihnen, und während sich ein Gespräch zwischen ihnen entspann, bei dem Frau Heinthal von Plänen eines eigenen Gastronomiebetriebs sprach, nutzte Paul den Moment, sich zu entfernen. Er gesellte sich zu Chris, der zusammen mit einer jungen Frau am Rand des Saals stand, die er als seine Schwester vorstellte. Paul erinnerte sich, dass Chris mit ihr angekommen war. Normalerweise sprach Chris nicht viel über seine Familie, aber das Verhältnis zu seinen Eltern schien sehr distanziert. Sie wechselten ein paar Worte miteinander, dann ging er weiter. Schließlich kam er bei Eva an, die gerade den beiden Mädchen an ihrer Seite etwas erklärte. So ähnlich, wie die Größere der beiden ihr sah, musste es sich um ihre Schwestern handeln. Er wollte nicht stören und sich schon zurückziehen, als Eva ihn bemerkte und heranwinkte.

»Das ist Paul, einer der anderen Auszubildenden meines Jahrgangs und ein Freund.«

Ein Freund, dachte Paul. Aber vielleicht wollte sie vor ihren Schwestern nicht deutlicher werden. Andererseits passte diese distanzierte Bezeichnung zu ihrer Zurückhaltung ihm gegenüber. Die beiden Mädchen sahen ihn neugierig an, und die Jüngere taxierte ihn. »Ist das der, bei dem du über Nacht warst?«

Hastig sah Eva sich um, als könnte es jemand gehört haben und falsche Schlüsse ziehen. »Ja, ich habe im Gästezimmer übernachtet.«

»Ist das dein neuer Freund?«, fragte das Mädchen.

»Natürlich nicht«, sagte ein junger Mann, der in diesem Moment zu ihnen trat. »Eva ist doch noch in Trauer um Peter.«

Weil Paul nicht wusste, was er dazu sagen sollte, schwieg er.

»Mein Bruder Gerd«, stellte Eva den Neuankömmling vor.

Der junge Mann gab ihm artig die Hand. Auch er hatte unverkennbare Ähnlichkeit mit Eva. »Freut mich«, sagte er.

»Mich auch.« Pauls Antwort kam mechanisch. War das wirklich so? Trauerte sie noch? War er zu schnell vorgeprescht und hatte sie womöglich unter Druck gesetzt? Hätte er ihr mehr Zeit geben sollen? Andererseits war er in keiner Weise aufdringlich gewesen, hatte sie nicht geküsst, es nicht einmal versucht, und auch sonst nichts getan, was ihr Unbehagen hätte bereiten können. Vielleicht war es doch falsch gewesen, sie zu überreden, bei ihm zu übernachten, ab dem Moment war es gekippt. Oder aber – und den Gedanken wollte er eigentlich gar nicht zulassen, weil er zu beschämend war – sie hatte doch gehört, was seine Mutter gesagt hatte.

»Sie werden auch Koch?«, fragte Gerd.

»Ja, aber ihr müsst mich nicht siezen. Ich bin Paul.«

Die Musik wechselte, und die Ersten begannen zu tanzen, zunächst klassische Tänze, wie Paul bemerkte. Das war wohl den Eltern geschuldet. Aber sei's drum. Walzer konnte er, und so machte er eine übertriebene Verbeugung vor Eva.

»Darf ich bitten?« Er reichte ihr die Hand, und zu seiner Freude lachte sie auf und ergriff sie.

Paul wirbelte Eva herum, sie bewegte sich in perfekter Harmonie zu ihm.

»Ich mag dich sehr«, sagte er unvermittelt, und ihre Augen weiteten sich. »Und was auch immer vorgefallen ist, als du bei uns warst, wenn ich dir zu forsch war oder wenn das Verhalten meiner Eltern dich abgeschreckt hat, so tut es mir von Herzen leid.«

»Aber nein, du warst nicht zu forsch.«

»Ich habe dich fast schon genötigt, bei uns zu übernachten. Aber ich wollte wirklich nur höflich sein und hatte keinerlei Hintergedanken.«

»Das weiß ich doch. Ansonsten hätte ich nachts meine Tür verschlossen oder mich gar nicht erst darauf eingelassen.« Sie lächelte. »Denk bitte nicht, dass ich dir das irgendwie zum Vorwurf mache.«

»Dann hat deine Distanziertheit nichts mit mir zu tun?«

Sie zögerte kurz, dann schüttelte sie den Kopf. »Ich habe gehört, wie deine Mutter in deinem Zimmer mit dir gesprochen hat, und das hat mich verletzt.«

Die schlimmstmögliche aller Erklärungen. »Es tut mir so leid. Ich habe ihr widersprochen, ihr gesagt ...«

»Ich weiß«, unterbrach sie ihn. »Das habe ich ja mitbekommen. Aber es liegt so eine schwere Zeit hinter mir, da sind solche unseligen Familienkämpfe das Letzte, was ich gebrauchen kann.«

»Das verstehe ich. Aber sei mir bitte nicht länger böse deswegen.«

»Das bin ich nicht.«

»Dein Bruder sagte, du seiest noch in Trauer.«

»Für Gerd war Peter wie ein großer Bruder, er kannte ihn so lange, weil wir in der Schule schon eng befreundet waren. Es ist vielmehr so, dass er trauert und sich nicht vorstellen kann, dass für mich das Leben weitergeht.«

Das verstand Paul. Nachdem sie den Tanz beendet hatten, trat Stephan zu ihnen und bat um den nächsten, einen Foxtrott. Paul sah den beiden kurz nach, dann ging er von der Tanzfläche.

»Na, tanzt du nicht?«, fragte er Sabine, die etwas abseits stand und einen Cocktail in der Hand hielt.

»Ich kann mich bremsen. Das wollte meine Mutter mir schon vergeblich beibringen.«

»Wo sind deine Eltern überhaupt?«

Sabine zuckte mit den Schultern. »Offenbar nicht erschienen.«

»Das tut mir leid.«

»Muss es nicht. Sie zahlen mir die Schule, damit sie mich endlich aus dem Haus haben. Meine Mutter ist sehr konservativ, mit ihr bin ich schon früh aneinandergeraten. Und mit meinem Vater komme ich zwar aus, aber er steht ziemlich unter der Fuchtel meiner Mutter.« Sie nahm einen Schluck von ihrem Cocktail. »Aber das wolltest du alles sicher nicht wissen.«

»Warum denn nicht? Wir verbringen die nächsten zweieinhalb Jahre miteinander, und wir sind doch Freunde, oder?«

Jetzt sah sie ihn an, wirkte erstaunt und in gewisser Weise auch ein wenig traurig. »Ja, natürlich sind wir das.« Ihr Blick schweifte kurz durch den Raum, als suchte sie jemanden. »Die Cocktails sind wirklich gut, solltest du probieren.«

»Vielleicht später.«

»Und auch die Bowle hat es in sich, hätte ich gar nicht gedacht. Trink die nur nicht auf nüchternen Magen.«

Er lachte. »Ich halte mich dran.«

Seine Eltern hatten die Tanzfläche mittlerweile verlassen und unterhielten sich gerade mit Anita Hesse. Glücklicherweise schienen sie sich tatsächlich zurückzuhalten. Vielleicht sahen sie ja auch ein, dass ihre Erwartungen völlig überzogen waren. Als würde Paul sich seine künftige Partnerin unter den Voraussetzungen aussuchen, die sie ihm vorgaben. Er hatte seine Entscheidung längst getroffen.

Die Feier war ein voller Erfolg. Die Gäste unterhielten sich bestens, und alle eingeladenen Gäste waren erschienen. Helga hatte ihren Mann mitgebracht, und Inga freute sich sehr, sie wiederzusehen. Auch Margarethe und Frank waren hier, und Inga hatte sie gebeten, über Nacht zu bleiben. Anita und Arno würden auf jeden Fall hier übernachten, allein, weil sie die Kinder nicht wecken und dann hinaus in die Kälte scheuchen wollten. Andreas und Finja schliefen bereits seit Stunden tief und fest. Die Kinder hatten noch bis über ihre Bettzeit hinaus spielen dürfen, und zwischendurch war Anita hochgegangen, um die drei ins Bett zu bringen. Die Kinder der Roesners waren bei Margarethes Eltern, mit denen Frank mittlerweile bestens auskam. Auch Helga hatte zugesagt zu bleiben, und es würde sicher ganz wunderbar werden, wenn sie heute Nacht noch einen Absacker nahmen und morgen gemeinsam frühstückten. Darauf freute sich Inga fast mehr als auf die Feier selbst.

Lennart hatte sich verabschiedet und war gegangen, ehe die ersten Gäste angekommen waren. Er meinte, dass ihm diese Art von Feiern nicht lagen, und außerdem würde er ja ohnehin niemanden kennen. Da er so tatkräftig bei den Vorbereitungen geholfen hatte, nahm Inga ihm das nicht übel. Vielleicht hatte er mittlerweile ja doch etwas gelernt und lebte nicht mehr sinnlos in den Tag hinein.

»Es ist irgendwie immer wie Heimkommen«, sagte Helga. »Wenn man bedenkt, mit wie viel Widerwillen ich damals hierhergekommen bin.«

»Nicht nur du«, entgegnete Anita.

»Und dann noch der Schreck bei der Zimmerbelegung.« Helga lachte, und Anita stimmte ein.

»Was macht Ursula mittlerweile eigentlich?«, fragte Anita an Margarethe gewandt, sie sich dazugesellt hatte.

»Ihr Mann ist Professor für Kunstgeschichte, und sie ist zu Hause bei den Kindern. Ich habe ihr gesagt, dass ihre Talente da verschwendet sind, aber ihr gefällt es. Und wenn es sich glücklich macht …« Margarethe zuckte mit den Schultern. »Hin und wieder treffen wir uns auf einen Kaffee, ihre Jüngste ist ja so alt wie unsere Großen.«

»Sie wohnt doch ziemlich außerhalb, oder?«

»Ja, aber sie hat ja das Auto. Und mit den Kindern klappt es sehr gut, weil ein Kindermädchen einspringt, wenn sie mal fort ist. Aber das meiste macht sie schon allein, also Kinder und Kochen. Zum Putzen und Waschen kommt jemand. Für mich wäre das nichts, aber für sie ist es perfekt, so wollte sie es ja immer, und sie ist wirklich sehr glücklich.«

Josh trat zu ihnen, legte Inga den Arm um die Taille und

gab ihr einen Kuss aufs Haar. »Ich habe gerade nach den Kindern geschaut. Alles in bester Ordnung.« Er war immer schon fürsorglich gewesen, aber seit klar war, dass Inga tatsächlich wieder schwanger war, kümmerte er sich in noch größerem Maße um alles. Sie hoffte so sehr, dass sie das Kind dieses Mal behielt und die Schwangerschaft gut verlief. Bisher sah man noch nichts, und sie hatte es auch niemandem erzählt. Vielleicht dachte Anita sich ihren Teil, weil Inga sich an Limonade und Wasser hielt, aber sie fragte nicht.

Den ganzen Abend über führte sie angeregte Gespräche, und sie genoss die Feier in vollen Zügen. Wenn alles gut lief, wären sie nächstes Weihnachten zu viert. »Bitte«, bat sie lautlos. »Bitte, bitte, bitte.«

Die Gäste brachen weit nach Mitternacht auf. Die, die es weiter hatten nach Hause, hatten sich in Hotels eingemietet. Die meisten Auszubildenden blieben hier, weil sich die Fahrt nach Hause nicht lohnte, wenn man nicht gerade in der unmittelbaren Umgebung wohnte. Am kommenden Morgen würden sie dann mit vereinten Kräften aufräumen. Inga würde mit Josh und ihren Gästen in ihrem privaten Esszimmer frühstücken, was den Auszubildenden erlaubte, den Tag in entspannter, gelöster Stimmung anzugehen. Später würden sie hinuntergehen, und dann begann das Aufräumen.

Mithilfe der Auszubildenden wurde alles, was über Nacht gekühlt werden musste, in die Küche gebracht, das Gebäck sorgsam in Dosen gefüllt, und ansonsten blieb alles, wie es war. Inga wünschte ihnen eine gute Nacht, sagte ihnen, sie sollten nicht mehr so lange machen, denn auch wenn sie am kommenden Tag nicht ganz so früh rausmussten, so würde ja doch irgendwann der Wecker klingeln. Die jungen Leute versprachen es, lachten aber, als würden sie daran gerade gar keinen Gedanken verschwenden. Der Plattenspieler lief in gemäßigter Lautstärke, und sie standen in Grüppchen zusammen, leerten die Bowle, aßen hier und da noch einen Happen, für den sie sich aus den Dosen bedienten, und plauderten.

Inga war gerade im Begriff, mit Josh nach oben zu gehen, als der Türgong ertönte. Sie fuhr zusammen. Zu dieser späten Stunde konnte das nichts Gutes bedeuten.

»Lennart hat hoffentlich den Schlüssel nur vergessen und nicht verloren«, sagte Josh, als er zur Tür ging.

Richtig, Lennart. An den hatte sie gar nicht gedacht.

Josh ging zur Tür, während Inga in der Halle wartete. Dass nicht Lennart vor der Tür stand, sondern zwei Polizisten, beschleunigte ihren Herzschlag. Sie eilte zu ihm.

»Mein Cousin ist nicht da«, hörte sie Josh in diesem Moment sagen. »Vielleicht kann ich Ihnen weiterhelfen?«

»Er ist nach einer Schlägerei in einer illegalen Spielbank geflohen. Die Polizei hat die Personalien aufgenommen, aber er ist danach durch einen Hintereingang fort.«

»Und jetzt denken Sie, er ist hier?«

»Er hat zumindest angegeben, hier zu wohnen.«

Vermutlich wollte er nicht, dass die Polizei bei seinen Eltern aufkreuzt, dachte Inga. »Hier ist er nicht«, antwortete sie.

»Verstehe.« Der Polizist klang nicht, als würde er ihr glauben.

»Es wird für ihn nicht besser, wenn er sich versteckt. Sprechen Sie mit ihm. Wir kommen morgen noch einmal, da hat er dann die Möglichkeit, freiwillig mitzukommen und seine Aussage zu machen.«

»Ist gut. Wenn ich ihn sehe, sorge ich dafür, dass er mit Ihnen spricht.« Zorn vibrierte in Joshs Stimme. Nachdem die beiden Polizisten sich verabschiedet hatten, schloss er die Tür. »Dieser Kerl«, presste er hervor.

Einige der Auszubildenden hatten mitbekommen, dass etwas passiert war, und standen nun vor dem Salon, wirkten, als wüssten sie nicht, wie sie reagieren sollten. Inga gab ihnen mit einer Geste und einem gezwungenen Lächeln zu verstehen, dass sie sich wieder zurückziehen konnten und alles in Ordnung war.

»Er war spielen?« Inga verstand es nicht. »Aber er hat doch überhaupt kein Geld.« Und dann, ganz langsam, keimte in ihr ein Verdacht, und wieder beschleunigte sich ihr Herz. Nein, dachte sie. Nein, nein, nein. Sie wandte sich ab, lief zur Treppe und hastig die Stufen hoch. In ihrem Arbeitszimmer machte sie Licht, stürzte zu ihrem Schreibtisch und riss die Schublade auf. Gott sei Dank, es war noch da. Mit zitternden Händen griff sie nach ihrem Sparbuch, schlug es auf, und erst verstand sie nicht, oder wollte nicht verstehen. Dann sank sie auf den Stuhl, presste die Hand vor den Mund, und Übelkeit wallte in ihr auf. Das konnte nicht sein, es durfte nicht sein. Sie blinzelte, weil ihr der Blick verschwamm, aber die Zahlen standen da, unmissverständlich. Sie atmete in hastigen Zügen, spürte einen dumpfen Schmerz im Bauch.

»Inga?« Joshs Stimme drang wie Watte zu ihr? »Inga, was ist los?«

Mit zitternden Fingern reichte sie ihm das Sparbuch, aber er warf nur einen flüchtigen Blick darauf, warf es auf ihren Schreibtisch. Dann legte er den Arm um sie. »Arno!«, hörte sie ihn rufen, dann wurde es schwarz um sie.

»Da steht ein Krankenwagen!«, rief eine Frau aus dem dritten Jahrgang, und alle stürzten zur Tür.

Flackerndes Blaulicht malte ein gespenstisches Licht durch das alte Butzenfenster in der Halle, und kurz darauf kamen die Sanitäter mit einer Trage hinunter, die von Josh Heinthal begleitet wurde.

»Grundgütiger«, sagte jemand, aber Annemarie konnte nicht erkennen, wer es war.

»Können wir etwas tun, Herr Heinthal«, wagte sich schließlich Mariella Weiß vor.

»Nein, ich fahre mit ins Krankenhaus. Herr und Frau Hesse sind da, falls etwas ist.« Damit wandte er sich ab und verließ das Haus.

»War das Frau Heinthal?«, fragte Anton aus dem zweiten Jahrgang.

»Wer sonst?« Mariella Weiß stemmte die Hände in die Hüften und sah zur Tür. »Bei jemand anderem wäre er wohl kaum mitgefahren.«

Jetzt kam Anita Hesse die Treppe hinunter, aschfahl im Gesicht. »Es ist alles in Ordnung«, sagte sie. »Frau Heinthal hatte einen Schwächeanfall, aber sie ist bei Bewusstsein. Wir haben den Krankenwagen aus Sicherheitsgründen gerufen, damit sie die Nacht unter ärztlicher Beobachtung ist.«

»Vielleicht war das heute Abend alles zu viel für sie«, vermutete Melanie.

»Das ist gut möglich. Morgen werden wir mehr wissen. Seien Sie nicht beunruhigt, ich bin hier, bis sie zurückkommt. Und jetzt wünsche ich Ihnen eine gute Nacht. Ach, eins noch.« Sie wandte sich an Annemarie. »Kann ich Sie kurz sprechen?«

Irritiert nickte Annemarie und folgte ihr in die Halle, wo sie in einigem Abstand zu den anderen stehen blieben. »Was ist denn?«

»Nichts Schlimmes, keine Sorge. Aber wir haben mitbekommen, dass Sie hin und wieder Kontakt zu Lennart Heinthal hatten.«

Erschrocken sah Annemarie sie an, und Anita Hesse hob in einer beruhigenden Geste die Hände. »Wie gesagt, es ist nicht schlimm. Das soll kein Vorwurf sein. Ich möchte nur wissen, ob Sie uns sagen können, wo er ist.«

Annemarie schüttelte den Kopf. »Wir hatten länger nicht mehr, hm, miteinander zu tun.«

»War er mit Ihnen mal in einer illegalen Spielbank oder so?«

Illegal? »Er … er war mal mit mir aus, und wir sind in ein Casino gegangen, das ziemlich heruntergekommen wirkte, aber mir war nicht klar, dass es illegal war. Ich bin mitgegangen, weil ich dachte, das sei irgendwie mondän, ich wollte es mal ausprobieren.«

»Sie müssen sich nicht rechtfertigen. Und gut möglich, dass es sich bei der Spielbank, die er mit Ihnen aufgesucht hat, um etwas Legales handelte. Aber wir versuchen gerade zu verstehen, was hier vorgefallen ist.« Anita Hesse lächelte. »Das war auch schon alles. Und wie gesagt, machen Sie sich keine Sorgen. Herr Heinthal ist ein Gast hier. Wir können Ihnen nicht verbieten, sich mit ihm zu treffen.«

Annemarie nickte, fühlte sich aber nach wie vor unwohl. Hatte er sie in irgendetwas Illegales hineingezogen? Langsam ging sie zurück zu den anderen und wurde dort schon mit neugierigen Blicken erwartet. »Nichts Besonderes«, sagte sie. »Sie hatte nur eine Frage.«

Offenbar war damit klar, dass sie nicht mehr sagen wollte, und zumindest die Auszubildenden der beiden höheren Jahrgänge hielten sich zurück. Melanie jedoch dachte gar nicht daran, es auf sich beruhen zu lassen.

»Was war denn jetzt?«, fragte sie, als sie mit etwas Abstand unter sich waren.

»Nichts, habe ich doch gesagt.« Annemarie stieß den Atem langsam aus, dann entschied sie, dass es ohnehin keine Rolle spielte und sie es besser von ihr erfuhren als über Getratsche. »Ich war einmal mit Lennart Heinthal aus, und sie wollten einfach wissen, ob ich weiß, wo er jetzt ist. Ich schätze mal, sie suchen ihn.«

»Was heißt das, du warst mit ihm aus?«, fragte Sabine, die ganz verstört aussah. »Als ich mal gefragt habe, meintest du, da wäre nichts.«

»Ich wollte nicht, dass es wirkt, als würde ich mich auf einen Verwandten von Inga Heinthal einlassen, um mir einen Vorteil zu verschaffen. Außerdem lief da ja nichts, wir waren nur einmal aus und sind ein paarmal spazieren gegangen.«

Sabine schwieg, die Stirn kaum merklich gekraust. Ihr war anzusehen, wie sehr sie um Beherrschung rang. »Wenn ihr miteinander aus wart, dann war da doch wohl irgendwas.«

»Nein, wie gesagt. Ich fand ihn attraktiv, aber dann habe ich gemerkt, dass es doch nicht das Wahre ist. Wir waren einmal in einem Casino, wo er eine gewaltige Summe Geld verloren hat. Das war's.«

»Hattest du kein schlechtes Gewissen deswegen?«, fragte Chris. »Ein paar Vorteile verschafft es einem doch bestimmt, wenn man mit einem Familienmitglied schläft.«

»Ich habe nicht mit ihm geschlafen«, antwortete Annemarie so scharf es ihr mit gesenkter Stimme möglich war. »Wir waren spazieren und einmal im Casino. Und außerdem – hast du den Eindruck gewonnen, dass ich mich seitdem besonders hervortue oder dass Frau Weitzmann mich mit mehr Nachsicht behandelt? Ich bin mir momentan nicht einmal sicher, ob ich das hier überhaupt zu Ende mache.«

Das hatte sie ausgesprochen, noch ehe sie den Gedanken für sich in allen Konsequenzen zu Ende gedacht hatte. Aber es stimmte. Sie wusste es nicht. Das frühe Aufstehen, die tägliche Schufterei und das Lernen. Sie hatte ja gewusst, dass es bei einer Ausbildung nicht nur darum ging, immer nur das zu tun, was einem Freude bereitete, aber das war ihr einfach zu viel. Und dann kam noch die Enttäuschung mit Lennart dazu. Dass er sie sofort gegen Sabine eintauschte oder womöglich sogar schon die ganze Zeit zwei- oder gar mehrgleisig gefahren war, ernüchterte sie.

»Willst du die Schule verlassen?«, fragte Eva.

»Das weiß ich noch nicht. Ich bin mir einfach nicht sicher, ob das hier wirklich das Richtige für mich ist.«

Sabine war immer noch blass, wirkte aber, als sei ihr der Themenwechsel gerade sehr lieb. »Wieso denn?«

»Ach, einfach insgesamt. Irgendwie muss ich das noch mal überdenken.«

»Das wäre sehr schade«, sagte Paul. »Wir verstehen uns doch alle inzwischen sehr gut.«

»Das stimmt«, pflichtete Melanie bei. »Die eine oder andere Unstimmigkeit gibt es zwar hin und wieder, aber das ist ja normal. Ich hoffe, du gehst nicht, weil du dich mit jemandem überworfen hast? Das kann man doch klären.«

»Deswegen würde ich nie eine Ausbildung abbrechen. Es ist bisher ja auch nur ein Gedanke, noch weiß ich es nicht.«

Die Stimmung war umgeschlagen von neugieriger Sensationslust in Bedauern, was Annemarie leidtat. So sollte dieser schöne Abend einfach nicht enden. Aber jetzt hatte sie es nun einmal ausgesprochen und konnte es nicht mehr zurücknehmen.

»Schlafen wir darüber«, sagte sie.

Inga blinzelte in die Dunkelheit und musste sich erst orientieren, wo sie war. Der Krankenwagen, Josh. Sie fuhr hoch. Das Kind! Mit zittrigen Fingern berührte sie ihren Bauch, aber in diesem frühen Stadium ließ sich natürlich noch nichts ertasten, und so läutete sie nach einer Krankenschwester. Die erschien kurz darauf in bester Stimmung und schaltete das grelle Deckenlicht an, sodass Inga blinzelnd die Hand vor die Augen legen musste.

»So früh schon auf? Ich wollte gleich nach Ihnen sehen. Wie geht es uns denn heute?«

»Was ist mit meinem Kind?«, brachte Inga nur mit bebender Stimme hervor.

»Alles in bester Ordnung. Sie hatten einen Schwächeanfall. Wir haben Ihren Mann bereits beruhigt, dass es nichts Ernstes ist.«

Erleichtert stieß Inga den Atem aus. »Dann ist es gut. Vielen Dank. Kann ich heute wieder nach Hause?«

»Das entscheidet der Arzt, aber ich denke, es spricht nichts dagegen.«

Nachdem die Frau wieder gegangen war, legte Inga den Handrücken an die Stirn, schirmte das grelle Licht ein wenig ab. Offenbar war nicht mehr daran zu denken, noch ein wenig zu schlafen. Dann kam ihr der gestrige Abend in den Sinn, und schlagartig wurde ihr übel, das Herz ging ihr schneller, und jedes Verlangen nach Schlaf war dahin. Lennart. Er hatte sie bestohlen, hatte ihr Sparbuch genommen und sich daran bedient, immer wieder. Offenbar hatte er nicht einmal Angst gehabt, entdeckt zu werden. Ihr Grundstock für das eigene Restaurant ... Die Summe, die er entwendet hatte, war enorm, er hatte richtig abgeräumt. Und jetzt war er untergetaucht.

Als das Frühstück gebracht wurde, hätte sie es am liebsten

wieder zurückgehen lassen. Aber sie wollte auch nicht den Eindruck erwecken, es ginge ihr wieder schlechter, sonst ließ man sie womöglich nicht nach Hause.

»Kann ich meinen Mann anrufen?« Vor der Besuchszeit würde man ihn gewiss nicht einlassen.

»Ja, wir haben einen Fernsprecher in der Eingangshalle.«

Hatte sie überhaupt Münzen dabei? Sie erhob sich und ging zu der kleinen Tasche, die Josh in aller Schnelle gepackt hatte. Ja, da war ihre Geldbörse. Er hatte wirklich an alles gedacht. Inga zählte ein paar Münzen in ihre Hand, zog den Morgenmantel an, schlüpfte in Pantoffeln und verließ das Zimmer. Ihre Gummisohlen quietschten auf dem glänzenden Linoleumboden, was sie als Kind immer belustigend gefunden hatte. Ein Arzt kam ihr entgegen, grüßte im Vorbeigehen. Im Treppenhaus schob die Reinigungskraft müde einen Putzwagen in Richtung der Aufzüge. Eine Ärztin und eine Krankenschwester eilten die Treppe hoch, ohne Inga zu beachten.

Inga fand den Fernsprecher direkt, trat in die halb offene Kabine und nahm den Hörer ab. Sie warf die Münzen ein, wählte, und es dauerte nicht lange, bis Josh abnahm.

»Du klingst schon wieder viel besser«, begrüßte er sie zärtlich. »Wie geht es dir denn?«

»Einigermaßen ausgeschlafen. Es tut mir leid, dass ich dir so einen Schrecken eingejagt habe. Wie geht es Martha?«

»Gut. Wir haben ihr gesagt, dass du nur ein bisschen ausruhen musst, sie hat sich furchtbar erschrocken.«

»Die Arme.« Inga wurde ganz elend.

»Anita, Arno und Helga bleiben noch und wollen mit den Kindern später einen kleinen Ausflug machen, damit sie abgelenkt sind. Margarethe und Frank müssen gleich los, ihre Kinder abholen.«

»Grüß sie noch mal schön.« Inga räusperte sie. »Und … und was ist mit Lennart?«

»Das wüsste ich auch gern.« Verärgerung lag in Joshs Stimme. Er wurde selten wütend, aber wenn, dann richtig. »Ich war in seinem Zimmer und bin seine Sachen und Unterlagen durchgegangen. Da er dich in so großem Stil bestohlen hat, hatte ich da keine Skrupel. Offenbar hat er uns nicht alles erzählt. Er hat seine Stelle wegen Veruntreuung von Geldern verloren. Vielleicht spielt er schon länger, wer weiß. Auch wenn mir klar ist, dass es kein Trost ist, hat er immerhin wohl vorgehabt, dir das Geld zurückzugeben. Ich habe in dem Sparbuch eine Einzahlung gesehen vor zwei Wochen. Da hatte er wohl mal was gewonnen. Aber da er nach wie vor von der Bildfläche verschwunden ist, kann ich ihn dazu nicht befragen. Es tut mir so furchtbar leid, Inga. Ich werde dir das Geld natürlich erstatten.«

»Das musst du nicht, du kannst ja nichts dafür.« Außerdem wusste Inga, dass Josh nicht so viel angespart hatte, um diese Summe ersetzen zu können. Sie wirtschafteten gemeinsam, nur das Geld für das Restaurant floss auf ein eigenes Konto.

»Ich lasse das ganz sicher nicht so stehen.«

Inga sagte nichts mehr dazu. Jetzt war nicht der richtige Zeitpunkt, das zu diskutieren. Nachdem sie sich voneinander verabschiedet hatten, hängte sie auf und kehrte in ihr Zimmer zurück. In ihrem Kopf formten sich bereits alternative Ideen. Sie hatte sich noch nie einfach mit einer Niederlage abgefunden, sondern versuchte stets, es so abzuwenden, dass sie am Ende doch bekam, was sie wollte. Ihr Plan war gewesen, das Restaurant in der Nähe zu eröffnen. Doch was sprach eigentlich dagegen, das Haus selbst dafür umzubauen? Die ehemaligen Diensträume der Haushälterin und ihrer Gehilfinnen standen leer. Ein Teil davon war zur Vorratskammer umfunktioniert worden, und es lagerte allerlei Kram darin, der noch aussortiert werden musste. Aber grundsätzlich waren sie verfügbar. Und sie gingen zum seitlichen Hof raus. Vielleicht ließe sich daraus etwas machen. Inga versuchte, es sich räumlich vorzustellen. Im nächsten Moment wallte wieder der Zorn in ihr auf. Das war ja alles gut und schön, aber auch das kostete Geld, überstieg ihre Mittel bei Weitem. Sie hatte einen guten Grundstock zusammengespart, hatte eigentlich vorgehabt, für den Rest einen Kredit aufzunehmen, den sie in einem überschaubaren Zeitrahmen würde abbezahlen können. Jetzt stand sie wieder fast am Anfang. Acht Jahre Sparen für nichts.

Pünktlich zu Beginn der Besuchszeit erschien Josh in ihrem Zimmer. Der Arzt hatte ihr bestätigt, dass sie nach Hause konnte, und so nahm Josh ihre Tasche, legte Inga den anderen Arm um die Schultern und verließ mit ihr das Krankenhaus. Es tat gut, sich an ihn lehnen zu können, auch wenn Inga sich nicht mehr schwach auf den Beinen fühlte. Sie gingen zum Auto, Josh öffnete ihr die Tür, und als sie saß, atmete sie einmal tief durch. Sie war schwanger, dem Kind ging es laut den Ärzten gut, und als könnte sie sich davon überzeugen, legte sie die Hand auf den Bauch. Bisher hatten sie es noch niemandem erzählt, weil Inga abwarten wollte, bis es sichtbar wurde. Sie war nicht abergläubisch, aber die Angst, es zu verlieren und dies dann jedem erzählen zu müssen, war zu groß. Wenn der Bauch die erste Rundung zeigte, war sie hoffentlich wirklich sicher, dass alles gut ging.

»Lennart kann sich bei seinem Vater wohl vorerst nicht blicken lassen«, sagte Josh, als er den Motor startete.

»Hast du es ihm erzählt?«

»Ja, ich habe ihn angerufen, weil ich wissen wollte, ob er

dort ist. Keine Ahnung, wo sich der Kerl gerade rumtreibt, vielleicht bei Freunden. Aber lange hält er das bestimmt nicht durch, er wird Geld brauchen und seine Sachen. Alle seine Unterlagen liegen bei uns. Über kurz oder lang wird er also auftauchen müssen. Und dann kann er sich auf etwas gefasst machen.«

»Es ist vermutlich egal, was wir ihm sagen, er wird das Geld nicht zurückzahlen können. Höchstwahrscheinlich wird er reumütig um Entschuldigung bitten und dann seiner Wege ziehen.«

»Für ihn dürfte es schon einen Unterschied machen. Sein Vater war außer sich vor Wut. Kommt zu uns, nistet sich ein und raubt beiläufig meine Frau aus.«

Inga schloss die Augen. Sie konnte sich noch so oft sagen, dass sie dennoch einen Weg finden würde, aber es nahm sie einfach zu sehr mit. Und sie war wütend, so wütend, dass sie Lennart durchschütteln wollte, wenn er ihr begegnete. Wie scheinheilig er versucht hatte, sich mit ihr gutzustellen, wie er mit den Kindern gespielt und bei der Adventsfeier mit angepackt hatte. War das sein schlechtes Gewissen gewesen, oder hatte er einfach dafür sorgen wollen, möglichst lange bleiben zu dürfen? Hatte er gar keine Angst gehabt, dass sie in das Sparbuch schaute und bemerkte, dass er sich daran bedient hatte? Oder war er anhand der Einzahlungen zu dem Schluss gekommen, dass keine Gefahr drohte? Vorerst zumindest. Sie machte in der Regel einmal jedes halbe Jahr einen Kassensturz, und alles, was übrig blieb, kam auf das Sparkonto. Nach Neujahr wäre es wieder so weit gewesen.

Die Fahrt nach Hause verlief weitgehend schweigend, weil jeder seinen Gedanken nachhing. Anita und Arno sowie Helga mit ihrem Mann waren noch da, und sie würden zusammen zu Mittag essen. Als sie in den Hof fuhren, spielten die Kinder zusammen Ball, und Josh bremste ab, fuhr im Schritttempo bis in die alte Remise, wo er seinen Wagen neben Ingas parkte.

»Mama!«, schrie Martha und kam auf sie zugerannt.

Inga ging in die Hocke und fing sie auf. Das, dachte sie, als sie den Duft nach Shampoo und Puder roch, war es doch, was wirklich zählte. Sie schloss die Augen, und für diesen Moment schwand auch der Zorn auf Lennart. Übrig blieb nur noch diese unfassbare, fast schmerzhafte Liebe, die sie für dieses Kind empfand.

Kapitel 11

Annemarie war nicht die Einzige, die bemerkte, dass Sabine sich verändert hatte, aber außer ihr kannte bestimmt niemand den Grund dafür. Zunächst wirkte Sabine verzweifelt und zutiefst unglücklich. Dann war dieses Gefühl ganz offensichtlich einer verbissenen Wut gewichen, die dazu führte, dass sie ständig jemanden anblaffte. Am Freitag nach der Adventsfeier nahm Annemarie sie zur Seite. Die Kaffeerunde war gerade vorbei, und sie hatten für heute frei, weil die Theoriestunde bei Volker Brandis ausfiel.

»Wenn du wütend auf mich bist«, sagte Annemarie, als sie allein in der Bibliothek waren, »dann sag es doch einfach.«

Mit gerunzelter Stirn sah Sabine sie an. »Warum, um alles in der Welt, sollte ich wütend auf dich sein?«

»Wegen Lennart. Weil du denkst, ich hätte ihn dir ausgespannt und ...«

»Moment, woher weißt du das? Hat er etwas erzählt?«

»Nein, ich habe euch gesehen.«

Das musste Sabine offenbar erst einmal sacken lassen. Sie ließ sich auf einem der Sessel nieder und saß vornübergebeugt, die Hände gefaltet, sodass die Knöchel weiß hervortraten. Dann hob sie mit einem Ruck den Kopf. »Warum hast du denn nichts gesagt? Weil du dachtest, es geschieht mir nur recht, wenn er mich abserviert?«

Weil Annemarie nicht auf sie hinabblicken wollte, setzte sie sich ihr gegenüber. »Nein, weil ich dich nicht bloßstellen wollte. Ich war so wütend auf ihn. Erst hat er mich versetzt, und als ich darüber sauer war, hat er mich komplett auflaufen lassen. Aber was hätte ich denn zu dir sagen sollen? Es hätte doch gewirkt, als würde ich dir die Beziehung zu ihm nicht gönnen, weil er sich gegen mich entschieden hat. Dabei ist er die ganze Zeit vermutlich zweigleisig gefahren.«

»Gut möglich.«

»Als du uns in der Bibliothek zusammen gesehen hast, hatte er sich gerade bei mir entschuldigt, weil er mich versetzt hatte. Da meinte er, wir könnten das nachholen. Ich habe zunächst abgelehnt, bin dann aber zurückgekommen, weil ich meine Meinung geändert habe. Und dann habe ich euch aus dem Raum kommen sehen.«

»Hast du ihm gesagt, dass du von uns weißt?«

»Nein. Diese Blöße wollte ich mir wiederum nicht geben.«

Sabine nagte an ihrer Unterlippe. »Das tut mir leid.«

»Mir auch. Er ist sehr charmant, und ich mochte ihn. Also richtig verliebt war ich nicht, aber das hätte was werden können.«

»Bei mir ist er etwas direkter zur Sache gegangen. Wir waren ein paarmal aus und haben auch schnell miteinander geschlafen.«

»Den Versuch hat er bei mir gar nicht gemacht.«

Sabine zuckte mit den Schultern. »Tja, dann hat er mich vermutlich für den schnellen Spaß genommen, während er es bei dir langsamer anging. Aber am Ende wärt ihr vermutlich auch im Bett gelandet. Er kann sehr verführerisch sein. Als er wusste, dass ich das schon einmal getan habe, hat er gleich das Tempo erhöht. Als sei das keine große Sache für mich. Weil ich schon einmal einen Freund hatte, darf jetzt ja offenbar jeder mal ran.«

»Es tut mir wirklich leid.«

»Das muss es nicht. Ich bin so wütend auf ihn. Außerdem

habe ich munkeln hören, dass er Inga Heinthal bestohlen hat. Er hat wohl ihr Bankkonto leer geräumt. Maria aus dem dritten Jahrgang hat so etwas erzählt.«

»Hatte Frau Heinthal deshalb diesen Schwächeanfall?«

»Ja, vielleicht. Ich kann mir nicht so recht vorstellen, dass man gleich ins Krankenhaus kommt, wenn man bemerkt, dass man bestohlen wurde, aber man weiß ja nie. So zerbrechlich wirkt sie eigentlich nicht.«

»Hoffentlich ist sie nicht ernsthaft krank.«

»Macht nicht den Eindruck, jetzt ist sie ja wieder voll da.« Sabine lehnte sich zurück und schlug ein Bein über das andere. »Dieser Kerl braucht sich hier wirklich nicht mehr blicken zu lassen.«

Annemarie zögerte, dann stellte sie die Frage doch. »Als du meintest, dein Kleid ginge nicht zu, weil du zugenommen hast, da habe ich mich gefragt …« Sie hielt inne, weil die Frage vielleicht unverschämt klang.

Irritiert verengte Sabine die Augen, dann verstand sie und lachte ungläubig. »Nein, natürlich nicht. Ich habe aufgepasst, ich bin doch nicht verrückt.«

»Dann ist es ja gut.«

»Hast du dir wirklich darum Sorgen gemacht?«

»Na ja, irgendwie schon.«

Sabine lächelte. »Das ehrt dich, wenn man bedenkt, dass es für dich so gewirkt haben muss, als hätte ich dir den Kerl ausgespannt.«

»Ach, einen Mann, bei dem ich Angst haben muss, man würde ihn mir *ausspannen*, brauche ich nicht. Und sagtest du nicht, man spannt nur Pferde aus?«

Sabine musste lachen. »Ja, das stimmt schon.« Sie seufzte tief. »Jetzt geht es erst einmal weiter. Für Frau Heinthal ist die Sache wohl nicht so erfreulich, ich kann das abhaken, auch wenn es mich sehr verletzt hat. Ich stand kurz davor, mich zu verlieben.«

»Ja, ich auch.«

»Wenn er Frau Heinthal wirklich bestohlen hat, kommt er vermutlich nicht mehr zurück.« Sabine zupfte an einem losen Faden an ihrem Ärmel. »Ich finde das fast noch schlimmer als die Tatsache, dass er uns beiden was vorgemacht hat. Das ist zwar schäbig, aber Gastfreundschaft in Anspruch zu nehmen und denjenigen dann auszurauben, das zeugt von einem ganz miesen Charakter.«

Das sah Annemarie ähnlich. Es hatte sie verletzt, aber selbst wenn das mit Sabine nicht gewesen wäre, so war dieser Mann für sie kein Partner, mit dem sie ihr Leben verbringen wollte. Sie musste hier weg und woanders noch einmal neu anfangen. Wie genau, wusste sie nicht. Aber es fühlte sich immer gut an, einen Neuanfang zu wagen, und sie ging diesen stets mit den besten Vorsätzen an.

Sabine warf einen Blick auf die Uhr, ehe ihr offenkundig wieder einfiel, dass sie ja keinen Unterricht mehr hatten. »Sollen wir schauen, ob noch etwas von diesen wunderbaren Plätzchen übrig ist? Frau Hesse sagte ja, wir könnten uns daran bedienen.« Sie erhob sich, und Annemarie tat es ihr gleich. Wenn sie heute ohnehin keinen Unterricht mehr hatte, konnte sie auch abends nach Hause fahren, dachte sie. Dann könnte sie in Ruhe mit ihrer Familie sprechen, ihnen sagen, wie fehl am Platz sie sich fühlte und noch einmal neu anfangen wollte, vielleicht mit einer Ausbildung in einer Konditorei.

»Ich glaube, ich mache mich gleich auf den Weg. Aber ein paar Plätzchen esse ich noch mit dir.«

»Das ist ja eine Überraschung.« Annemaries Mutter, Lena Moll, trocknete sich gerade die Hände in einem Geschirrtuch ab, als sie ihr entgegenkam. »Hätten wir das gewusst, hätten wir mit dem Essen gewartet.«

»Ist nicht schlimm, ich habe keinen großen Hunger.« Annemarie gab ihr einen Kuss auf die Wange.

»In der Küche findet sich bestimmt etwas.«

»Ich schaue nachher.« Annemarie stellte ihren Koffer ab.

»Ich habe das Bett jetzt noch gar nicht bezogen.«

»Das übernehme ich gleich selbst. Du musst dir wirklich keine Arbeit machen, Mama. Es war eine spontane Idee, heute loszufahren, weil Unterricht ausgefallen ist.«

»Ich freue mich sehr darüber.«

»Annemarie.« Ihr Vater kam aus dem Wohnzimmer. »Wie schön, dass unsere flügge Tochter immer noch so oft den Weg ins heimische Nest findet.«

Annemaries älterer Bruder lebte nicht mehr zu Hause, er war zum Studieren nach Heidelberg gezogen. Ihre ältere Schwester wohnte nebenan, war aber an diesem Abend nicht da, und ihr um ein Jahr jüngerer Bruder Bernd fläzte im Wohnzimmer auf dem Sofa. Er war einundzwanzig und studierte in Essen. Er sah auf, als Annemarie den Raum betrat.

»Kochpause, Schwesterherz?«

»Die habe ich immer am Wochenende.« Annemarie hatte von Anfang an das Gefühl gehabt, dass er ihre Ausbildung nicht ernst nahm, davon zeugten seine Kommentare, die er immer mal wieder abgab.

Annemarie setzte sich in einen Sessel, und ihre Mutter, die offenbar nicht anders konnte und zu befürchten schien, Annemarie könne verhungern, kam nun doch mit einem kalten Abendessen. »Danke, das ist sehr lieb.«

»Wie geht es dir?«, fragte ihr Vater. »Die Feier war ja wirklich nett.«

»Ja, das fand ich auch«, bestätigte ihre Mutter. »Eine sehr schöne und stilvolle Veranstaltung. Es ist wirklich ein prächtiges Haus, in dem du da lebst. Als ich damals an der Schule für Hauswirtschaft gewesen bin, haben wir nicht so gelebt. Da gab es die Schule von Edith Waltz schon, aber dorthin zu gehen, daran war damals für mich nicht zu denken.«

Annemarie biss in das Brot mit kaltem Braten und nahm die Worte ihrer Mutter als Anlass, auf ihre Pläne zu sprechen zu kommen. »Ich finde das Haus auch wunderschön, und die Leute, mit denen ich lerne, sind wirklich sehr nett.«

»Aber?«, fragte ihr Vater.

»Aber ich denke, es ist nicht das Richtige für mich. Die ganze Zeit schon fühlt sich das irgendwie falsch an.«

Ihre Eltern sahen sie an, der Ausdruck ungläubiger Irritation so ähnlich, dass es unter anderen Umständen fast schon amüsant gewesen wäre.

»Aber du wolltest doch unbedingt dorthin«, brach ihre Mutter schließlich das Schweigen.

»Ja«, antwortete Annemarie ruhig. »Da war ich mir auch sicher, dass es die richtige Ausbildung für mich ist. Aber ich bin zu dem Schluss gekommen, dass es nicht passt. Ich möchte einen Neuanfang.«

»Den wolltest du doch bei der Schule auch«, sagte ihr Vater. »Davor hast du doch schon einige Sachen verworfen.«

»Was willst du denn stattdessen machen?«, fragte ihre Mutter. »Zu Hause wohnen und dir irgendeine Arbeit suchen?«

»Nein, ich würde gern eine Ausbildung machen, aber eben nicht so. Vielleicht lerne ich in einem Konditorbetrieb, da gibt es ja einige Möglichkeiten.«

Ehe ihre Eltern antworten konnten, platzte das Lachen

regelrecht aus Bernd heraus. »Habt ihr wirklich erwartet, sie würde das zu Ende bringen?«, fragte er. »Sie hat noch nie was beendet, wirklich noch nie. Dass das dieses Mal auch nichts wird, dachte ich mir schon von Anfang an. Ständig dieses Gejammer über das frühe Aufstehen und die viele Arbeit.« Er sah Annemarie an, die vor Entrüstung ein heißes Gesicht bekam. »Sag, wie stellst du dir das denn in einer Konditorei vor? Bis in die Puppen schlafen und vormittags irgendwann dort antreten, um ein paar Plätzchen auszustechen?«

»Natürlich nicht!«

»Na ja, er hat schon recht«, kam es von ihrer Mutter. »Du hast noch nie etwas beendet, alles fängst du an, gibst auf und willst wieder etwas Neues.«

»Ich brauche diesen Neuanfang, weil ich dann mehr Motivation habe. Jetzt weiß ich, was ich wirklich will.«

»Das hast du doch auch gesagt, als du dich für die Schule von Inga Heinthal entschieden hast.«

»Da dachte ich noch, das wäre das Richtige für mich.«

»Dasselbe wirst du auch über die Konditorei sagen, wenn du da die Ausbildung abbrichst«, wandte Bernd mit einem spöttischen Lächeln ein.

»Was geht dich das überhaupt an?«, fuhr Annemarie auf. »Ich bespreche das mit Mama und Papa, nicht mit dir.«

»Ich habe letztens schon mit Anja darüber spekuliert, wann du das Handtuch wirfst. Ich muss ihr sagen, dass ich gewonnen habe, sie dachte, du hältst immerhin ein ganzes Jahr durch.«

Annemarie wollte etwas Wütendes entgegnen, aber ihr fehlten schlicht die Worte.

»Weißt du«, fuhr Bernd fort, »wir alle machen etwas, um weiterzukommen, und wir lassen uns dabei nicht länger als notwendig finanzieren. Du hingegen brichst alles ab, liegst

Mama und Papa mit dieser völlig überteuerten Schule in den Ohren, und jetzt stellst du fest, dass es doch nicht das Richtige ist. Du musst früh aufstehen, das ist natürlich unzumutbar. Und du musst dich den Regeln dort unterwerfen. Das hat natürlich keiner vorhersehen können, dass du nicht bis in die Puppen im Bett bleiben kannst.«

»Spar dir diesen Spott doch einfach.« Warum griffen ihre Eltern eigentlich nicht ein und ließen zu, dass er so mit ihr sprach?

»Heirate doch einfach, und spar die Umwege über abgebrochene Ausbildungen. Obwohl – das geht ja auch nicht, denn auch da kannst du ja schlecht jeden Tag bis vormittags im Bett bleiben. Bezeichne es einfach als *Neuanfang*, dann bringst du wenigstens die ersten sechs Monate rum.«

»Schweig doch endlich«, fuhr Annemarie ihn an. »Das ist doch wohl meine Angelegenheit.«

»Du musst natürlich selbst wissen, was du tust«, antwortete ihre Mutter. »Wenn du nicht mehr hinmöchtest, kann dich niemand zwingen.«

»Willst du dann direkt aufhören, oder machst du das Jahr noch zu Ende?«, fragte ihr Vater. »Das ist immerhin schon bezahlt.«

»Aber das macht doch keinen Unterschied«, sagte ihre Mutter, ehe Annemarie antworten konnte. »Ob sie es fertig macht oder nicht, das Geld haben wir ohnehin umsonst ausgegeben.«

Annemarie wollte einwenden, dass sie doch Lebenserfahrung gesammelt hatte und nun genauer wusste, was sie wollte, aber die Resignation in der Stimme ihrer Mutter ließ sie innehalten. »Ich habe schon ein paar Konditoreien im Auge, wo ich mich nach einem Ausbildungsplatz erkundigen möchte.«

Ihr Vater nickte nur vage, während ihre Mutter etwas lahm entgegnete: »Ja, tu das.«

Annemarie hatte erwartet, dass von ihren Eltern Zuspruch käme, dass sie sagen würden, sie könnten ihre Entscheidung nachvollziehen und würden sie unterstützen. Stattdessen wirkten sie fast schon schicksalsergeben. Dabei würde Annemarie die kommende Ausbildung beenden, ganz sicher, auch wenn sie es ihr nicht zutrauten. Bernd feixte in sich hinein. War er mit Anja womöglich eine Wette eingegangen?

Ihr Vater schaltete den Fernseher ein, und Annemarie war fast schon froh über die Abwechslung. Sie konzentrierte sich auf ihr Abendessen und brachte anschließend den Teller in die Küche. Als sie ins Wohnzimmer zurückkehrte, versuchte sie ein Gespräch anzufangen, und obwohl ihre Eltern freundlich antworteten, bemerkte sie die Einsilbigkeit.

Annemarie verabschiedete sich gegen neun und ging ins Bett. Geweckt wurde sie morgens von ihrer Schwester Anja, die neben ihrem Bett stand und ihr sehr unwirsch die Decke wegzog.

»Ist dir eigentlich nichts peinlich?«

»Fragt die Person, die andere am Wochenende aus dem Schlaf reißt.« Annemarie angelte nach ihrer Decke und gähnte. »Hat Bernd dich angerufen, und jetzt streitet ihr, wer gewinnt, wenn ich das Jahr doch noch beende?«

»Das findest du wahnsinnig lustig, ja? Dass Mama und Papa einen Haufen Geld umsonst ausgegeben haben, nur weil dir jetzt eingefallen ist, dass die Ausbildung doch nicht das Richtige für dich ist.«

»Es ist mir nicht einfach so eingefallen, und außerdem geht dich das überhaupt nichts an.«

Anja riss ihr ein weiteres Mal die Decke weg. »Was willst du denn jetzt machen? Doch keine Konditorausbildung?«

Annemarie gähnte. »Warum denn nicht?«

»Was denkst du eigentlich, wann du da aufstehen musst? Die Bäckereien fangen oftmals um fünf Uhr morgens an.«

So richtig hatte Annemarie noch gar nicht darüber nachgedacht. »Das schaffe ich.«

»Klar. Du beklagst dich ja schon, wenn du in deiner schicken Villa um sechs Uhr aufstehen musst. Und da bist du den ganzen Tag mit Gleichaltrigen zusammen, hast vermutlich deinen Spaß und musst dich um nichts anderes kümmern als um deine Ausbildung. Meinst du, das funktioniert hier genauso?«

Annemarie schwieg.

»Dass du nicht durchhältst, war uns ja klar, aber mit so einer kurzen Zeit hatte selbst ich nicht gerechnet.«

»Ihr konntet doch wohl überhaupt nicht wissen, ob ich durchhalte oder nicht. Und darum geht es doch auch gar nicht. Es ist einfach nicht das Richtige für mich.«

Anja machte nur eine wegwerfende Handbewegung und wandte sich ab. »Es war so klar.« Damit verließ sie das Zimmer.

Verärgert ließ Annemarie sich zurück ins Bett fallen und zog die Decke über sich. Im nächsten Moment öffnete sich die Tür erneut, und Anja steckte den Kopf herein.

»Ach ja, dir ist schon bewusst, dass du hier im Haushalt dann kräftig mitarbeiten musst. Du wohnst dann ja wieder hier und kannst nicht erwarten, dass Mama und Papa sich allein um alles kümmern, bis du die Konditorausbildung abbrichst.« Damit verschwand sie wieder.

Annemarie schloss die Augen. Das stimmte natürlich, sie würde wieder hier wohnen, würde im Haushalt mit anpacken, einkaufen – und das, nachdem sie morgens so früh aufstehen musste. Sie dachte darüber nach. Fünf Uhr war schon sehr früh, auf Dauer wäre das vermutlich sicher eine Qual. Was sollte sie denn jetzt machen? Zudem ärgerte sie, wie ihre Entscheidung abgetan wurde, so als hätte man ihr ohnehin nichts zugetraut. Sie wickelte sich in ihre Decke, wollte noch einmal einschlafen, aber jetzt war sie hellwach. Und wenn sie wegzog? Eine kleine Wohnung nahm oder ein Zimmer und dann eine Ausbildung begann? Aber das würden ihre Eltern ihr sicher nicht bezahlen. Sie hatten ja für die Schule schon so viel Geld ausgegeben, und auch wenn sie ihre Entscheidung hinzunehmen schienen, war doch kaum zu übersehen, dass sie alles andere als begeistert waren.

Schließlich erhob Annemarie sich, griff nach ihrem Morgenmantel und ging ins Bad. Als sie am Frühstückstisch erschien, saß Bernd mit einer Tasse Kaffee am Tisch. Er war bereits vollständig angekleidet. Aus dem Wohnzimmer war Anjas Stimme zu hören, die sich offensichtlich mit ihrem Vater unterhielt. Annemaries Mutter schenkte ihr mit einem warmherzigen Lächeln eine Tasse Kaffee ein. »Hast du gut geschlafen?«

»Ja«, bestätigte Annemarie. Nur unschön geweckt, fügte sie in Gedanken hinzu.

»Sollen wir heute die Kündigung für die Schule abschicken, damit du zum Jahresende aufhören kannst?«

Annemarie zögerte. Sie dachte an Eva, an Sabine und all die anderen, die im Sommer zurückkehren würden, während sie selbst etwas Neues anfing, von dem sie auf einmal gar nicht mehr so richtig überzeugt war. »Nein«, antwortete sie. »Lass es erst einmal. Vielleicht war ich zu voreilig.«

Bernd blickte von seinem Kaffee auf und hob die Brauen. »Gewinnt Anja jetzt doch?«

»Halt doch einfach den Mund.«

»Hört auf, sie zu ärgern«, sagte ihre Mutter jetzt.

»Schon gut«, sagte Annemarie, die nicht wie ein kleines Kind in Schutz genommen werden wollte, und warf Bernd einen strafenden Blick zu. Dann nippte sie an ihrem Kaffee und lehnte den Kopf zurück, um in Ruhe darüber nachzudenken, wie es jetzt weitergehen sollte.

Eva hatte das Wochenende in der Schule verbracht, genauso wie Paul, Chris und Sabine. Diese wäre gern gefahren, aber sie hatte kein eigenes Auto und keine Lust auf die lange Zugfahrt. Sie konnte sich aber auch nicht dazu aufraffen, mit den anderen etwas zu unternehmen. Überhaupt wirkte ihre Stimmung mal gedrückt, mal wütend, und Eva fand das ungewöhnlich, denn sie konnte sich nicht so recht erklären, was da vorgefallen sein mochte.

»Sabine ist seit unserer Feier so«, sagte Paul, als sie ihn auf einem Spaziergang darauf ansprach. »Hat sie sich mit jemandem gestritten?«

»Mit wem denn? Das hätten wir doch mitbekommen.«

»Das war doch eh alles so seltsam in dieser Nacht. Die Polizei, dann verschwindet dieser Cousin, Frau Heinthal muss mit dem Rettungswagen geholt werden, und dann ist Sabine so seltsam.«

»Denkst du, das hängt irgendwie miteinander zusammen?« Eva konnte das nicht glauben. Was hatte Sabine denn mit den Heinthals zu schaffen? Das hätten sie doch mitbekommen.

»Na ja, auf jeden Fall ist es seltsam.«

»Vielleicht hat sie eine schlechte Nachricht von zu Hause erhalten, ihre Eltern waren am Adventsabend ja gar nicht da.«

»Mir kam sie nach der Feier anfangs noch sehr gut gelaunt vor, aber ich habe da auch nicht so drauf geachtet, muss ich zugeben.«

Vielleicht, so dachte Eva, weil er ebenso nur Augen für sie gehabt hatte wie sie für ihn. Sie schwieg, während sie langsam weitergingen. Bald war Weihnachten, und sie würden die Zeit von Heiligabend bis zum Dreikönigstag zu Hause verbringen. Das würde sich bestimmt merkwürdig anfühlen.

»Ich mag dich sehr«, sagte Paul unvermittelt. »Und ich wünsche mir, dass es dir ebenso mit mir geht.«

Eva sah ihn an, während sie langsam weitergingen. Sie schluckte, suchte nach den richtigen Worten und sagte dann: »Ich habe dich auch gern.«

Sie blieben stehen, sahen sich an, und als Paul den Kopf neigte, glaubte sie erst, er wolle sie küssen, aber dann hielt er inne, wirkte zögerlich. Eva legte ihm die Hand auf die Wange, so zart, dass sie ihn kaum berührte. Dann kam sie ihm entgegen, hob das Gesicht, bis ihre Münder nur wenige Handbreit voneinander entfernt waren. Daraufhin verlor sich Pauls Unsicherheit, und er beugte sich vor, berührte ihre Lippen mit den seinen, erst behutsam, zärtlich, und schließlich fanden sie sich in einem langen Kuss. Eva legte die Hand an seinen Nacken, streichelte seinen Haaransatz. Als sie sich voneinander lösten, ging sein Atem schneller, und Eva lächelte, zog ihn wieder an sich, um ihn erneut zu küssen.

Wieder und wieder küssten sie sich, bis Eva schließlich atemlos lachte. Sie war so glücklich, wie sie es sich noch vor wenigen Monaten nicht hätte ausmalen können. Paul erwiderte ihren Blick, und ein Lächeln tanzte in seinen blauen Augen. Er zog sie an sich, drückte seine Lippen auf ihren Scheitel, während seine Arme sie fest umschlossen. Eva lehnte den Kopf an seine Schulter, und sie standen da, bis sie in der Kälte anfing, zu zittern.

»Vielleicht gehen wir besser zurück«, sagte Paul. Seine Hand glitt in ihre, und seine Finger umschlossen sie sanft.

Sie machten sich auf den Weg zur Schule, einträchtig schweigend liefen sie nebeneinanderher. Es hatte über Nacht geschneit, gerade ausreichend, um die Landschaft wie weiß gepudert aussehen zu lassen, in der die Straße wie ein dunkel glänzendes Band wirkte. Es war Nachmittag, und der Himmel färbte sich in das zarte Rosa nahender Dämmerung. Eva machte es beinahe Angst, weil es so schön war. Sie atmete in konzentrierten Zügen, als gälte es, diesen Moment auszukosten, solange er anhielt.

Als sie in die warme Eingangshalle traten, prickelte es in Evas Wangen. Sie und Paul hielten sich an den Händen, als sie zur Tür gingen, die ins Treppenhaus zu den Quartieren führte. Sie betraten den Korridor, hielten inne und küssten sich erneut. Als sie hinter sich Schritte hörten, löste sich Eva von ihm, drehte sich um und sah drei Auszubildende aus dem dritten Jahrgang, zwei Frauen und ein Mann. Sie wirkten belustigt, die Frau zwinkerte Eva zu.

»Lasst euch nicht stören.« Dann gingen sie an ihnen vorbei und schlossen die Tür hinter sich.

»Dann wollen wir uns auch nicht weiter stören lassen«, sagte Paul, nahm Evas Hand und ging mit ihr die Treppe hinauf.

»Annemarie ist nicht da, wir können in mein Zimmer«, sagte Eva.

»Martin auch nicht, wir haben also die freie Wahl.« Paul lachte leise.

»Sollen wir eine Münze werfen?«

»Nehmen wir einfach das erste Zimmer auf dem Flur.«

»Also meins.«

Sie stiegen die Treppe hoch, hielten immer wieder inne, um sich zu küssen, gingen eng umschlungen durch den Korridor und taumelten in Evas Zimmer. Rasch drehte Eva den

Schlüssel im Schloss und schlang die Arme wieder um Pauls Nacken. Sie fielen auf ihr Bett, und Paul küsste ihre Wangen, ihren Hals, die kleine Kuhle zwischen ihren Schlüsselbeinen, streichelte sie durch ihren eng anliegenden Pullover hindurch, glitt mit der Hand zu ihrem Bauch, schob den Saum hoch und streichelte ihre Haut, direkt über dem Hosenbund. Eva keuchte und bog den Rücken durch, zog seinen Kopf zu sich und küsste ihn, während ihre Hand sich daranmachte, die Knöpfe seines Hemdes zu öffnen.

Atemlos hielt er inne. »Wollen wir so weit gehen?«, fragte er. »Ich … Also ich hätte ja was besorgt, wenn ich gewusst hätte, dass wir …«

Das hatte Evas Stimme der Vernunft durchaus bedacht, wenngleich sie diese noch ignoriert hatte, solange nichts Konkretes geschah, was sie in Gefahr einer Schwangerschaft brachte. Wenn sie so weitermachten, wäre das jedoch durchaus ein Thema, und natürlich nahm Eva die Pille nicht. Sie hatte sie mit Peter nicht genommen, weil sie Kinder gewollt hatte, und danach bestand bislang keine Notwendigkeit.

»Ich nehme nichts, weil ich auch nicht daran gedacht habe, dass wir … Also jedenfalls nicht so schnell.«

Obwohl Eva gern mit ihm geschlafen hätte, war sie auch erleichtert. Er wirkte nicht wie ein Mann, der leichtfertig mit anderen Frauen ins Bett ging, und es war offenbar auch für ihn selbstverständlich, an Verhütung zu denken. Sie musste zugeben, dass sie enttäuscht gewesen wäre, wenn er sie dazu gedrängt hätte, es doch zu tun, mit dem Versprechen, aufzupassen. Sie küssten sich wieder, und nun wurden ihre Zärtlichkeiten zurückhaltender. Eva schloss die Augen, genoss die Liebkosungen seiner Hand, die behutsam unter ihren Pullover geglitten war.

»Ich hätte nicht gedacht, dass ich mich so schnell dazu hinreißen lasse«, gestand sie.

Er lachte. »Ich muss zugeben, ich hatte es gehofft.«

Wieder küssten sie sich, und Eva hätte am liebsten nicht mehr damit aufgehört. Eng schmiegte sie sich an ihn, streichelte sein Gesicht, seinen Nacken.

»Und jetzt?«, fragte sie. »Bleiben wir jedes Wochenende hier? Oder möchtest du auch mal mit zu mir kommen?«

»Was sagen deine Eltern dazu?«

»Ich bin erwachsen und verwitwet, sie werden sich freuen, wenn ich wieder mit jemandem glücklich werde.«

Im Gegensatz zu seinen Eltern. Das musste er nicht sagen, es hing unausgesprochen in der Luft.

Kapitel 12

Inga wusste, dass sie sich schonen sollte. Zwar war ihre Schwangerschaft mit Martha unproblematisch verlaufen, aber die folgenden Fehlgeburten hatten ihre Spuren hinterlassen. Und selbst, als die Ärzte ihr sagten, alles sei bestens, dem Kind gehe es gut, und der Schwächeanfall hätte keinerlei Folgen, war sie sehr vorsichtig. Dass das Geld weg war, setzte ihr zu, aber dafür nun ein Kind zu verlieren – das war es ihr nicht wert.

Dennoch konnte Inga es nicht einfach so beiseiteschieben. Sie hatte so lange gespart, sich alles bereits bis ins kleinste Detail ausgemalt. Und nun musste sie wieder von vorne anfangen, musste wieder jahrelang warten. Natürlich hätte sie einfach einen größeren Kredit aufnehmen können, aber genau das wollte sie nicht. Ihr war wichtig, es aus eigener Kraft zu schaffen und zumindest einen guten Grundstock mitzubringen. Wenn sie daran dachte, wie er sich von ihr hatte aushalten lassen, nur um sich dann auch noch an ihrem Geld zu vergreifen, wurde ihr ganz heiß vor Wut. Dann wieder war sie verzweifelt. So viel Geld. Dass er ein wenig eingezahlt hatte, machte sie fast noch wütender. Als wollte er sie damit verhöhnen.

»Ich kann deine Wut verstehen«, sagte Anita, als sie Montagnachmittag bei einer Tasse Tee in ihrem Büro saßen. »Ich wäre auch außer mir. Aber es ist jetzt, wie es ist. Und bisher sind wir auch ohne das eigene Restaurant gut gefahren. Dann schicken wir unsere Auszubildenden weiterhin in Betriebe, mit denen wir entsprechende Absprachen treffen.«

Es war trotzdem bitter. Inga hätte Lennart anzeigen können, aber das wollte sie Josh nicht antun. Und was hätte es auch gebracht? Von ihm war ja offenbar nichts zu holen. Er hatte keine Arbeit und schmarotzte sich durch. Auf eine Entschädigung konnte sie da vermutlich lange warten. Außerdem wollte sie sich den Stress, der mit einer Anzeige unweigerlich einhergehen würde, nicht zumuten.

»Wo ist er eigentlich abgeblieben?«, fragte Anita. »Ich meine, er kann ja im Grunde nirgendwohin.«

»Wenn er nicht alles verspielt hat, hat er ja genug, um sich teuer einzumieten«, antwortete Inga bitter.

Weil es aber nun alles nichts half und die Arbeit getan werden musste, versuchte sie, die Gedanken so gut es ging, beiseitezuschieben. Josh hatte ein erbärmlich schlechtes Gewissen, und das wollte sie wiederum nicht. Es war ja nicht seine Schuld. Sein Onkel hatte angerufen und sich für das Verhalten seines Sohnes entschuldigt. Er hatte angeboten, für den Schaden aufzukommen, aber von Josh wusste sie, dass die Familie selbst nur wenig Geld hatte, nachdem sie in einer Fehlinvestition viel verloren hatten. Auf gar keinen Fall wollte Inga Geld von ihm, das wäre ihr falsch vorgekommen, denn Lennart war erwachsen und sein Vater nicht länger für ihn verantwortlich.

»Ich schließe demnächst mein Sparbuch ein«, sagte sie zu Anita. »Traurig genug, dass ich das in meinem eigenen Haus tun muss.«

Nachmittags rief ihre Mutter an, wie sie das hin und wieder tat. Für Inga waren diese Gespräche immer anstrengend, weil sie sich eigentlich nichts zu erzählen hatten und die Konversation daher sehr schwerfällig verlief. Meist drehte es sich darum, dass ihre Mutter nach Martha fragte und schließlich auch nach der Schule. Nach wie vor machte sie keinen Hehl daraus, was sie davon hielt, dass hier nun auch Männer unterrichtet wurden. Sie hatte Inga prophezeit, dass es bald keine Anmeldungen mehr geben würde, und man wusste ja, was passierte, wenn man junge Frauen und Männer auf engem Raum zusammenbrachte. Auch die weiterhin hohen Anmeldezahlen überzeugten sie nicht vom Gegenteil.

Inga machte sich keine Illusionen, natürlich gab es Liebschaften unter den Auszubildenden, und von zweien wusste sie, dass sie mittlerweile verheiratet waren. Aber bisher war ihr nicht zu Ohren gekommen, dass eine Auszubildende ungewollt schwanger geworden wäre oder es in den Zimmern zu den von ihrer Mutter vorhergesagten Orgien kommen würde. Die Auszubildenden kamen her, um etwas zu lernen, und ihr Liebesleben konnten sie vermutlich an anderer Stelle ungestörter erkunden als in den Zweibettzimmern.

Auch an diesem Nachmittag hing ihre Mutter vergangenen Zeiten nach, und Inga war froh, als sie auflegen konnte. Dass ausgerechnet ihre Mutter die Vergangenheit verherrlichte, war jedes Mal ein rotes Tuch für Inga. Denn auch wenn sie sich auf die Schule bezog, so war es doch auch klar, dass sie es durchaus gern gehabt hätte, wäre Deutschland damals siegreich aus dem Krieg hervorgegangen. Das hätte es ihr erspart, mit den eigenen Verbrechen konfrontiert zu werden, und sie hätte sich weiterhin einreden können, das Richtige zu tun. Jetzt konnte sie sich nur einreden, sie hätte keine Wahl gehabt.

Inga hatte gerade aufgelegt, als sich unerwarteter Besuch ankündigte. Ihr Schwiegervater, Alfons Heinthal, betrat nach kurzem Anklopfen das Büro. Inga hatte den Türgong überhaupt nicht gehört, aber das passierte ihr, wenn ihr zu viel im Kopf herumging. Dann blendete sie alles andere aus. Mit ihren Schwiegereltern verstand sich Inga gut. Alfons Heinthal war ein strenger Vater, aber ihr gegenüber hatte er sich stets von seiner freundlichen Seite gezeigt, und als Großvater war er liebevoll und nachsichtig.

»Ich hoffe, ich störe nicht«, sagte er, als er sich auf dem Besucherstuhl ihr gegenüber auf der anderen Seite des Schreibtisches niederließ.

»Nein, ich habe nur gerade mit meiner Mutter telefoniert. Dabei kann man mich nicht stören.«

Er schmunzelte. »Verstehe.« Dann wurde er wieder ernst. »Josh hat mir erzählt, was passiert ist. Das tut mir sehr leid, und auch mein Bruder ist wirklich erschüttert.«

»Ich weiß, er hat mich angerufen. Ich mache ihm keinen Vorwurf, Lennart ist erwachsen und für sich selbst verantwortlich.«

»Das ist richtig, aber natürlich macht es uns als Familie betroffen.« Er räusperte sich. »Ich habe mich lange mit Uta unterhalten.« Uta war seine Frau. »Und wir sind übereingekommen, dass ich dir den Verlust ersetze.«

Mit einem Ruck richtete sich Inga auf. »Das wirst du auf keinen Fall tun. Ich habe Josh bereits gesagt, dass ich nicht erwarte, dass einer von euch den Kopf für Lennart hinhält. Er hat mich bestohlen, nicht ihr.«

»Das ist richtig, und mir war bewusst, dass du das Geld nicht so ohne Weiteres annehmen würdest. Ich habe jedoch nicht vor, es Lennart zu schenken, ich gewähre ihm lediglich ein Darlehen. Du bist also nicht länger diejenige, die es von ihm zurückholen muss, sondern ich.«

Inga wollte widersprechen, ihm sagen, dass sie sich selbst darum kümmern würde – auch wenn sie keine Ahnung hatte, wie sie das bewerkstelligen sollte. Dann jedoch bemerkte sie, wie unbehaglich ihm zumute war, und in diesem Moment wurde ihr klar, welche Last auch er mit sich herumschleppen musste. Vielleicht war es auch für ihn wichtig, auf diese Weise einen Teil der Schuld abzugelten, selbst wenn sie ihn nicht direkt betraf.

»Es würde mir viel bedeuten, wenn du es annimmst«, sagte ihr Schwiegervater.

Die Heinthals waren vermögend, das wusste Inga natürlich, aber das meiste Geld war investiert. Wie viel Barvermögen sie auf der Bank hatten, war ihr nicht bekannt. »Gut«, sagte sie zögernd. »Aber ich möchte, dass du weißt, ich gebe niemandem von euch die Schuld. Du musst nicht für die Taten deines Neffen einstehen.«

»Das weiß ich. Aber ich möchte es.«

Sie nickte. »Ich danke dir sehr. Weiß Josh davon?«

»Nein, ich wollte zuerst mit dir sprechen. Es sollte nicht wirken, als würden wir so etwas hinter deinem Rücken planen.«

Das war gut, denn obwohl Inga wusste, dass Josh so etwas nicht ohne ihr Wissen vereinbaren würde, hätte es sich falsch angefühlt. Und eigentlich fühlte es sich auch jetzt nicht richtig an. Sie wollte es aus eigener Kraft schaffen und eben nicht auf das Geld seiner Familie zurückgreifen.

»Du holst dir das Geld wirklich von ihm zurück?«, fragte sie. »Wie willst du das denn tun?«

»Er kann sich nicht immer verstecken, irgendwann wird er sich melden. Und er wird seinen Lebensunterhalt bestreiten müssen. Der Kerl soll nur wagen, mich abwimmeln zu wollen. Den nehme ich mir vor, dass ihm Hören und Sehen vergeht.«

»Ich danke dir.«

»Mir ist wichtig, dass es dir und Josh gut geht. Und natürlich der Kleinen. Für unsere Kinder tun wir das alles schließlich, nicht wahr? Wo ist sie überhaupt?«

»Im Spielzimmer mit den beiden Hesse-Kindern. Möchtest du sie sehen? Bleib doch zum Abendessen. Josh kommt in«, sie sah auf die Uhr, »zwei Stunden nach Hause.«

»Du musst doch arbeiten.«

»Ja, aber nicht mehr so lange. Setz dich doch in die Bibliothek. Da ist es schön warm.«

Er willigte ein, verließ das Büro, und Inga lehnte sich auf ihrem Stuhl zurück. Ganz wohl war ihr nach wie vor nicht dabei, dass sich Joshs Familie der Sache annahm. Doch sie wollte ihren Schwiegervater auch nicht vor den Kopf stoßen. Sie würde sich darum kümmern, dass er das Geld zurückbekam. Einfach nur untätig herumsitzen, jemand anderen für den Schaden bezahlen lassen und sich heraushalten, obwohl sie es war, der unrecht angetan worden war, konnte sie nicht. Sie überlegte kurz, dann stand sie auf und ging zu Anita.

Annemarie schlug das Lehrbuch zu und war froh, dass die Stunde um war. Seit dem Wochenende hing für sie alles in der Schwebe. Sie war sich so sicher gewesen, den richtigen Schritt zu tun, und nun wusste sie doch nicht mehr weiter. Die anderen hatten sie nicht mehr darauf angesprochen, bis auf Melanie, die sagte, wie schade es doch sei, wenn sie ginge. Wenn sie ihre Kündigung für die Schule einreichte, wäre es endgültig, daher konnte sich Annemarie noch nicht dazu durchringen. Bald war Weihnachten, vielleicht vertagte sie die Entscheidung bis dahin. Neujahr war ja auch ein Neuanfang, vielleicht kam sie dann zu einem Entschluss.

Zudem setzte ihr das mit Lennart mehr zu, als sie sich eingestehen wollte. Sie tat zwar vor Sabine so, als hätte sie die Sache für sich abgehakt, aber es ging ihr doch nahe. Sie hatte sich Hoffnungen auf mehr gemacht und ihn sehr gemocht. Insgeheim hatte sie sogar schon vorgehabt, mit ihm zu schlafen, wenn er diesen Wunsch geäußert hätte. Aber dieses Bedürfnis hatte er ja offenbar bereits mit Sabine gestillt. Dieser Mistkerl. War er so einer, der mit einer Frau ausging und sich eine andere aussuchte, die ihm fürs Bett gerade gut genug war? Aber Sabine war hübsch, konnte tanzen und war klug. Und es war ja nicht so, als hätte er sich Annemarie für eine Ehe auserkoren und Sabine für den Spaß zuvor – was ihn in ihrer Achtung noch weiter hätte sinken lassen.

»Was machst du eigentlich, wenn er zurückkommt?«, sprach Sabine das Thema an, als sie allein waren. Sie gingen in die Bibliothek, weil es dort am wärmsten war. Damit die Bücher nicht schimmelten, wurde der Raum stets gut temperiert, während es in der Halle sehr kalt war und auch die Unterrichtsräume eher kühl gehalten waren.

»Das weiß ich nicht. Vielleicht sage ich ihm, was ich von ihm halte. Möglicherweise lasse ich es auch einfach auf sich beruhen, das weiß ich nicht.«

Annemarie schob die Tür auf, und sie betraten die Bibliothek. »Nach allem, was man so hört, stimmt das mit dem Diebstahl. Chris hat auch was mitbekommen und meinte, Inga Heinthal sei jetzt praktisch mittellos. Aber das kann ich mir kaum vorstellen, sie hat ja die Schule, bekommt das Schulgeld, und ihr Mann verdient sicher auch einiges. Übel ist es trotzdem. Sie steht ihm in einer schweren Zeit bei, und als Dank dafür beklaut er sie.«

»Und macht sich an ihre Auszubildenden ran, um sie dann sitzen zu lassen. Wer weiß, vielleicht hat er ja nicht nur uns belogen und betrogen, sondern auch Frauen aus den anderen Jahrgängen.«

»Ich bin fast im Boden versunken, weil Anita Hesse es

gewusst hat«, sagte Annemarie. »Ich mag mir gar nicht vorstellen, so etwas würde die Runde machen.«

»Warst du eigentlich in ihn verliebt? Du lässt dir nie was anmerken.«

Annemarie zuckte mit den Schultern und wollte antworten, als sie aus dem Augenwinkel eine Bewegung wahrnahm und erstarrte, als sich ein älterer Mann aus dem Ohrensessel, der mit Rücken zu ihnen stand, erhob.

»Entschuldigen Sie, die Damen. Aber ehe Sie weiter in pikante Details gehen, möchte ich Sie darüber informieren, dass Sie nicht allein sind.« Der Mann lächelte, und Lachfältchen zeigten sich um seine Augen. »Ich kann mir denken, worum es geht, und Sie können sich sicher sein, dass mein Neffe allen Grund haben wird, sein Benehmen hier zu bedauern, sobald ich ihn mir vorgeknöpft habe.«

Annemarie spürte, wie ihr die Wangen brannten. »Es tut mir leid, wir wussten ja nicht, dass jemand hier ist, sonst …«

»Nein, mir tut es leid. Aber wir haben alle unsere schwarzen Schafe in der Familie, nicht wahr? Ich lasse Sie nun allein.«

»Nein«, sagte Sabine rasch. »Bleiben Sie nur. Sie waren ja zuerst hier. Wir werden hoch ins Zimmer gehen. Unterhalten können wir uns auch dort.«

Annemarie nickte bestätigend. »Wir entschuldigen uns für die Störung.«

Sie verließen die Bibliothek, und Sabine fragte: »Wofür entschuldigst du dich eigentlich die ganze Zeit? Wir haben doch nichts falsch gemacht?«

»Na ja, das war so ein Reflex.«

»Dann gewöhn dir den nur schleunigst ab. Wir waren lediglich zeitgleich in der Bibliothek und haben uns unterhalten. Weder haben wir ihn wissentlich belästigt, noch sind wir über jemanden hergezogen.«

»Na ja …«

»Wir haben uns berechtigterweise über Lennart geärgert. Dann weiß der alte Herr jetzt eben, was sein Neffe für einer ist. Umso besser.«

Annemarie nickte unbestimmt. Ihr war die Situation dennoch unangenehm gewesen.

»Wie sieht es jetzt eigentlich bei dir aus? Du hast gesagt, du willst die Schule abbrechen. Bleibt es dabei?« Sie gingen durch die Halle in Richtung Quartiere.

»Ich bin mir, ehrlich gesagt, noch gar nicht so sicher.«

»Mich geht es ja nichts an, und ich mag auch keine ungebetenen Ratschläge, aber wäre ich an deiner Stelle, würde ich es nicht tun. Eine gute Ausbildung ist so viel wert, und die Plätze an dieser Schule sind rar. Wenn man das Glück hat, genommen zu werden, sollte man die Chance auch nutzen.«

»Ja, da hast du natürlich recht. Ich muss mir das in Ruhe durch den Kopf gehen lassen. Vielleicht sehe ich nach den freien Tagen über Weihnachten klarer.«

Dienstagmorgen ging es um Fischgerichte, und Eva, die für Peter oft und gern Fisch zubereitet hatte, war vieles von dem, was Sandra Weitzmann erzählte, bereits bekannt.

»Fische gehören zur Gruppe der wertvollen Eiweißspender«, erklärte diese, »weil es sich um biologisch vollwertiges Eiweiß handelt, das von unserem Körper leicht verdaut und nahezu vollständig genutzt werden kann. Sie erinnern sich vielleicht noch an die Zeiten, als man Ihnen regelmäßig einen Löffel Lebertran verabreicht hat.« Sie lachte, als alle das Gesicht verzogen. »Vitamin A ist wichtig für Wachstum und Gedeihen, daher hat man es Kindern gern gegeben. Das Sättigungsgefühl nach frischem Fisch ist meist deswegen geringer als nach Fleisch, weil Fisch schneller im Magen verarbeitet wird. Deshalb kommt Fisch auch oft zum Einsatz, wenn es um die Ernährung Magenkranker geht. In Ihrem Lehrbuch finden Sie ausführlich beschrieben, woran Sie guten Fisch erkennen. Das wird Teil Ihrer Prüfung sein.« Sandra Weitzmann ging mit ihnen in die kalte Küche.

»Fisch sollte nicht längere Zeit eingesalzen liegen bleiben, damit mit dem austretenden Fischsaft keine wertvollen Mineralstoffe verloren gehen. Früher einmal hat man Fisch einfach ins Wasser gelegt und ausgekocht, das macht man heute nicht mehr, weil es ihn auslaugt und ihm die Nährstoffe entzieht. Grundsätzlich sollte Fisch nur im eigenen Saft gegart werden, eine Zugabe von Wasser ist nicht nötig. Zudem ist Fisch nicht dazu da, um sich satt zu essen, sondern man reicht ihn mit nahrhafter Beilage. Generell sollte die Ernährung stärker pflanzenbasiert sein, Fleisch und Fisch sind eine Ergänzung, aber kein Hauptnahrungsmittel.«

Im Folgenden ging es um die vielseitigen Möglichkeiten, Fisch neben den herkömmlichen Methoden zu verarbeiten. Im nächsten Schritt erklärte Sandra Weitzmann ihnen die Zubereitung, und Eva bemerkte, dass Annemarie ganz blass wurde, als es an die Beschreibung ging, wie der Fisch geschuppt und ausgenommen wurde. »Auch das ist ausführlich in Ihrem Lehrbuch beschrieben und wird im nächsten Halbjahr Teil der Praxis. Heute nehmen wir uns bereits verarbeiteten Fisch vor für ein Fischfrikassee. Fräulein Moll, möchten Sie vielleicht kurz vor die Tür?«

Annemarie schüttelte den Kopf.

»Dann möchte ich Sie bitten, sich ein bisschen zusammenzureißen und sich nicht ständig abzuwenden, wenn ich Dinge erkläre.«

Sie wurden in Zweiergruppen aufgeteilt, und Eva schloss sich mit Paul zusammen, während sie erstaunt zur Kenntnis nahm, dass sich Annemarie und Sabine zueinandergesellten. Sie hätte Sabine eher mit Chris vermutet, der keinen Hehl daraus machte, wie sehr er sie mochte, und mit dem sie sich gut verstand.

»Unser erstes gemeinsames Kochen«, sagte Paul.

»Ich kann mir nichts Romantischeres vorstellen, als mit dir Fisch zu entgräten.«

»Und ihn dann mit Salz zu bestreichen und mit Zitronensaft zu beträufeln.«

Sie bereiteten den Fisch gemeinsam vor, legten ihn beiseite und begannen mit der Soße, für die Eva Fett zerließ. Dann rührte sie Mehl ein, bis es goldgelb wurde, und gab schließlich Zwiebeln dazu, die Paul klein geschnitten hatte. Langsam goss Paul Wasser hinzu, während Eva rührte und rührte. Sie ließen die Soße gut durchkochen, und Paul widmete sich dem Fisch, schnitt ihn in Stücke und gab ihn in die blubbernde Soße. Umgehend drehte Eva das Feuer runter, damit der Fisch bei geschlossenem Deckel auf kleiner Flamme durchzog.

»Du hast das schon oft gemacht, nicht wahr?«, fragte Paul.

»Ja, hin und wieder.« Sie hatte sich das Rezept, das sie für diesen Tag hatten lernen müssen, zwar angeschaut, aber es hatte ihr nichts Neues geboten, was sie nicht schon gewusst hatte. Die anderen hatten das Kochbuch offen vor sich, ebenso wie sie auch, aber sie hatte keinen einzigen Blick mehr hineinwerfen müssen.

»Wir harmonieren beim Kochen ziemlich gut«, bemerkte Paul.

»Nicht nur beim Kochen.« Sie gab ihm einen flüchtigen Kuss, was die anderen natürlich bemerkten.

»Wärt ihr lieber allein?«, fragte Stephan.

Eva wurde ein wenig verlegen, aber sie wollte auch nicht verstecken, dass sie und Paul ein Paar waren. Immerhin gab es dazu keinen Anlass, sie taten ja nichts Verbotenes. »Ja, aber man kann es sich ja nicht aussuchen«, entgegnete sie daher, was die anderen zum Lachen brachte und ihnen die eine oder andere Anzüglichkeit entlockte, bis Sandra Weitzmann dem ein Ende setzte.

»Es ist schön, dass Sie alle Anteil nehmen am Glück der anderen, aber wir wollen uns hier auf das Wesentliche konzentrieren, ja? Schließlich möchten Sie Ihren Gästen später ganz bestimmt keine versalzenen Speisen vorsetzen.«

Eva und Paul sahen sich an, und sie bemerkte das Lächeln, das in seinen Mundwinkeln nistete. Nun galt es jedoch wieder aufmerksamer zu sein und sich dem Essen zu widmen. Eva gab Kapern in das Frikassee, schmeckte es mit Salz und Zitronensaft ab und vermischte es mit verquirltem Ei.

»Meine Mutter feiert Samstag ihren Geburtstag«, sagte sie, als sie die Küche verließen. »Möchtest du nicht mit zu uns kommen?«

Paul wirkte erstaunt. »Wäre das deinen Eltern denn recht?«

»Ja, warum nicht? Wenn es dich beruhigt, frage ich meine Mutter vorher, aber ich wüsste nicht, was dagegenspricht.«

Es war nicht mehr lange bis Weihnachten, Heiligabend fiel dieses Jahr auf einen Montag, was bedeutete, sie hatten noch zweieinhalb Wochen bis zu ihrem letzten Schultag vor den freien Tagen. Am Dreikönigstag würden sie wieder anreisen, da am kommenden Tag der Unterricht begann. Eva hoffte, dass es möglich sein würde, Paul in dieser Zeit öfter mal zu sehen.

Weil heute der erste Jahrgang das Mittagessen zubereitet hatte, gab es keine halbe Stunde Zeit vor dem Essen, sondern sie fanden sich direkt im Speisesaal ein. Die Lehrerinnen und Lehrer kamen ebenfalls nach und nach, und schließlich Inga Heinthal, die blass und mitgenommen wirkte, aber nicht mehr so elend wie in den letzten Tagen. Offenbar ging es ihr langsam wieder etwas besser. Ihr Bauch ließ eine winzige Wölbung erkennen, und so ergingen sich einige in Spekulationen. Eva mochte das nicht, sie kannte das noch aus der Zeit ihrer Ehe, als ihr Bauch Gesprächsthema gewesen war. Schlimm war das. Die Leute verloren jede Distanz, wenn es um eine Schwangerschaft ging. Hatte man keine Kinder, wurde man ständig gefragt, warum nicht, und ob es nicht bald so weit wäre. War man schwanger, hörte das Gerede nicht auf. Erst wurde spekuliert, dann kamen ständig Fragen und ungebetene Ratschläge, und zudem patschte einem jeder ungefragt auf den Bauch. Eva hatte das bei ihren Freundinnen mitbekommen, die bereits Kinder hatten.

»Ihr seid jetzt also ganz offiziell ein Paar?«, fasste Chris die neue Vertraulichkeit der beiden in Worte. »Davon habt ihr gar nichts erzählt.«

»Es ist ganz frisch, und wir wollten es noch ein bisschen für uns behalten«, sagte Paul.

»Ja, das ist euch gelungen«, scherzte Melanie. »Ganz unauffällig in der Küche.«

»Werdet ihr jetzt nach einem Pärchenzimmer fragen?«, wollte Stephan wissen und grinste.

»Rede keinen Unsinn.« Paul schlug die Serviette auf und legte sie sich auf den Schoß.

Das Essen wurde serviert, und glücklicherweise wandte sich die Unterhaltung nun anderen Themen zu. Es war nicht so, dass Eva nicht über sich und Paul sprechen wollte, aber sie stand nicht gern im Mittelpunkt des Interesses. Sie genoss das, was sie hatten, lieber stillschweigend, statt es zu zerreden.

Nachmittags ging es in die Kaffeeküche zum Backen, und

es war offensichtlich, dass Annemarie diese Stunden am liebsten mochte. Sie stand neben Eva und folgte den Anweisungen, hatte das Rezept für Schokoladennusstorte offenbar auswendig gelernt, denn sie musste kaum nachschauen, als sie alles abmaß. Eva backte zwar auch viel und gern, aber gerade hier musste sie doch immer wieder auf die Mengenangaben schauen. Bei einem gekochten Gericht konnte man tricksen, aber ein Kuchen, dem eine wichtige Zutat fehlte, ging nun einmal nicht auf. Sandra Weitzmann hatte das heutige Backen als Wettbewerb ausgerufen. Die Mengenangaben mussten neu berechnet werden auf eine kleinere Kuchengröße, denn die Torten sollten heute und am kommenden Tag für die Kaffeestunde gereicht werden. Früher einmal hatte man die Koch- und Backwaren, die am Tag hier gefertigt wurden, in ein nahe gelegenes Kinderheim gebracht, aber das war mittlerweile städtisch und nicht mehr auf solche Gaben angewiesen.

Eva rührte Eigelb mit Wasser schaumig und gab Zucker und Vanillezucker hinzu, bis die Masse cremig war. Danach schlug sie Eischnee, in den sie langsam Zucker rieseln ließ. Sie hörte, wie Martin schimpfte, weil sein Eischnee zusammenfiel, und auch Melanie war hörbar genervt. Evas Eischnee war so steif, dass man einen Messerschnitt darin sehen konnte, und nun konnte sie ihn unter die Eigelbcreme heben. Nachdem sie Backpulver unter das Mehl gemischt hatte, siebte sie es zusammen mit Speisestärke und Kakao über die Masse und zog alles vorsichtig durch. Sie gab alles in eine kleine Backform und schob diese sofort in den heißen Ofen. Der Duft von Gebäck breitete sich in der Küche aus, mischte sich in das Aroma von Vanille und schmelzender Schokolade.

Für die Creme kochte Eva zunächst Pudding und rührte ihn so lange, bis er ausreichend abgekühlt war. Danach wurde

Fett schaumig geschlagen und der Pudding langsam dazugegeben. Dabei galt es darauf zu achten, dass nichts davon gerann. Schließlich fügte sie Haselnusskerne hinzu und schnitt sorgsam den Tortenboden zweimal längs durch.

»Mist!«, rief Sabine. »Das ist ganz schief geworden.«

Auch bei Eva war es nicht perfekt, aber es ging. Sie bestrich erst den ersten Boden, legte den zweiten darauf, bestrich auch diesen und schließlich den dritten. Den Guss stellte sie aus Kakao und Puderzucker her, das sie mit heißem Wasser verrührte, damit strich sie die Torte komplett ein. Danach verrührte sie Eiweiß mit Puderzucker, gab alles in einen Spritzbeutel. Sorgsam verzierte sie die Torte, trat zurück und betrachtete ihr Werk. Ja, das war ihr gelungen.

Pauls Ergebnis konnte sich ebenfalls sehen lassen, Annemaries war geradezu herausragend, und auch die anderen hatten es im Großen und Ganzen gut hinbekommen. Chris schien, ebenso wie Annemarie, talentiert im Backen. Sandra Weitzmann ging durch die Reihen und kürte schließlich Annemarie zur Gewinnerin des Tages. Sie machte sich eine Notiz in ihre Kladde, und Annemarie konnte für sich verbuchen, wenigstens einmal ihre Anerkennung gefunden zu haben.

»Unternehmen wir heute noch etwas?«, fragte Chris, als sie nach dem Aufräumen die Küche verließen. »Es ist ja noch früh.«

Sie hatten frei für heute, und weil das Backen so lange gedauert hatte, hatten sie die Kaffeestunde verpasst. Die Teilnahme daran war ohnehin freiwillig, aber sie fanden sich alle immer gern ein, wenn es möglich war. Es wurde Kuchen auf Servierwagen bereitgestellt, ebenso Kaffee, und es war eine schöne Möglichkeit, zwischen den Unterrichtsstunden kurz abzuschalten.

»An was hast du denn gedacht?«, fragte Sabine.

»Wir könnten nach Köln fahren.«

»Ist es dazu nicht schon zu spät?«, fragte Annemarie.

»Es ist noch nicht einmal fünf. Wir haben doch genug Autos.«

»Ich weiß nicht.« Eva zögerte.

»Habt ihr etwas Besseres zu tun, wenn ihr allein seid?«, fragte Stephan.

Paul verdrehte die Augen und antwortete nicht.

»Vielleicht hat sie einfach keine Lust, rauszugehen«, sagte Martin. »Ich für meinen Teil wäre allerdings gern dabei. Also wenn ihr fahrt, schließe ich mich an.«

Nach einigen Diskussionen fuhren sie alle, bis auf Eva, Paul, Melanie und Annemarie. Anstatt nach Köln zu fahren, entschieden sie sich für einen gemeinsamen Spaziergang, um ein bisschen rauszukommen. Eva spürte die Wärme von Pauls Hand durch ihren Handschuh, und dieses Gefühl zerbrechlichen Glücks machte ihr erneut Angst. Ein klein wenig fester schlossen sich ihre Finger um die seinen, als könnte sie es auf diese Weise festhalten.

Kapitel 13

Paul fuhr zunächst nach Hause und plante, abends mit dem Wagen seines Vaters oder seiner Mutter zu Eva zu fahren. Weil er nicht wusste, wie spät es sein würde und ob er dann überhaupt noch Auto fahren konnte, hatte er sich telefonisch in ein Hotel in Königswinter eingebucht, obwohl Eva angeboten hatte, dass er auch in ihrem Gästezimmer unterkommen könnte. Da dies jedoch auch Bügelzimmer ihrer Mutter war und Paul keinesfalls Umstände machen wollte, hatte sie nicht lange insistiert.

Paul war mit dem Zug bis Koblenz gefahren und hatte den Bus zum Haus seiner Eltern genommen. So langsam gewöhnte er sich daran, kein Auto zu besitzen, auch wenn es ihm manchmal auf die Nerven ging. In den freien Tagen würde er in ein Autohaus gehen und sich einen neuen Wagen kaufen, um wieder unabhängiger zu sein. Aber das war jetzt erst einmal kein Thema, er freute sich einfach nur auf den Abend mit Eva, auch wenn er aufgeregt und sogar etwas nervös war. Immerhin stellte sie ihn nun zum ersten Mal offiziell ihren Eltern vor.

»Wie schade, dass du nicht übers Wochenende bleibst«, sagte seine Mutter, als er nach der Begrüßung ankündigte, dass er direkt wieder abreisen würde. Er wollte sich nur umkleiden und ein paar Sachen zusammenpacken, um direkt von Eva aus zur Schule zurückzufahren.

»Zu wem fährst du eigentlich?«, fragte seine Mutter prompt.

»Zu Eva. Ihre Mutter feiert ihren Geburtstag, und ich bin eingeladen.« So ganz stimmte das nicht, Eva hatte ihre Mutter darum gebeten, aber sie freute sich sehr, dass er kam.

»Eingeladen? Und dann gleich zu einem so formellen Anlass? Noch ehe wir überhaupt in die Entscheidung einbezogen wurden?« Sie saßen im Wohnzimmer, wo seine Mutter ihm eine Tasse Kaffee serviert hatte.

»Ich wusste nicht, dass ich euch in die Entscheidung, eine Einladung anzunehmen, einbeziehen muss. Ich bin doch keine fünf mehr.«

»Du weißt doch genau, was ich meine. Was ist das mit dir und dieser Frau? Wenn es etwas Ernstes wird, dann haben wir doch wohl ein Mitspracherecht.«

Paul nippte an seinem Kaffee. »Bei der Wahl meiner Partnerin? Wir leben im fortgeschrittenen 20. Jahrhundert. Was für ein Mitspracherecht erwartest du dir da?«

»Du weißt recht gut, was wir von dieser Frau halten.«

»Keiner von euch hat sich mal die Mühe gemacht, *diese Frau* kennenzulernen. Ihr Name ist übrigens Eva, falls dir das entgangen sein sollte.«

»Die setzt sich hier doch ins gemachte Nest.«

»Was stört dich eigentlich so sehr an ihr? Dass sie verheiratet war?«

Seine Mutter winkte ab. »Ich könnte mir etwas Besseres für dich vorstellen als eine Witwe, aber immerhin ist sie nicht geschieden.«

Er lachte spöttisch. »Na, das ist ja was. Vor allem angesichts dessen, dass ich durchaus auch nicht gerade ein unbeschriebenes Blatt bin.«

»Du warst aber nicht verheiratet.«

»Da war sie ja deutlich anständiger als ich.«

Seine Mutter presste kurz die Lippen zusammen. »Wir

kennen so viele reizende junge Frauen. Du könntest dir doch ohne Probleme eine Partnerin suchen. Warum muss es denn gerade sie sein?«

»Weil sie mir gefällt.«

»Was heißt das denn schon? Dir gefielen in der Vergangenheit so viele.«

»Dann muss es dich doch nicht weiter interessieren.«

»Ich vermute, dass sie mehr von dir will, einen Ernährer, der sich um sie kümmert.«

»Kommst du mir schon wieder damit? Obwohl du weißt, dass sie eine Ausbildung macht, um auf eigenen Beinen zu stehen?«

»Sie ist an einem Ort, wo sie wohlhabende Männer kennenlernt.«

Paul erhob sich. »Das dreht sich im Kreis, und ich habe keine Lust, weiter mit dir darüber zu diskutieren. Wenn dir meine Entscheidung nicht passt, tut mir das leid, aber ich werde ganz sicher nicht meine Beziehung von deiner Zustimmung abhängig machen. Oder wollt ihr mich enterben?«

Seine Mutter stand ebenfalls auf. »Rede bitte nicht so einen Unsinn!« Rote Flecken hatten sich auf ihren Wangen gebildet.

»Ihr solltet froh sein, dass ich eine Frau gefunden habe, die mir auf Augenhöhe begegnet und mir zur Seite stehen kann.«

»Da könnte ich dir auf Anhieb mindestens zwei passende junge Damen nennen, die dieselben Anforderungen erfüllen. Und die darüber hinaus die richtigen Verbindungen und Geld mitbringen. Carolin Rebeck zum Beispiel ist hervorragend ausgebildet, kommt aus einem angesehenen und wohlhabenden Haus. Und als jüngere Tochter ist sie nicht die Haupterbin, könnte sich also stattdessen hier einbringen.«

»Tja, das ist ja schön, aber ich bin nicht interessiert. Und jetzt entschuldige mich bitte, ich muss noch ein paar Sachen zusammenpacken. Eigentlich wollte ich fragen, ob ich mir eins der Autos leihen kann, aber ich vermute, da brauche ich gar nicht drum zu bitten.«

Seine Mutter krauste die Stirn. »Das wäre mir neu. Du wirst doch ohnehin fahren.«

»In der Tat.«

Sie zuckte mit den Schultern. »Nimm meinen Wagen. Aber bring ihn bitte in einem Stück zurück.«

Das war ihre Art, einen – wenn auch brüchigen – Frieden zu schließen. Paul war jedoch zu verärgert, um darauf einzugehen. »Danke«, sagte er nur und verließ das Wohnzimmer. Auch wenn seine Eltern am Ende nichts gegen seine Entscheidung unternehmen konnten, blieb doch die Frage, ob Eva eine Beziehung mit ihm eingehen wollte, wenn seine Eltern sie so rundheraus ablehnten.

Paul freute sich auf den Abend mit Eva – und hoffentlich auch auf ein gemeinsames Frühstück am kommenden Morgen –, da wollte er sich die Laune nicht von seiner Mutter verderben lassen. Sollte sie nur an ihrer Abneigung festhalten, sie würde schon merken, dass es nichts fruchtete und er dennoch tat, was er wollte. Er verstand ohnehin nicht, was eigentlich ihr Problem war. Eva war ihr nicht gut genug, aber er bezweifelte, dass auch nur irgendeine Frau das in ihren Augen war. Von allen Frauen, mit denen er bisher zusammen gewesen war, war Eva nun bei Weitem die passendste.

Weil es noch zu früh war, um zu fahren, blieb er auf seinem Zimmer und las ein wenig. Auf die Gesellschaft seiner Mutter hatte er keine große Lust mehr. Bisher hatte sie sich aus seinen Beziehungen immer herausgehalten, und er hatte gedacht, dass er zu den Glücklichen gehörte, die ihrer künftigen Ehefrau keine anstrengenden Schwiegereltern zumuten mussten. Offenbar hatte er sich da geirrt. Sobald seine Mutter ahnte, dass es konkret wurde und er nicht vorhatte, sich eine Partie auszusuchen, die ihr genehm war, fuhr sie die Krallen aus. Aber gut, sollte sie. Er hatte ohnehin nicht vor, später bei seinen Eltern im Betrieb zu wohnen. Keinesfalls würde er mit seiner Partnerin ins Haus seiner Eltern ziehen, nur um sich dort ständig unter Beobachtung zu fühlen. Selbst wenn er die oberste Etage für sich als Wohnung ausbaute, war das noch zu nah, besonders wenn seine Eltern eine so offenkundige Abneigung gegenüber Eva hegten. Und auch falls sich das legen sollte, wären sie wohl kaum mehr als geduldet.

Offenbar war es jedoch nicht möglich, ein bisschen Ruhe zu finden, denn kurze Zeit später klopfte sein Vater an die Tür und trat ein. »Deine Mutter sagte, sie sei ein wenig in Sorge, dass du dich da Hals über Kopf in etwas hineinstürzt.«

Paul seufzte und verdrehte die Augen. »Ich bin kein halbwüchsiger Schuljunge mehr. Ihr müsst nicht auf mich aufpassen und darauf achten, dass ich mich für die richtige Frau entscheide.«

Sein Vater schloss die Tür hinter sich und setzte sich in den Stuhl vor dem Schreibtisch. »Junge, in deinem Alter habe ich mich unsterblich in eine Frau verliebt, die damals als Kellnerin für uns tätig war.« Er lächelte jovial und kumpelhaft. »Da war was los, das kannst du dir kaum vorstellen. Mein Vater hat mir gleich gesagt, dass ich mich da in etwas verrenne. Das wollte ich nicht einsehen, ich war ja so verliebt – dachte ich zumindest. Mein Vater meinte, ich solle mir etwas Spaß erlauben, aber für etwas Ernstes eine Frau suchen, die für den Betrieb taugt und keine problematische Vorgeschichte hat oder zu viele Beziehungen vorab. Und das habe ich getan. Anfangs war ich wütend über die Einmischung, aber dann habe ich es eingesehen und wusste, dass die Frau, die ich zu lieben glaubte, allenfalls für eine Bettgeschichte taugt, deine Mutter jedoch für eine Ehe.«

»Sei mir nicht böse, Vater, aber das ist so ziemlich das Abstoßendste, was du mir je im Umgang mit einer Frau erzählt hast. Und ich wünschte, du hättest es mir erspart. Was du mir damit sagen willst, ist offenbar, dass eine Frau wie Eva gut genug fürs Bett ist, aber heiraten soll ich dann bitte schön eine andere. Eine ohne *problematische* Vergangenheit.«

Sein Vater blieb ruhig. »So wie du habe ich auch erst reagiert, dachte, mein Vater übertreibt. Aber es stimmt nun einmal, es gibt Frauen fürs Vergnügen und welche für die Ehe.«

Paul erhob sich und griff nach seiner Tasche. »Das Gespräch ist hiermit beendet. Vielleicht warst du für die Kellnerin ja auch nur ein Mann zum Vergnügen, und zum Heiraten hat sie sich einen anständigen Burschen gesucht, der sie zu schätzen weiß.«

»Du vergreifst dich im Ton.« Sein Vater stand ebenfalls auf. »Aber du wirst schon noch merken, dass ich recht habe. Was ist das für eine Frau, die sich umgehend dem nächsten an den Hals schmeißt, kaum, dass ihr Mann tot ist.«

»Du weißt doch gar nicht, wann er gestorben ist.«

»Wie lange kann das bei einer so jungen Frau schon her sein? Ein Jahr? Zwei?«

»Ich bin dann weg. Habt einen schönen Abend.« Paul öffnete die Tür und trat hinaus in den Korridor. 1973, aber Ansichten wie vor zwanzig Jahren. Er verstand es einfach nicht. Ja, sein Vater war mit dieser kruden Sichtweise aufgewachsen, aber sah er nicht, dass sich die Dinge änderten? Oder war er so stur, dass das einfach an ihm vorbeiging, während er an seinen Ansichten festhielt?

»Du wirst schon sehen, dass ich recht habe«, wiederholte sein Vater. »Hoffentlich ist es da dann nicht bereits zu spät.«

Paul lief die Treppe hinunter, schnappte sich im Vorbeigehen den Autoschlüssel vom Schlüsselbrett und verließ das Haus.

»Was ist das für ein Typ?«, fragte Gerd, kaum dass er erfahren hatte, dass Eva einen Gast eingeladen hatte.

»Du hast ihn auf der Adventsfeier gesehen. Wir haben miteinander getanzt, er hat dunkles Haar und blaue Augen. Ich habe ihn euch doch sogar vorgestellt.«

»Ach, da waren so viele Leute.« Gerd zuckte betont gelangweilt mit den Schultern. »Warum vergisst du Peter so schnell?«, stellte er schließlich die Frage, um die es ihm eigentlich ging. Peter, den er geliebt hatte wie einen großen Bruder.

»Gerd!«, fuhr ihre Mutter ihn an, aber Eva schüttelte den Kopf.

»Schon gut.« Sie wandte sich an ihren Bruder. »Ich vergesse Peter doch nicht. Aber soll ich jetzt für immer allein bleiben?«

Er zögerte, schüttelte den Kopf. »Nein, natürlich nicht. Aber warum denn so schnell?«

»So schnell ist es doch nicht, und wer sagt denn, wie lange es dauern darf, bis man aufhört, traurig zu sein. Ich habe Peter sehr geliebt und vermisse ihn. Aber mein Leben geht weiter. Peter hat seinen Platz, und den macht ihm keiner streitig.«

Gerd schwieg. Vermutlich sah er es selbst ein, dass sie recht hatte, aber er würde es nicht aussprechen, weil es in seiner Sicht wie ein Verrat an Peter klingen würde. »Mir geht das zu schnell«, kam es schließlich von ihm.

»Dann lass dir Zeit, dich daran zu gewöhnen. Ich verlange nicht, dass du ihn als großen Bruder annimmst oder gleich ins Herz schließt. Ich würde mich nur freuen, wenn du mir dieses Glück gönnen würdest.«

Wieder schwieg er, dann zuckte er erneut mit den Schultern und verließ die Küche, wo Eva mit ihrer Mutter das Büfett für den Abend vorbereitete. Es gab Nudelsalat mit Makkaroni und Thunfisch, Mettigel, kalten Kassler mit Ananas und Cocktailkirschen, Gulaschsuppe und vieles mehr. Eva war gerade dabei, russische Eier zuzubereiten, wozu sie die hart gekochten Eier halbierte, das Eigelb mit Mayonnaise und Kräutern mischte und die Hälften damit füllte, indem sie die Masse mit einer Gebäckspritze hineingab. Ihre Mutter machte Fliegenpilze aus Eiern, die sie unten abschnitt, sodass sie sie hinstellen und eine halbe entkernte Tomate darauflegen konnte, die sie mit Mayonnaise betupfte. Danach bereiteten sie Schinkenröllchen und Käseigel. Zum Nachtisch würde es Vanillepudding geben. Zudem hatte ihre Mutter drei Kuchen gebacken, der später ebenfalls zum süßen Büfett kam. Zusammen mit Pralinen und Wackelpudding.

»Die Getränke sind kalt gestellt«, erklärte ihre Mutter. »Ich habe außerdem Fantaflip gemacht und Eistee. Bereitest du bitte nur noch die Pfirsichbowle zu? Dosenpfirsiche stehen da auf der Anrichte.«

Eva kannte das Rezept, und so machte sie sich an die Arbeit.

»Ist das etwas Ernstes mit dir und diesem jungen Mann?«

»Ja, das hoffe ich zumindest.«

»Dein Vater und ich freuen uns, dass du wieder bereit dazu bist. Hör nicht auf Gerd, er wird sich auch damit abfinden.«

»Ja, das ist in Ordnung.«

»Denkst du, es ist zu früh, schon seine Familie einzuladen?«

Eva musste lachen. »Ja, deutlich zu früh.« Mit ein wenig Unbehagen dachte sie an seine Eltern, aber dann schob sie den Gedanken beiseite. Sie wäre ja auch schließlich nicht die Erste mit fürchterlichen Schwiegereltern. Von drei ihrer Freundinnen wusste sie, dass sie froh um jede Gelegenheit waren, den Eltern ihrer Männer aus dem Weg zu gehen. Vor allem Mütter konnten sehr anstrengend sein, weil ihnen für ihre Söhne offenbar niemand gut genug war. Peters Mutter war eine reizende Person, und Eva hielt nach wie vor Kontakt zu ihr. Ihre ehemalige Schwiegermutter lebte mittlerweile in einem kleinen Ort in Süddeutschland bei ihrem jüngeren Sohn.

Nachdem die Pfirsichbowle fertig war, stellte Eva sie auf das Büfett im Wohnzimmer. Ihre Eltern hatten die langen Tapeziertische aus der Garage geholt, und jetzt wurden darauf Essen und Getränke aufgebaut. Eva sah sich um, ob es noch etwas zu tun gab. Rasch legte sie noch ein paar weitere Servietten aus, zupfte eine der weißen Tischdecken, die über den Tapeziertischen lagen, zurecht und ging dann auf ihr Zimmer, um sich umzukleiden.

Sie entschied sich für ein knielanges weißes Kleid mit großen blauen Blumen und langen Ärmeln, dazu weiße Stiefel. Das Haar ließ sie offen auf die Schultern fallen, befestigte kleine Perlenstecker in ihren Ohrläppchen, legte eine Kette mit einem Perlanhänger um und trug zum Schluss kirschroten Lippenstift auf. Die Augen hatte sie dezent mit Khol geschminkt. Auf dem Korridor begegneten ihr Marie und Sonja, die sich gerade darüber stritten, wer zuletzt den breiten blauen Haarreif gehabt hatte.

»Vertragt euch«, bat Eva. »Sonja, du kannst dir den grünen aus meinem Zimmer holen, wenn du unbedingt einen brauchst.«

»Du hast dich aber hübsch gemacht«, bemerkte Marie.

Sonja verdrehte die Augen. »Ihr Liebster kommt ja auch zu Besuch.«

»Eine Frau sollte sich immer nur für sich selbst hübsch machen, nie für jemand anderen«, antwortete Eva.

»Hast du dich auch für Peter nie hübsch gemacht?«, fragte Marie.

»Du stellst echt bescheuerte Fragen«, antwortete Sonja. »Außerdem ist das unsensibel, von Peter zu sprechen, wenn gleich jemand anders kommt.«

»Habe ich dich traurig gemacht?«, wollte Marie wissen, die Stirn besorgt gekraust.

»Nein, das hast du nicht«, beruhigte Eva sie.

Gemeinsam gingen sie die Treppe hinunter. In einer halben Stunde würden die ersten Gäste erscheinen, und ihre Mutter lief zwischen Küche und Wohnzimmer hin und her und erledigte noch die letzten Handgriffe. Währenddessen saß ihr Vater im Esszimmer, rauchte, las die Sportseiten der Tageszeitung, die er sich immer für den Abend aufhob, und fragte pflichtschuldigst, ob er helfen könne?

»Bleib nur sitzen«, rief ihre Mutter. »Es geht schneller, wenn du nichts machst.«

Das war vermutlich genau die Antwort gewesen, auf die er ohnehin gewartet hatte. Im Haushalt wollte ihre Mutter seine Hilfe grundsätzlich nicht, da sie der Meinung war, dass sie es ohne ihn besser hinbekam. So hatte Eva es mit

Peter auch immer gehalten, allerdings hatte sie da selbst auch nicht gearbeitet. Jetzt war das etwas anderes. Sie wollte arbeiten, auch wenn das mit Paul etwas Ernstes wurde. Wie er wohl war? Jemand, der zu Hause auch mal mit anfasste? Sie schätzte ihn so ein, aber das würde sich zeigen.

Um Viertel vor sieben klingelte es an der Tür. Sie hatte Paul etwas früher bestellt, damit er nicht inmitten der Gästeschar ihre Eltern begrüßen musste. Aber auch nicht so früh, dass lange, unangenehme Pausen entstehen konnten. Eva eilte zur Tür, und das Herz ging ihr schneller. Sie öffnete und sah sich Paul gegenüber, der in einem schicken Hemd und grauen Hosen vor ihr stand, einen Strauß Blumen und eine flache Schachtel in den Händen.

»Wie schön, dass du da bist.« Sie gab ihm einen Begrüßungskuss und fragte sich, wo er auf die Schnelle noch ein Geschenk aufgetrieben hatte. Eigentlich wäre es nicht nötig gewesen, ihre Mutter freute sich zwar sicher darüber, legte aber keinen besonderen Wert auf Sachgeschenke und hatte stattdessen eine Spendendose aufgestellt, in die jeder Geld werfen konnte, das sie später an eine Organisation für wohltätige Zwecke spendete. Ihr war das lieber, als wenn Leute irgendein Verlegenheitsgeschenk kauften, mit dem sie am Ende ohnehin nichts anfangen konnte.

Eva nahm Pauls Hand und führte ihn ins Esszimmer, wo sich ihre Mutter zu ihrem Vater gesellt hatte. »Ihr kennt euch ja bereits von der Adventsfeier, aber ich stelle euch trotzdem noch einmal offiziell vor. Paul Thiemann vom Mosel-Restaurant Thiemann. Paul, meine Eltern, Matthias und Renate Heinrichs.«

Sie gaben einander die Hand, und erleichtert nahm Eva zur Kenntnis, dass da keinerlei Gezwungenheit war und Pauls offenes Lächeln herzlich von ihren Eltern erwidert wurde. Er reichte ihrer Mutter mit einer Gratulation zum Geburtstag den Blumenstrauß und die Schachtel.

»Oh, vielen Dank. Das wäre wirklich nicht nötig gewesen. Wir freuen uns, dass Sie hier sind.« Die Wangen ihrer Mutter röteten sich leicht, und sie übergab die Blumen ihrem Mann, damit dieser sie ins Wasser stellte, dann öffnete sie das Geschenkband und löste das Geschenkpapier. Zum Vorschein kam ein seidener Schal in zarten Pastelltönen, die wunderbar mit dem Teint und dem silbergesträhnten Haar ihrer Mutter harmonierten. Paul hatte offenbar einen stilsicheren Blick.

»Der ist ja wunderschön. Ich danke Ihnen.«

»Nichts zu danken, es ist mir ein Vergnügen.«

Genug der Förmlichkeiten, dachte Eva. »Komm, ich zeige dir das Wohnzimmer. Es gibt so viel zu essen, dass wir uns heute Abend vermutlich rollen können.«

Sie gingen in den angrenzenden Raum, und Paul schien angemessen beeindruckt, obwohl er von den Feierlichkeiten, die regelmäßig im Restaurant stattfanden, vermutlich ganz anderes gewohnt war.

»An Essen mangelt es heute auf jeden Fall nicht.«

»Das möchte ich meinen.«

»Was davon ist dein Werk?«

»Einige der Häppchen und die Pfirsichbowle.«

Eine halbe Stunde später trafen die ersten Gäste ein, und ihr Vater stand am Plattenspieler und legte Musik auf. Gespielt wurde das, was zur Jugendzeit ihrer Eltern die neuesten Hits gewesen waren, Lieder, die Eva seit ihrer Kindheit kannte und die unweigerlich Nostalgiegefühle in ihr auslösten. Es war etwas altbacken, aber man konnte dazu tanzen, und das war die Hauptsache.

Gerd war zurückhaltend Paul gegenüber, aber immerhin hatte er artig gegrüßt. Marie und Sonja hingegen waren zugänglicher und fragten Paul gleich ein bisschen aus, wollten wissen, woher er kam, ob er besser kochen konnte als Eva und ob ihm die Schule auch genauso gut gefiel. Eva zog Paul schließlich auf die Tanzfläche, um ihn für sich zu haben.

»Ich bin so froh, dass du hier bist«, sagte sie, als sie sich langsam im Takt der Musik wiegten.

»Ich auch.« Er lächelte.

Eva war sich der Blicke der Umstehenden durchaus bewusst, und ihr war auch klar, dass der eine oder andere vermutlich missbilligend zur Kenntnis nahm, wie wenig Zeit sie sich seit Peters Tod gelassen hatte, ehe sie sich neu band. Aber wenn sie danach ging, was die Leute sagten, musste sie vermutlich ihr ganzes Leben allein bleiben. Es wäre immer zu früh, oder irgendetwas würde nicht passen. Eva hatte längst für sich beschlossen, dass ihr das Gerede egal war.

»Wie haben deine Eltern darauf reagiert, dass du die Nacht hier verbringst? Oder hast du ihnen noch nichts von uns erzählt?«

Sein Blick verdüsterte sich. »Ach, meine Eltern. Du kannst es dir ja denken. Lass uns jetzt nicht darüber sprechen. Mir ist gleich, was sie dazu sagen.«

Damit konnte Eva sich denken, wie das Gespräch gelaufen war. »Was haben sie eigentlich gegen mich?«

»Sie haben ihre Vorstellungen, und da passt wohl nur eine Tochter aus ihrem Freundeskreis rein. Aber vermutlich wäre auch die nicht gut genug, weil für meine Mutter niemand gut genug ist.«

Das drückte Evas Stimmung ein wenig. »Im Grunde genommen kann ich da ja gar nicht bestehen.«

»Das kann wohl niemand. Sie sind sehr fixiert auf mich, das waren sie immer schon. Meine Schwestern hatten es da einfacher. Für sie bin ich nicht nur ihr Sohn, sondern vor allem ihr Erbe, und da muss alles rundherum perfekt sein.«

Eva spürte Pauls Hand warm an ihrem Rücken, und sie schloss kurz die Augen, genoss das Gefühl seiner Nähe. Als der Tanz vorbei war, verließen sie die Tanzfläche und gingen zum Büfett. Nachdem Eva ihnen beiden Bowle in ein Glas gegeben hatte, bedienten sie sich an den Häppchen und gingen schließlich in den Flur, wo sie sich auf die Treppe setzten, um ein bisschen für sich zu sein. Zwar hatten sich die Gäste inzwischen vom Wohnzimmer in den Flur und in die Küche verteilt, aber bis zur Treppe waren sie noch nicht gekommen. Eva nippte an ihrem Glas und lächelte verträumt. Es fühlte sich alles so wunderbar an, und sie hatte nicht vor, sich diesen Abend durch Gedanken an Pauls Eltern zu verderben. Dass sie sie ablehnten, war ihr nicht neu. Mit schwierigen Schwiegereltern würde sie irgendwie zurechtkommen, vorausgesetzt, Paul wäre auf ihrer Seite.

»Ich hole uns noch etwas zu trinken«, sagte Eva und erhob sich. Als sie ans Büfett kam, stand ihr eine Nachbarin gegenüber.

»Meine Güte, der Peter ist doch gerade erst unter der Erde«, sagte die Frau.

Eva biss sich auf die Lippen, bemühte sich um Zurückhaltung, weil es der Geburtstag ihrer Mutter war und sie keinen Streit wollte. So gab sie schweigend Bowle in die Gläser.

»Das ging ja wirklich schnell.« Die Frau wollte keine Ruhe geben. »Also zu meiner Zeit hat man als Witwe noch richtig getrauert.«

Stoisch schweigend legte Eva die Kelle zurück und wandte sich ab.

»Früher waren die jungen Dinger auch noch höflich«, rief ihr die Frau hinterher, aber Eva drehte sich nicht um.

»Siehst du«, sagte Gerd, der unvermittelt neben ihr auftauchte. »Die Leute finden das auch komisch.«

»Lass mich bitte in Ruhe.«

»Wie hat der sich hier reingedrängt. Als du zur Schule gegangen bist, warst du doch noch so traurig wegen Peter.«

»Und das ist es, was ich deiner Meinung nach den Rest meines Lebens sein sollte? Allein und traurig?«

»Nein, natürlich nicht. Das habe ich ja auch nicht gesagt. Aber zumindest noch ein bisschen warten. Es ist alles viel zu frisch. Wenn dieser Mann Anstand hätte, würde er Rücksicht darauf nehmen.«

Eva ließ auch ihn stehen und kehrte zu Paul zurück.

»Ist alles in Ordnung?«, fragte er.

»Klar.« Sie nahm einen großen Schluck. Es war eine ausgelassene Feier, und Eva bemerkte, wie gut sich ihre Mutter unterhielt. Eva zögerte, dann trank sie aus und erhob sich. Sie reichte Paul die Hand.

»Komm, wir gehen.«

»Wie bitte? Wieso denn das?«

»Weil ich mit dir allein sein möchte und mir das hier gerade alles zu viel wird.«

»Hat jemand etwas gesagt?« Paul konnte man offenbar nicht so leicht was vormachen.

Eva schüttelte jedoch den Kopf. »Jetzt nicht.« Ihre Finger umschlossen die seinen. »Lass uns einfach kurz an die frische Luft gehen.«

Sie verließen das Haus, und Eva zog ihn an sich, um ihn endlich richtig zu küssen. Die kalte Nachtluft mischte sich mit seinem warmen Atem, und Eva ließ sich mit geschlossenen Augen in den Kuss fallen.

»Am liebsten wäre ich mit dir allein«, murmelte sie an seinem Mund.

»Dagegen hätte ich absolut nichts. Aber wir können nicht weg, ohne unhöflich zu wirken, und damit mache ich wohl nicht den besten ersten Eindruck auf deine Eltern.«

»Vermutlich nicht. Meiner Mutter ist ihr Geburtstag immer sehr wichtig.«

Wieder küssten sie sich, dann gingen sie zurück ins Haus, weil Eva zu sehr fror, um noch länger draußen zu bleiben. Nach der Kälte erschien es im ersten Moment geradezu drückend warm, und Eva stieg das Blut ins Gesicht.

Es kam zu keinem weiteren Vorfall, und Eva konnte den Abend genießen. Sie bemerkte zwar, dass ihr hin und wieder fragende oder auch kritische Blicke zugeworfen wurden, aber das ignorierte sie. Was erwarteten die Leute eigentlich? Dass sie für den Rest ihres Lebens schwarz trug und sich nie wieder verliebte? Ihr Bruder hielt sich zurück, aber er wirkte finster und in sich gekehrt. Obwohl Eva verärgert war, weil es ihn nichts anging, in wen sie sich verliebte, gestand sie ihm zu, dass er Zeit brauchte, um sich damit zu arrangieren, denn er tat es nicht, weil er ihr absprach, einen anderen Mann kennenzulernen, sondern weil er nach wie vor um seinen großen Ersatzbruder trauerte. Aber jeder andere hatte sich da zurückzuhalten, die Leute ging das überhaupt nichts an.

Nachdem die Feier vorbei war und die Gäste sich verabschiedeten, halfen sie und Paul zusammen mit ihren Schwestern der Mutter beim Abräumen.

»Wir machen das morgen alles«, sagte ihre Mutter. »Lass uns heute nur das in den Kühlschrank packen, was gekühlt werden muss. Ich gehe schlafen. Eva, schließt du die Tür nachher ab?«

»Mache ich.«

Ihre Mutter scheuchte Marie und Sonja die Treppe hinauf,

weil beide auch noch wach bleiben wollten – vermutlich aus Neugierde darauf, wie Eva den restlichen Abend mit Paul verbringen würde.

»Ich begleite dich zum Hotel«, bot sie an und schnappte sich ihren Schlüssel.

»Dann musst du ja nachts im Dunkeln wieder zurück.«

»Das werde ich schon schaffen, ich bin hier schließlich aufgewachsen und war durchaus schon nachts allein unterwegs.«

»Also gut …«

»Möchtest du meine Gesellschaft etwa nicht?«, scherzte sie.

Zur Antwort zog er sie an sich und küsste sie. Gemeinsam verließen sie das Haus und gingen Hand in Hand die Straße entlang. Das Hotel war nur fünf Minuten entfernt, ein Familienbetrieb, dessen Foyer um diese nachtschlafende Zeit nicht mehr besetzt war, sodass Paul mit dem Schlüssel hineinmusste. Er hielt inne, schien sich unsicher, ob es angemessen war, sie hineinzubitten, was Eva ein Lächeln entlockte.

»Du darfst mich hineinbitten, ohne dass ich dich für einen Sittenstrolch halte.«

Er grinste. »Das beruhigt mich außerordentlich.«

Sie durchquerten das verwaiste Foyer, für das Eva gerade überaus dankbar war, denn ihre Anwesenheit würde sich im Ort am kommenden Tag unweigerlich herumsprechen. Auf der Treppe hielt Paul noch einmal inne und zog sie an sich, um sie zu küssen. Sie lösten sich nur lange genug, um die letzten Stufen hochzugehen, dann küssten sie sich erneut, während sie durch den Flur gingen, und Paul blickte nur einmal hoch, um zu sehen, ob er an der richtigen Zimmernummer war.

»Bleibst du bei mir?«

»Ich dachte schon, du fragst nie.«

Er schloss auf, und sie betraten das Zimmer. »Dieses Mal habe ich vorgesorgt, ich hoffe, du findest das nicht vermessen.«

»Ich hatte darauf gehofft.« Eva hatte noch nie mit einem anderen Mann als Peter geschlafen, und ein bisschen Angst machte ihr die Vorstellung durchaus. Aber sie wollte es unbedingt.

Sie fielen auf das Bett, küssten sich, entkleideten sich gegenseitig. Pauls Mund löste sich von dem ihren, glitt über ihren Hals, liebkoste ihren Körper, während sie sich ebenfalls daran machte, ihn zu erforschen. Sie bog ihm ihre Hüften entgegen, als er in sie drang, bewegte sich im Einklang mit ihm und schloss die Augen, keuchte, presste das Gesicht an seinen Hals, während die Lust intensiver wurde und ihr den Atem nahm.

Später lagen sie eng aneinandergeschmiegt unter der Bettdecke, und Eva spürte unter ihrer Hand Pauls raschen Herzschlag. »Das war unglaublich schön«, sagte sie schließlich.

»Ja, das war es.« Sie hörte Pauls Lächeln in der Stimme, und er drückte sie enger an sich.

Eva verspürte ein solches Hochgefühl, dass sie sich auf einmal sicher war, dass sie es trotz der Widrigkeiten schaffen konnten. Ihre Familie hatte keine Einwände, und Gerd würde sich daran gewöhnen. Pauls Familie mochte sich sträuben, aber letzten Endes konnte sie nichts dagegen ausrichten. Sie trafen ihre eigenen Entscheidungen. Eva streckte sich und seufzte wohlig.

»Wie lange kannst du bleiben?«, fragte Paul.

»Bei uns zu Hause wird nicht irgendwann abgeschlossen wie in der Schule«, scherzte sie. »Wir können hier morgen in aller Frühe aufbrechen, und dann kommst du zum Frühstück zu uns. Meine Mutter hatte das ohnehin schon vorgeschlagen.«

»Dann kann ich beim Aufräumen auch gleich mit anfassen.«

Eva lachte. »Ich wäre jetzt versucht zu sagen, dass sie diesen Hintergedanken durchaus gehabt haben könnte, aber dem ist nicht so, weil sie das nicht als Männeraufgabe ansieht, Arbeiten im Haushalt zu machen. Sie hat es gestern nur erlaubt, weil es spät war und sie zu Bett wollte. Aber mein Vater und Gerd machen zu Hause nichts, das ist alles die Aufgabe meiner Mutter und meiner Schwestern. Und von mir, wenn ich mal zu Hause bin.«

»Ja, so kenne ich das von zu Hause auch. Aber ich mag das nicht, ich kann meine Sachen durchaus selbst in Ordnung halten. Mein Vater ist im Geschäftsleben so ein durchsetzungsstarker Typ. Ich finde, es wirkt so hilflos, wenn man dann nicht einmal imstande ist, sein Bett selbst zu machen.«

»Bei uns hat Peter schon auch mit angefasst, aber trotzdem habe ich das meiste übernommen. Das war unsere Vereinbarung, er schafft das Geld heran, ich kümmere mich um den Haushalt. Im Nachhinein weiß ich nicht, ob ich damit auf Dauer zufrieden gewesen wäre oder doch etwas hätte lernen wollen.«

»Wäre das ein Problem gewesen?«

»Nein, Peter hat mich nie eingeengt.« Sie seufzte leise, wollte aber keine Traurigkeit aufkommen lassen, und so hob sie den Kopf und küsste Paul. »Wann musst du morgen wieder zurück?«

»Ich bringe meiner Mutter den Wagen und nehme dann direkt den Zug. Ich habe keine Lust, länger als nötig zu bleiben.«

»Sagst du ihnen, dass wir jetzt so richtig zusammen sind?« Sie hob den Kopf. »Das sind wir doch, oder?«

»Ich weiß es noch nicht, ob ich das Gespräch morgen vor der Abreise mit ihnen führen möchte. Sie können es sich aber wohl ohnehin denken.«

Eva schmiegte sich an ihn. Sie wollte noch ein weiteres Mal mit ihm schlafen, aber der lange Tag forderte seinen Tribut, und eine angenehme Trägheit ließ sie langsam wegdämmern.

Kapitel 14

Die Wochen nach Weihnachten waren wie im Flug vergangen, dachte Annemarie, als sie in der Märzluft schon den ersten Atem des Frühlings zu spüren glaubte. Ein erdiger Geruch lag in der Luft, durchmischt von jener leichten Frische, die frisch knospendes Grün verströmte. Als sie nach Neujahr in die Schule zurückgekehrt war, hatte sie sich sogar regelrecht auf die Arbeit, die festen Regeln und das Lernen dort gefreut. Die zwei Wochen zu Hause waren ihr sehr lang erschienen. Vielleicht hatte sie sich ja wirklich abgenabelt, langsam und unmerklich. Ihre Mutter hatte die Kündigung bisher nicht abgeschickt und Annemarie sich nicht nach einer neuen Ausbildungsstelle umgeschaut.

Nach wie vor hatte sie Schwierigkeiten mit dem eng getakteten Tagesablauf, aber die Vorstellung, wieder zu Hause zu wohnen, ließ sie durchhalten. Sie sagte sich immer wieder, welches Ziel sie vor Augen hatte. Außerdem hatten sie in diesem Halbjahr mehr praktischen Unterricht, und das gefiel ihr. Vor allem wurde mehr gebacken. Kochen stand dann zwar weiterhin auf dem Programm, aber sie konnte einen Schwerpunkt setzen und nach ihrem Schulabschluss eine Zusatzausbildung zur Konditorin machen.

»Ich überlege, ob ich auch noch eine Zusatzausbildung dranhänge«, sagte Martin, als sie in der Pause im Aufenthaltsraum saßen.

»Ich bin mir noch nicht sicher.« Sabine drehte eine Haarsträhne um den Finger. »Aber schaden kann es ja nicht.«

»Ich hänge nicht noch ein Jahr in einer Konditorei an«, erklärte Melanie. »Wenn ich hier fertig bin, will ich direkt arbeiten.«

»Und du, Eva?«, fragte Annemarie an ihre Zimmergefährtin gewandt.

»Ich weiß es noch nicht, aber vermutlich mache ich kein weiteres Jahr, weil ich gelernte Köchin sein möchte und nicht glaube, dass sich das ändert. Mir macht Kochen einfach mehr Freude. Vielleicht besuche ich irgendwann die Meisterschule.«

»Auch wenn du dann noch mit Paul zusammen bist?«, fragte Stephan.

Eva krauste die Stirn. »Was hat das denn damit zu tun?«

»Das wüsste ich auch gern«, fügte Paul hinzu.

»Na ja, falls ihr mal heiratet, wird doch dafür vermutlich keine Zeit sein. Und falls du euren Betrieb übernimmst und keinen Meister machst, kann Eva ihn ja auch nicht machen. Sonst hätte sie den höheren Abschluss von euch beiden.«

»Und das wäre aus welchem Grund ein Problem?«, fragte Sabine.

Stephan zuckte mit den Schultern. »Welcher Mann möchte seiner Frau schon unterlegen sein?«

»Wenn man unterlegen ist, weil man keinen Meistertitel hat, war man schon vorher nicht auf Augenhöhe«, entgegnete Sabine. »Die Hesses haben auch nicht beide den Meister gemacht, sondern nur Frau Hesse.«

»Eben. Sie ist Direktorin und somit Vorgesetzte ihres Mannes. Das widerspricht doch jeder natürlichen Ordnung.«

Sabine lachte ungläubig. »Was hast du denn noch für Ansichten?«

»Da hat sie recht«, pflichtete Paul ihr bei. »Wenn ich mich unterlegen fühle, weil ich keinen Meister habe, war es mit meiner vermeintlichen Überlegenheit schon vorher nicht weit her. Abgesehen davon, möchte ich das auch gar nicht – Überlegenheit gegenüber meiner Freundin oder Ehefrau. Ich möchte ihr auf Augenhöhe begegnen.«

»Gehörst du auch zu diesen Emanzen?«, fragte Stephan an Eva gewandt. »Du warst doch schon verheiratet.«

»Was hat das denn mit meiner Ehe zu tun?«

»Emanzen sind doch eher die, die keinen abbekommen.«

»Sie hat doch ganz offensichtlich mich *abbekommen*«, entgegnete Paul. »Deine Frage ist also absurd.«

»Zudem tust du so, als sei eine emanzipierte Frau etwas Schlechtes«, sagte Sabine. »Dabei wissen wir einfach, was wir wollen.«

»Dass du eine Emanze bist, hatte ich keinen Moment bezweifelt«, entgegnete Stephan. »Allein schon die Attitüde, nicht Fräulein genannt zu werden.«

»Ich kann mich ja gern Fräulein nennen lassen, wenn du im Gegenzug die Anrede Herrlein akzeptierst.«

Martin grinste. »Herrlein Schultz, reichst du mir bitte den Aschenbecher rüber?«

»Hol ihn dir selbst.«

Paul lachte und beugte sich vor, um Martin den Aschenbecher über den Tisch zu reichen. »Gleiches Recht für alle, nicht wahr?«

Offenbar war Stephan die Diskussion leid, denn er zuckte nur mit den Schultern.

Nach der Pause gingen sie in den Unterrichtsraum, wo sich Petra Weißhaupt einfand, die Konditorin, die an diesem Nachmittag unterrichtete. Annemarie mochte sie sehr, und die Stunden bei ihr gehörten zu den besten im Schulalltag. Es waren zudem die einzigen, bei denen sie wirklich punktete. Ihr Halbjahreszeugnis war alles in allem ordentlich ausgefallen, aber dennoch war offensichtlich, wo ihre Stärken lagen.

Die Tage wurden wieder länger, und so konnte Annemarie nach dem Unterricht beim letzten Rest Tageslicht spazieren gehen. Weil niemand so richtig Lust hatte, rauszugehen, machte sie ihren Spaziergang allein, was ihr aber ganz recht war. Sie atmete in tiefen Zügen die abendliche Luft ein und genoss die Ruhe. Hin und wieder fuhr ein Auto an ihr vorbei, dann und wann ein Motorrad oder ein Moped. Das Jahr an ihrer Schule endete nicht wie das der regulären Schule Mitte Juni, sondern erst Ende Juni. Dann hatten sie vier Wochen frei, ehe es wieder losging – und dann kam so viel Neues. Vor allem auf die Ausbildungsbetriebe war Annemarie neugierig. Sie würden demnächst erfahren, für welches Restaurant sie zugeteilt waren, und bekamen dann dort einen Vorgeschmack auf das Berufsleben.

Eine hochgewachsene Gestalt tauchte vor ihr auf, und sie zuckte leicht zusammen. In der beginnenden Dunkelheit war es ein wenig unheimlich, hier in dieser Abgeschiedenheit einem Fremden zu begegnen. Natürlich war es abwegig, dass hier jemand in der Kälte lauerte, in der Hoffnung, dass eine Frau vorbeikäme. Aber man wusste ja nie. Vielleicht nutzte auch jemand die Gelegenheit. Oder aber, rief sie sich zur Ordnung, was wahrscheinlicher war – vielleicht ging hier einfach jemand spazieren. Sie lief weiter, und als sie fast auf einer Höhe mit ihm war, hörte sie eine vertraute Stimme.

»Annemarie?«

Sie blieb abrupt stehen, sah den Mann an und schnappte nach Luft. Es dauerte einen Moment, ehe sie die richtigen Worte fand. »Du wagst es, dich hier noch blicken zu lassen?«

Lennart trug einen Mantel, in dessen Taschen er die Hände vergraben hatte. »Du bist wütend auf mich, ja?«

Das war doch die Höhe. »Nein, ich finde es großartig, wie du mit mir ausgegangen bist und dich gleichzeitig mit Sabine vergnügt und deinen Gastgebern eine ordentliche Summe Geld gestohlen hast.«

»Du weißt von dem Geld?«

»Wer weiß das nicht? Deinetwegen hätte Inga Heinthal fast ihr Kind verloren.«

»Was ist mit Martha?« Seine Stimme wurde scharf.

»Nicht Martha. Das Ungeborene.«

Das musste er offenkundig erst einmal sacken lassen. »Ich wusste nicht, dass sie schwanger ist.«

»Sonst hättest du sie nicht bestohlen?«

»Die Dinge sind nicht immer so einfach, wie sie vielleicht auf den ersten Blick erscheinen.«

Annemarie hatte keine Lust auf dieses Gespräch und zuckte mit den Schultern. »Mir ist es gleich. Ich wüsste allerdings nicht, welche komplexen Hintergründe es haben könnte, dich mit Sabine zu vergnügen, während du mir vorgaukelst, dir läge etwas an mir.«

»Mir liegt auch etwas an dir.«

Sie prustete spöttisch. »Du könntest wenigstens jetzt ehrlich sein. Vor allem wenn man bedenkt, wie du mich hast auflaufen lassen, als ich mich noch einmal mit dir verabreden wollte. Da wusste ich übrigens schon von dir und Sabine, ich habe es nur nicht gesagt.«

»Das mit Sabine war nichts Ernstes, nur ein bisschen Vergnügen.«

»Das klang bei ihr aber anders.«

»Frauen wie sie kennt man doch. Die taugen fürs Bett und denken, damit wären sie im Rennen. Aber wenn ich mich binden wollte …«

»O bitte. Mehr will ich nicht hören.«

»Aber es ist die Wahrheit. Ich wäre nie einfach so mit dir ins Bett gegangen. Ich hatte wirklich vor, dass es mit uns etwas wird.«

Annemarie verschränkte die Arme vor der Brust. »Hörst du dir eigentlich selbst zu? Du hintergehst mich mit einer Freundin – denn genau das ist sie! –, und dann kommst du mir auch noch mit diesem verächtlichen Mist, von wegen, sie tauge nur fürs Bett. Vielleicht taugst du ja auch nur dafür, und für die Ehe sucht man sich anständige Burschen wie Chris oder Paul.«

Er antwortete nicht darauf, und Annemarie wurde bewusst, dass sie hier ganz allein waren. Vielleicht war es nicht gerade das Klügste, ihn zu provozieren. Aber sie waren so oft allein spazieren gewesen, und sie hatte nie Angst vor ihm gehabt.

»Das mit Ingas Kind tut mir leid«, sagte er unvermittelt.

»Sie ist direkt nach der Adventsfeier ins Krankenhaus gekommen.«

Er rieb die Handflächen am Mantel, als wolle er sie abtrocknen. »Ich brauchte so dringend Geld, und irgendwie dachte ich, ich kann es gewinnen. Das geliehene Geld wollte ich dann ja wieder einzahlen.«

»Geliehen?«

»Du weißt schon, wie ich das meine.«

Annemarie wolle die Details gar nicht hören. »Du hast mich in eine illegale Spielbank mitgenommen.«

»Das stimmt, daher auch die Heimlichkeiten.«

Sie nickte. »Mir war das alles nicht so richtig geheuer.«

»Das war nicht zu übersehen.« Er hatte den Nerv, belustigt zu wirken.

»Wie auch immer, es ist ja egal. Ich gehe jetzt zurück. Wo willst du eigentlich hin? Sag nicht, du warst auf dem Weg zur Schule.«

»Ich wollte eigentlich, aber dann war ich zu feige. Ich habe mich in einem Gasthaus in der Nähe eingemietet.«

»In einem Gasthaus?«

»Ja.«

»Dafür gibst du das Geld von Frau Heinthal aus?«

»Davon ist nichts mehr übrig, ich habe alles verzockt. Erst hatte ich einen Lauf, aber dann ...« Er verstummte. »Der Betreiber des Gasthauses ist ein Freund von mir und stundet den Betrag.«

»Ahnt er, dass er es nicht zurückbekommen wird?«

»Du kennst mich wohl kaum gut genug, um so etwas zu behaupten.« Jetzt lag unverkennbar Ärger in seiner Stimme. »Ich habe meine Schulden immer beglichen.«

»Mir musst du nichts erklären. Aber nach allem, was so gemunkelt wurde, hast du Geld veruntreut. Das klingt nun einmal nicht sehr vertrauensweckend, wenn man bedenkt, dass du auch noch deine Gastgeberin bestohlen hast. Aber wie gesagt, mir ist es egal. Die Unterhaltung dreht sich im Kreis, ich habe keine Lust mehr dazu. Das mit uns ist eben nichts geworden, damit kann ich leben. Was die Sache mit den Heinthals angeht, musst du wohl mit ihnen selbst sprechen. Allerdings gibt es da wohl schon eine familiäre Einigung.«

»Eine familiäre Einigung?«

»Mehr weiß ich nicht. Sie erzählt es uns natürlich nicht, wir schnappen nur hier und da mal was auf. Und jetzt möchte ich zurückgehen, mir ist kalt.«

Mittlerweile war es stockduster, und sie konnte seine Silhouette nurmehr erahnen.

»Darf ich dich begleiten, bis die Schule in Sichtweite ist? In der Finsternis lasse ich dich ungern allein herumlaufen.«

»Das habe ich in den letzten Wochen auch gut ohne dich hinbekommen, und ich bezweifle, dass mir hier außer dir noch jemand auflauert, in der Stadt ist es da vermutlich gefährlicher.«

»Ich würde es dennoch gern machen.«

Annemarie hatte keine Lust zu diskutieren und so zuckte sie nur mit den Schultern, obwohl er es in der Dunkelheit nicht sehen konnte. »Tu dir keinen Zwang an, daran hindern kann ich dich wohl nicht. Ich möchte nur kein weiteres Gespräch mit dir führen. Mir gefällt nicht, wie du dich Frau Heinthal gegenüber benommen hast. Und wie du über Sabine sprichst, finde ich noch schändlicher, als dass du mich hintergangen hast.«

Er hatte immerhin den Anstand, zu schweigen und sich nicht noch weiter herauszureden. Offenbar hatte er eingesehen, dass mit ihr in dieser Sache nicht zu reden war. Sie waren fast bei der Villa angekommen, als er das Schweigen doch brach.

»Du hast mir wirklich etwas bedeutet.«

Wieder zuckte sie mit den Schultern. »Du mir auch, aber das ist vorbei. Und ich denke, zu Sabine musst du nicht gehen, die konnte sich schon denken, wie du zu ihr stehst.«

Er seufzte. »Hab eine gute Nacht.«

»Danke.« Sie wandte sich ab und ging zur Schule zurück. Dabei horchte sie in sich hinein und stellte fest, dass da nichts mehr war, kein Gefühl für ihn, nicht einmal Wut. Er war ihr schlicht und ergreifend gleichgültig. Zufrieden lief sie über den Hof und betrat die Villa.

Das Kind würde Ende Juli zur Welt kommen, und Inga streichelte im Bett liegend über die Wölbung ihres Bauchs. Martha war voller Faszination für diese Veränderung und legte ab und zu ihr Ohr an den Bauch, weil sie wissen wollte, ob man etwas hören konnte.

»Es gluckert«, sagte sie einmal.

»Das ist mein Bauch, nicht das Kind.« Inga machte ihr Magen ein wenig zu schaffen, aber das hatte sie bei Martha auch gehabt, das verging wieder. Sie musste nur auf ihre Ernährung achten.

»Da bist du hier ja am richtigen Ort«, hatte Josh gescherzt.

Ingas finanzielle Sorgen waren zwar getilgt, aber das ganze Drumherum ging ihr trotzdem auf die Nerven. Sie hatte Anitas eigentlich eher unsympathischen Schwager – den Mann ihrer ältesten Schwester – gefragt, ob er ihr einen Privatdetektiv empfehlen konnte, und das hatte er umgehend getan. Der Mann hatte aber nicht viel herausgefunden. Dass Lennart Geld veruntreut hatte, wusste sie ja bereits. Er hatte sich offenbar mit Aktien verspekuliert, in die Kasse gegriffen, um einen Kredit bei einem unseriösen Kreditgeber zu bezahlen, und durch das Glücksspiel dann versucht, die veruntreute Summe zurückzugewinnen, bevor die Sache herauskam. Bekanntermaßen scheiterte er damit. Ihm wurde eine Zahlungsfrist gewährt, die er einzuhalten versuchte, indem er weiter spielte. Auch bei ihr war er wohl davon ausgegangen, das Geld irgendwann auf das Sparbuch zurückzahlen zu können. Nach allem, was sie wusste, hatte er wohl einen Teil bei seinem früheren Arbeitgeber beglichen. Anzeige war dennoch gegen ihn erhoben worden, weil er nach dieser Sache einfach abgetaucht war. Nachdem er einen Teil zurückgezahlt hatte, war die Frist verlängert worden.

»Dem steht das Wasser bis zum Hals«, sagte Josh.

»Ich verstehe nicht, warum er nicht einfach in der Familie um Geld gefragt hat.«

»So dicke hat sein Vater es nicht.«

»Aber er hätte es sich doch auch von deinem Vater leihen

können. Dann stünde er vermutlich deutlich besser da als jetzt.«

»Das ist anzunehmen.«

»Jetzt treibt er sich in der Weltgeschichte herum und kann nur hoffen, irgendwie aus der ganzen Sache herauszukommen.« Bedauerlicherweise hatte der Detektiv sonst nichts weiter rausgefunden, und Inga hatte das Geld dafür umsonst ausgegeben. Keine besonders große Summe, aber im Nachhinein trotzdem ärgerlich.

Sie lag im Bett, halb aufgerichtet in den aufgetürmten Kissen, weil sie noch ein bisschen lesen wollte. Josh hatte noch Zeit im Arbeitszimmer verbracht und kam jetzt zu ihr ins Bett. Er legte den Arm um sie und zog sie an sich. Mit ihm zu schlafen, hatte mittlerweile etwas Akrobatisches, aber Inga war froh, dass ihre Beziehung auch in dieser Hinsicht weiterhin funktionierte. An diesem Abend jedoch hielt Josh sie nur, und sie schmiegte sich an ihn.

»Ich glaube, ich nehme die Pläne für das neue Restaurant ab Winter in Angriff, vielleicht nach Weihnachten. Dann ist der Zwerg aus dem Gröbsten raus, und alles hat sich vermutlich ein bisschen eingespielt.«

»Sofern es ein pflegeleichtes Baby ist wie Martha.«

»Und wenn nicht, dann warte ich eben noch ein bisschen.« Wieder streichelte Inga ihren Bauch. »Es fühlt sich nur immer noch so falsch an, dass ich das Geld von deinem Vater bekommen habe.«

»Das sollte es nicht. Er wird es sich von Lennart zurückholen, das kann ich dir versichern.«

Es gab so viel zu planen, und Inga wollte sich schnellstmöglich daranmachen.

»Muss das Restaurant eigentlich unbedingt direkt bei uns eröffnet werden?«, fragte Josh. »Es ist schon etwas außerhalb.«

»Es gibt doch viele Restaurants, die etwas abgelegen und trotzdem gut besucht sind.«

»Ja, aber oft ist das dann in einem touristisch interessanten Ort oder im direkten Einzugsgebiet einer Stadt. Wir sind hier ohne Touristenangebot außerhalb. Ich habe da letztens noch mal drüber nachgedacht. Es ist dein Projekt, und ich will mich nicht einmischen, aber grundsätzlich ist es vielleicht eine Überlegung wert, doch eine Immobilie in Köln anzumieten.«

»Das sind dann aber wieder zusätzliche Kosten.«

»Die du reinbekommst, wenn es gut läuft.«

Es war nicht so, als sei Inga dieser Gedanke nie durch den Kopf gegangen, aber sie hatte ihn immer verworfen, weil sie eine konkrete Idee hatte und diese umsetzen wollte. Ganz von der Hand zu weisen war es natürlich nicht. Es sollte ja nicht nur ein Ausbildungsbetrieb sein, sondern nach Möglichkeit auch Gewinn einbringen. Aber noch wollte sich Inga von der Idee eines Restaurants direkt im Umfeld der Schule nicht verabschieden. Vielleicht war ihr Name ja zugkräftig genug, um die Leute anzulocken. »Ich denke darüber nach«, sagte sie.

Schließlich schlummerte sie in Joshs Armen ein und wurde noch vor dem Klingeln des Weckers wach, weil Martha zu ihr ins Bett gekrochen kam und sich an sie schmiegte. Während das Kind sofort wieder einschlief, lag Inga nun wach da, und der Schlaf war trotz bleischwerer Glieder in weite Ferne gerückt. Dennoch blieb sie liegen, lauschte auf Joshs ruhige Atemzüge, spürte Marthas schlafwarmen Körper und roch den Duft ihres Apfelshampoos. Schließlich stand sie dann doch auf, zog sich ihren Morgenmantel über und ging hinunter in die Küche, um Kaffee aufzusetzen. Sie genoss die morgendliche Ruhe, wenn alle noch schliefen und sie ein bisschen Zeit für sich allein hatte. Statt nach oben ins Esszimmer zu gehen, blieb sie in der Kaffeeküche, setzte sich an den Tisch, nippte am Kaffee und genoss die Stille.

Das Kind regte sich, und Inga streichelte ihren Bauch. Sie wollten demnächst das Kinderzimmer einrichten, wobei ohnehin geplant war, dass das Baby anfangs noch bei ihnen schlief. Anita würde sie in den ersten Wochen nach der Geburt vertreten, danach wollte sie langsam wieder anfangen zu arbeiten. Sie war ja in der glücklichen Lage, das Kind einfach mit ins Büro nehmen zu können. Allerdings würde sich erst später zeigen, wie sich das ermöglichen ließ. Martha war pflegeleicht, aber Inga kannte Kinder, bei denen das nicht so war. Die wollten immerzu getragen werden und brauchten viel Zuneigung und Körperkontakt. In welchem Umfang sie da arbeiten konnte, würde sich zeigen.

Als sie ausgetrunken hatte, blieb sie noch ein wenig sitzen, dann erhob sie sich und ging in die Bibliothek, die vor einigen Tagen mit neuen Büchern ausgestattet worden war. Inga hatte einiges gekauft, was neu auf dem Markt war und was sie auch selbst gern lesen wollte. Ein Blick auf die Uhr sagte ihr, dass noch Zeit war, ehe Martha wach wurde. Sie gehörte zu den Kindern, die ausschliefen. Anita sagte manchmal, sie beneide sie darum, ihre beiden seien immer in aller Frühe wach.

In der Bibliothek herrschte Zwielicht, weil durch die Lamellen der hölzernen Fensterläden nur wenig graues Morgenlicht einfiel. Inga öffnete eines der zweiflügligen Butzenfenster, entriegelte die Läden und stieß sie auf. Frische, kalte Luft strömte in den Raum, und Inga atmete mit einem tiefen Seufzer ein. Dann beugte sie sich vor und wollte die Läden seitlich befestigen, als sie eine dunkle Gestalt an der Hauswand ausmachte und mit einem Schrei zurückfuhr. Sie presste die Hand auf ihr wild schlagendes Herz und wollte im nächsten Moment das Fenster zuschlagen, als jemand von außen dagegendrückte.

»Inga, ich bin es.«

Sie blinzelte, brauchte einen Moment, bis sie es wirklich glauben konnte. »Du wagst es …« Sie schnappte nach Luft. »Ausgerechnet du! Und dann drückst du dich wie ein Dieb am Haus herum. Was erlaubst du dir eigentlich?« Ihre Stimme wurde mit jedem Wort lauter. »Was willst du hier? Einsteigen und uns weiter ausrauben? Oder hast du das womöglich schon getan?«

»Es ergibt beides keinen Sinn. Hätte ich vor, einzusteigen, würde ich das wohl kaum tagsüber tun. Und wenn ich bereits eingebrochen wäre, würde ich das Weite suchen und nicht hier herumlungern und mit dir sprechen.«

Das stimmte natürlich, aber Inga war nicht in Stimmung das zuzugeben. »Was suchst du hier also? Triffst du dich heimlich mit meinen Schülerinnen?«

»Nein.«

»Was ist es dann?« Ihre Stimme wurde wieder laut. Im nächsten Moment öffnete sich die Tür, und Josh trat im Morgenmantel ein. »Was ist denn hier los? Warum schreist du so?« Dann blickte er an ihr vorbei zum Fenster. »Du!« Jetzt wurde auch er laut.

»Kann ich bitte mit euch sprechen?«

»Du kannst mit meinem Vater sprechen, der jede Menge Geld bezahlt hat, um das auszugleichen, was du gestohlen hast.«

Das traf Lennart sichtlich. »Er hat … Aber warum … Ich meine …« Er verstummte.

»Warum, willst du wissen? Weil Inga mit ihren Ersparnissen Pläne hatte, aus denen aber ohne das Geld nichts geworden wäre.«

Inga legte ihm die Hand auf den Arm. Das war ihr Kampf, er musste ihn nicht für sie führen. »Es muss nicht sein, dass wir uns hier weiter anschreien und die Auszubildenden es mithören«, sagte sie schließlich. »Ich will nichts mehr mit dir zu tun haben, verschwinde einfach. Josh kann ich nicht verbieten, dich zu sehen, aber ich möchte dich bitten, dies außerhalb meines Hauses zu tun.«

»Ich wusste nicht, dass du schwanger bist«, sagte Lennart hastig und ließ seine Hand am Fenster ruhen, sodass sie es nicht schließen konnte.

Inga sah an sich hinab, als müsste sie sich davon überzeugen, wie gut man es vom Fenster aus sehen konnte.

»Ich habe gestern zufällig beim Spaziergang eine deiner Auszubildenden getroffen, und sie hat es mir erzählt.«

»Du triffst dich also wieder mit ihnen?«

»Nein, wie gesagt, das Ganze war rein zufällig. Und gesagt hat sie es mir überhaupt nur, weil sie mir sagen wollte, was für ein Schuft ich bin. Sie warf mir vor, dass ich nicht nur sie hintergangen hätte, sondern schuld daran wäre, dass du ins Krankenhaus musstest. Das tut mir furchtbar leid. Wie gesagt, ich wusste es nicht.«

»Das geht dich auch überhaupt nichts an. Hättest du darauf verzichtet, mich zu bestehlen, wenn du es gewusst hättest, oder was?«

Er zuckte mit den Schultern. »Ich wünschte, diese Frage könnte ich dir beantworten. Ich weiß es nicht. Eigentlich hatte ich nicht vor, hierherzukommen. Also doch, ich hatte es schon vor, aber ich schiebe es seit Tagen vor mir her. Ich war viel zu feige dazu.«

»Und doch stehst du jetzt hier und lungerst vor unserem Haus herum.«

»Ich war schon früh hier, bin umgekehrt und wieder zurückgekommen. Dann habe ich hier gestanden, geraucht und beschlossen zu warten, bis ihr wach seid. Na ja, und plötzlich hast du das Fenster geöffnet.«

»Nun gut, du hast dich entschuldigt«, sagte Inga. »Dann kannst du jetzt ja gehen.«

Nach wie vor lag seine Hand am Fensterrahmen. Wenn sie und Josh es darauf anlegten, könnten sie das Fenster einfach zudrücken, aber was wäre damit gewonnen? Ein würdeloses Gerangel, und danach wäre er vielleicht trotzdem nicht fort, sondern würde im Hof warten und sie erneut belästigen.

»Bitte«, sagte er. »Darf ich nur kurz mit euch sprechen? Vor allem mit dir, Inga. Ich weiß, du hasst mich, und ich war der letzte Schuft, aber ich ...«

»Du erhoffst dir doch wohl keine Hilfe, oder?«, unterbrach Josh ihn, der offenbar der Meinung war, er hätte nun lange genug geschwiegen. Er liebte seinen Cousin, aber was zu viel war, war offensichtlich einfach zu viel. Er stand in dieser Sache hinter Inga, das machte er deutlich. »Du solltest lieber deinen Vater aufsuchen, den hat dein Verhalten schwer getroffen.«

»Das tue ich noch. Aber zuerst möchte ich mit euch sprechen.«

Inga seufzte vernehmlich. »Also gut. Du kannst im Wohnzimmer warten. Ich möchte mich erst anziehen.« Das war es dann wohl mit dem geruhsamen Start in den Tag.

Als sie die Bibliothek verließ, hörte sie bereits die Stimmen der Auszubildenden, die sich im Speisesaal eingefunden hatten. Wie spät war es denn? Inga blickte auf ihre Uhr. Kurz nach sieben. Gleich würden Anita und Arno eintreffen, dann musste Josh die Kinder mitnehmen und in Schule und Kindergarten absetzen. Martha tapste bereits schlaftrunken die Treppe herunter. Der ganze Morgen war aus dem Ruder.

»Zieh dich um«, sagte Josh. »Ich lasse ihn herein und versorge Martha.«

Da Josh zur Arbeit musste, würde Inga das Gespräch mit Lennart allein führen, aber das war ihr fast lieber so. Sie traf sein Vergehen auf andere Weise als Josh, der vor allem sein Vertrauen missbraucht sah. Das mussten die beiden unter sich ausmachen. Sie eilte hoch in ihr Zimmer, kleidete sich an und verschwand im Bad, um sich frisch zu machen. Ehe sie ins Wohnzimmer ging, holte sie sich aus der Küche noch eine Tasse Kaffee und aß auf dem Weg nach oben rasch ein kleines Butterhörnchen, weil ihr der Magen in den Kniekehlen hing.

Lennart saß bereits im Wohnzimmer und wirkte nervös. Er hatte seinen Mantel abgelegt, und ihm war anzusehen, dass die letzten Monate an ihm gezehrt hatten. Das Gesicht war deutlich schmaler, und er hatte offensichtlich mehrere Kilo abgenommen.

»Wie hast du gelebt, seit du hier fortgegangen bist?«, fragte sie. »Von dem Geld, das du mir gestohlen hast, oder hast du andere Menschen ausgenommen.« Sie stellte ihre Tasse vor sich ab und bemerkte Lennarts Blick, bot ihm aber nichts an. Er durfte ruhig spüren, dass er nur widerwillig geduldet wurde.

»Ich bin bei Freunden untergekommen.«

»Du hast Freunde? Sind nur wir in den Genuss deiner Dankbarkeit bei Hilfe in der Not gekommen, oder haben die anderen es schlicht noch nicht bemerkt?«

Er ging nicht auf ihre Provokation ein. »Ich bin nicht stehlend durch das Land gezogen. Es fing damit an, dass ich mich mit Aktien verkalkuliert habe. Weil mir für einen Bankkredit die Sicherheiten fehlten, habe ich mich an einen Kreditgeber gewandt, der sich als sehr unangenehmer Zeitgenosse entpuppt hat. Aufgrund der Konsequenzen, die er mir angedroht hat, habe ich Gelder veruntreut und ihn ausgezahlt. Damit war ein Problem abgewendet, aber ein anderes fing gerade erst an. Ich habe gespielt, um schnell wieder zu Geld zu kommen. Anfangs ging es gut, aber dann habe ich viel verloren. Und schließlich kam alles heraus.«

»Also hast du mich bestohlen, um deinen früheren Arbeitgeber auszuzahlen?«

»Nicht so direkt, ich wollte dir das Geld ja auch zurückgeben, also habe ich wieder gespielt, weil ich dachte, bei einem richtig guten Lauf könnte ich das Geld auf dein Sparkonto zurückzahlen und gleichzeitig meine Schulden tilgen.«

»Ein selten dämlicher Einfall. Du hättest über die Familie ausreichend Sicherheiten bekommen für einen Bankkredit, oder du hättest gleich deinen Onkel fragen können, ob er dir etwas leiht.«

»Das hätte er nicht getan. Er hat es jetzt nur gemacht, weil er dir helfen wollte. Für die Aktiensache hätte er kein Geld lockergemacht, weil er das für leichtsinnig gehalten hätte. Als es darum ging, den Kreditgeber auszuzahlen – da hätte er vielleicht geholfen, aber da musste es sehr schnell gehen. Und es ihm zu erklären ... Irgendwie habe ich mich dafür auch einfach geschämt.«

»Ich hätte es doch auch gemerkt, wenn du mir das Geld zurückgezahlt hättest, das sieht man doch, wenn was abgehoben und eingezahlt worden ist.«

»Ja, dann wärst du wütend gewesen, aber zumindest hättest du dein Geld zurück und mich vielleicht nicht ganz so gehasst.«

»Ein Vertrauensbruch war es trotzdem. Ich würde nie wieder Wertsachen offen vor dir herumliegen lassen.«

An dem Zucken in seinem Gesicht bemerkte sie, wie ihn

das traf. »Ich bin kein Dieb, weißt du. Es war eine Notsituation.«

»Tja, und wenn sich wieder eine Notsituation ergibt?«

»Ich habe durchaus dazugelernt. Außerdem bin ich aus der Situation noch nicht heraus. Ich habe noch Schulden bei meinem Arbeitgeber und jetzt auch bei meinem Onkel.«

»Dann such dir eine Stelle.«

»Das ist nicht so einfach, weil ich keine Referenzen vorweisen kann. Mein Vorgesetzter wird mir wohl kaum ein vernünftiges Zeugnis ausstellen.«

Inga zuckte mit den Schultern und nippte an ihrem Kaffee. »Dann geh auf dem Bau arbeiten. Oder kellnern. Oder was auch immer.«

»Damit verdiene ich nicht genug. Außerdem habe ich studiert und bin in meinem Fachbereich ziemlich gut.«

»In dem du keine Arbeit findest, weil niemand einen diebischen Ökonomen einstellt. Verzwickte Situation.«

»Aber ich brauche Arbeit, wenn ich jemals aus dieser Situation herauskommen möchte.«

»Tja, da kann ich dir ja nur viel Glück wünschen.« Inga trank ihren Kaffee aus. »Und das war jetzt so wichtig, dass du unbedingt mit mir sprechen musstest?«

»Mir ist bewusst, dass ich mehr als einen Fehler gemacht habe, aber ich war verzweifelt und wollte einfach nur aus dieser Situation heraus.«

»Es gab so viele Möglichkeiten, mit einer so reichen Familie im Rücken. Da musstest du mich nicht bestehlen.«

»Mein Vater hat nicht viel Geld, und mein Onkel ... Ja, vielleicht hätte er mir sogar für den Kredithai etwas gegeben, aber es musste schnell gehen. Was meinen Arbeitgeber anging, so hätte ich nicht auf ihn zählen können. Er hätte mir gesagt, ich solle selbst auslöffeln, was ich mir eingebrockt habe.«

Inga zuckte mit den Schultern.

»Du hast mal gesagt, du möchtest den wirtschaftlichen Zweig des Unterrichts weiter ausbauen.«

Sie krauste die Stirn. »Und?« Dann verstand sie und lachte ungläubig. »Wenn du wirklich denkst, ich würde dich hier im Haus dulden, noch dazu in der Nähe meiner Schülerinnen, dann musst du wirklich der größte Narr sein, der herumläuft.«

»Mir war klar, dass du das sagen würdest. Dabei kann es für dich durchaus Vorteile haben, wenn ich für dich arbeite.«

»Welche sollten das wohl sein? Ich müsste meine gesamten Wertsachen wegschließen.«

Er schwieg, dann schüttelte er den Kopf. »Ich möchte arbeiten, und wenn es mir darum gehen würde, deinen Schmuck zu Geld zu machen, hätte ich das längst getan. Das mit deinem Sparbuch war unverzeihlich, aber ich hatte gedacht, ich schaffe es, das Geld komplett wieder darauf einzuzahlen. Ich sage ja auch nicht, dass ich für immer hierbleiben möchte, vielleicht nur ein Jahr oder so, damit ich ein Zeugnis habe und Referenzen. Damit kann ich einen einigermaßen lückenlosen Lebenslauf und ein aktuelles Zeugnis vorweisen.«

»Und du bist davon überzeugt, dass das Zeugnis zu deinen Gunsten ausfallen würde?«

»Wenn ich meine Arbeit gut mache, wüsste ich nicht, was dagegenspricht.«

Inga wollte das nicht länger diskutieren. »Man wird sich wundern, dass du nicht in deinem ursprünglichen Beruf arbeitest.«

»Das tue ich doch. Ich erweitere nur meinen Tätigkeitsbereich. Grundsätzlich werden Ökonomen überall gebraucht. Aber wenn ich ohne Zeugnis aus der Arbeitslosigkeit heraus irgendwo eine Bewerbung schreibe, dann wird mich niemand nehmen. Alle werden denken, da stimmt was nicht.«

»Was natürlich vollkommen abwegig wäre.«

»Du bist zu Recht wütend auf mich. Aber ich bin gut in meiner Arbeit, und wäre mir das mit den Aktien nicht passiert ...«

»Das kann dir doch immer wieder passieren, dass du dich verkalkulierst. Und dann greifst du eben wieder in eine Kasse, dieses Mal erneut in meine. Oder bestiehlst meine Auszubildenden. Oder was auch immer.«

»Ich habe meine Lektion gelernt. Danach habe ich keine weiteren Aktien gekauft.«

»Nein, stattdessen hast du in Spielbanken gezockt.«

»Ich bringe meine Angelegenheiten komplett in Ordnung. Danach bewerbe ich mich in einem Unternehmen und kann hoffentlich irgendwann sämtliche Schulden bei Joshs Vater zurückzahlen. Solange ich keine Arbeit habe, geht das aber nun einmal nicht.«

Damit hatte er das einzige Argument ins Feld geführt, das für Inga etwas zählte. Sie hatte nicht gewollt, dass Joshs Vater für sie einsprang, und es nagte an ihr, dass er nun hinter dem Geld herlaufen musste. Aber Lennart einstellen? Das ging auf gar keinen Fall. Er hatte sich ja nicht nur ihr gegenüber unmöglich verhalten, sondern offenbar auch noch mit mindestens einer ihrer Auszubildenden etwas angefangen.

»Ich habe eine Verantwortung für die jungen Frauen und Männer, die ich hier unterrichte.«

Das brachte ihn immerhin in Verlegenheit, und ihm stieg eine leichte Röte in die Wangen. »Ich mochte sie schon gern.« Aber das war nicht alles, das erkannte sie daran, dass der Satz endete, als würde er ihn offenlassen.

»Ich möchte nicht, dass meine Auszubildenden ein ungutes Gefühl dabei haben, dir zu begegnen. Wenn du mit den Frauen etwas angefangen hast, kannst du da nicht als ihr Lehrer vor ihnen stehen, das ist dir doch hoffentlich bewusst.«

»Und wenn die, die es betrifft, kein Problem damit hätten?«

»Soll ich da vielleicht eine Umfrage machen?«, spottete Inga.

»Ich kann mit den Frauen sprechen.«

»Ah, also doch mehr als eine.«

»Zwei.«

Inga war nach einer Zigarette, zum ersten Mal seit Langem. Das kam jedoch gar nicht infrage, und so stand sie auf. »Ich brauche noch einen Kaffee.« Wieder bot sie ihm keinen an und verließ das Wohnzimmer. Was sollte sie jetzt tun? Ihr erster Impuls war nach wie vor, ihn rauszuschmeißen. Er sollte sich hier nie wieder blicken lassen. Andererseits hatte sie ihn die ganze Zeit gesucht, um ihn zur Rechenschaft zu ziehen. Hier war er nun. Und was jetzt?

In der Küche waren die Auszubildenden des dritten Jahrgangs unter Anleitung von Arno zu Gange. Inga nickte ihnen freundlich zu und ging in die Kaffeeküche, wo Petra Weißhaupt gerade den ersten Jahrgang unterrichtete. Inga sah die junge Frau, von der sie wusste, dass sie mit Lennart eine wie auch immer geartete Beziehung geführt hatte. Und wer war die andere?

»Ist noch Kaffee da?«, fragte sie.

»Arno hat gerade neuen aufgesetzt«, antwortete Petra Weißhaupt.

In der Tat gab die Kaffeemaschine gerade einen gurgelnden Laut von sich, als wollte sie den Wahrheitsgehalt der Aussage bestätigen. Inga sah die Auszubildenden an. Sie wollte mit der jungen Frau sprechen, aber das war nicht der richtige

Augenblick. Nicht, dass sie Lennart hier wirklich einstellen wollte, aber wenn sie mit den Frauen sprach, konnte sie ihm zumindest überzeugend darlegen, warum das – unabhängig davon, wie sie selbst zu ihm stand – unmöglich war.

Auf dem Weg zurück ließ sie sich Zeit. Sie wusste nicht, was sie jetzt tun sollte. Sie wollte nicht, dass er hierblieb, aber ihr Zorn hatte sich in den letzten Monaten etwas abgenutzt. Sie war wütend auf ihn, aber gleichzeitig wollte sie, dass ihr Schwiegervater sein Geld zurückbekam. Es war eine schwierige Situation. Am besten sprach sie erst einmal mit Josh darüber.

Langsam ging sie die Treppe hinauf. Lennart saß auf dem Sessel und hatte den Blick abgewandt, sah zum Fenster hinaus und wirkte tief in Gedanken versunken. Als sie eintrat, drehte er sich zu ihr um, und kurz tat er ihr sogar leid. Er hatte sich in eine unmögliche Situation gebracht, aus der er nun nicht mehr hinausfand.

»Ich habe mich zumindest einer der jungen Frauen gegenüber ziemlich schäbig verhalten. Ich vermute, du hast recht, sie würde mich nicht dulden als Lehrer.«

»Dann siehst du es ja immerhin ein.«

»Kannst du dennoch mit ihnen sprechen?«

»Wenn du mir ihre Namen gibst?«

Jetzt zögerte er. »Das kann ich nicht guten Gewissens tun. Vielleicht spreche ich besser selbst mit ihnen. Mir werden sie es ins Gesicht sagen, wenn sie es nicht wollen. Dir gegenüber sind sie vielleicht zurückhaltender.«

»Warum sollten sie?«

»Weil du die Schulleiterin bist und mit mir verwandt. Ich mag mich schändlich verhalten haben, aber nach wie vor gehöre ich zur Familie. Sie könnten denken, dass es von Nachteil ist, wenn sie den Vorschlag ablehnen.«

Inga stellte die Kaffeetasse ab. »Ich kann dir jetzt schon sagen, dass das nicht funktionieren wird, dafür ist hier einfach zu viel kaputtgegangen. Aber ich spreche dennoch mit Josh. Ihr steht euch nahe, und auch wenn ich unglaublich wütend auf dich bin und ich schulische Dinge ohne ihn entscheide, werde ich noch einmal darüber nachdenken. Und auch meine Direktorin miteinbeziehen, die einen etwas distanzierteren Blick auf die Sache hat. Aber weitere Zusagen kann ich dir nicht machen. Also geh jetzt bitte.«

Lennart nickte und erhob sich. »Danke dir, dass du mir zugehört hast.«

Inga antwortete nicht, und er wandte sich ab und verließ den Raum.

»Ich kann kaum glauben, dass er sich wirklich noch mal hierher getraut hat.« Sabine saß Annemarie gegenüber in der Bibliothek. Außer ihnen waren noch zwei Auszubildende aus dem zweiten Jahrgang hier, und so senkten sie die Stimmen. »Dass er es wagt.«

Annemarie zögerte, wollte ihr eigentlich nicht sagen, wie Lennart über sie geredet hatte, tat es dann aber doch. Sie sollte ruhig wissen, woran sie war.

»Ja, das dachte ich mir schon, als du mir erzählt hast, dass er bei dir zurückhaltender war. Aber mir ist es gleich. Wenn er wirklich so ein Typ ist, brauche ich ihn nicht. Da gibt es Bessere.«

»Was er hier wohl gemacht hat? Das Geld zurückgezahlt?«

Sabine zuckte mit den Schultern. »Interessiert mich ehrlich gesagt nicht. Hier einziehen wird er bestimmt nicht mehr. Was ist jetzt eigentlich mit dir? Das Schuljahr geht nicht mehr allzu lange. Hast du jetzt gekündigt?«

Annemarie schüttelte den Kopf. »Nein, das habe ich dann doch nicht über mich gebracht.«

»Mich freut das sehr, und die anderen sicher auch. Wir haben uns ja ganz gut aneinander gewöhnt, finde ich. Vielleicht kann man uns sogar schon als Freunde bezeichnen.«

Der Gedanke gefiel Annemarie – Freundinnen und Freunde. Es war ein gutes Gefühl zu wissen, dass sie nach den Sommerferien hierher zurückkehren würde.

Nach der Pause gingen sie zum Mittagessen, danach fanden sie sich in der Kaffeeküche ein. An diesem Tag ging es um die Feinheiten der Blätterteigherstellung. Hierfür mischte man zunächst Mehl und Backpulver, das auf ein Backbrett gesiebt wurde. In die Mitte drückte Annemarie eine Vertiefung und gab durch ein Sieb gestrichenen trockenen Quark, Vanillezucker und kalte Butter hinein. Danach drückte sie die Masse zusammen und knetete sie mit den Händen rasch zu einem Teig. Den rollte sie aus, schlug ihn mehrfach übereinander und rollte ihn wieder aus. Nachdem sie den Vorgang mehrfach wiederholt hatte, wurde der Teig kalt gestellt.

Danach wurde direkt weitergebacken. Nun ging es an die Herstellung von Zitronenschnitten. Dafür wurden Weizenmehl und Backpulver gesiebt, wieder eine Vertiefung in die Mitte gedrückt, in die Zucker, Ei und Vanillezucker gegeben wurden. Mit einem Teil des Mehls verarbeitete Annemarie die Masse zu einem Brei. Darauf gab sie kalte Butter, bedeckte sie mit Mehl und drückte alles zu einem Kloß zusammen, den sie zu einem geschmeidigen Teig knetete. Das hier war einfach ihre Welt, es gefiel ihr um so vieles besser als die Zubereitung von Fleisch. Sollte Annemarie wider Erwarten doch als Köchin arbeiten, würde sie den Schwerpunkt auf die vegetarische Küche legen. Auch dieser Teig wurde kalt gestellt.

Für die Füllung vermengte sie Mandeln und Zucker mit Zitronensaft, sodass eine cremige Masse entstand. Als der Teig ausreichend kalt war, rollte sie ihn auf ein Backblech und gab die Füllung darauf, wobei sie den Rand frei ließ. Sie rollte die andere Teighälfte zu einer Platte und bedeckte die Zitronenmasse damit. Sie drückte die Ränder zusammen, stach gleichmäßig mit einer Gabel in die Platte und schob alles in den vorgeheizten Ofen.

Aus Puderzucker und Zitronensaft rührte sie eine dickflüssige Masse, mit der sie das Gebäck bestrich, nachdem sie es aus dem Ofen gezogen hatte. Danach schnitt sie es in gleichmäßige Streifen und stellte alles zum Abkühlen auf die Anrichte. Ihre Zitronenschnitten waren als Erste fertig, und Volker Brandis lobte sie dafür. Es duftete herrlich in der Küche nach Zitronen und buttrigem Gebäck. Am kommenden Tag würde sie den Blätterteig verarbeiten.

Um fünf waren sie fertig mit dem Unterricht für diesen Tag, und Annemarie ging hinaus auf den Hof, um noch etwas frische Luft zu schnappen. Sie glaubte, ihren Augen nicht zu trauen, als sie Lennart bemerkte, der auf sie zukam und darum bat, mit ihr sprechen zu dürfen.

»Was denn noch?«, fragte sie entnervt.

»Ich möchte mich bei Sabine entschuldigen. Und ich wollte euch um ein kurzes Gespräch bitten.«

Kapitel 15

Bist du nervös?«, fragte Paul, als er den Wagen über die Autobahn lenkte.

»Na ja, irgendwie schon. Ich weiß ja, wie deine Eltern zu mir stehen.«

»Sie werden sich an einem solchen Abend benehmen. Es würde ihnen nicht im Traum einfallen, dich in Gegenwart anderer Gäste schlecht zu behandeln. Dafür ist ihnen ihr guter Ruf zu wichtig.«

»Das klingt ja wirklich überaus beruhigend.«

Paul lächelte, wirkte aber auch ein wenig angespannt. Es war das erste Mal seit der Adventsfeier, dass Eva seine Eltern traf. Dabei war Paul bei ihrer eigenen Familie längst ein gern gesehener Gast, und sogar Gerd fand sich allmählich damit ab, dass es wieder einen Mann in ihrem Leben gab. Aber vielleicht musste sie sich einfach damit abfinden, dass sie furchtbare Schwiegereltern bekommen würde. So war das eben, das ließ sich nicht ändern.

Es war Freitagabend, und Paul hatte sich mit ihr in einem Hotel eingemietet. Nach der letzten unguten Erfahrung in seinem Elternhaus wollte er es ihr nicht wieder zumuten, bei ihm zu übernachten. Offiziell hatten sie zwei Zimmer, damit es kein Gerede gab, aber Eva zweifelte nicht daran, dass sie die Nacht gemeinsam in einem der beiden verbringen würden.

Als Paul auf den Hof vor dem Restaurant einbog, war dieser mit den altmodischen Lampen in warmem gelblichem

Licht ausgeleuchtet. Durch die eleganten Fenster konnte Eva erkennen, wie gut es bereits zu dieser noch recht frühen Stunde besucht war. Man musste im Mosel-Restaurant Thiemann immer Tage im Voraus reservieren, sonst bekam man keinen Platz. Es war so schön hier, und sie konnte es sich gut vorstellen, an diesem Ort zu leben und zu arbeiten. Aber mit diesen Schwiegereltern wäre das schlichtweg nicht möglich.

Paul nahm ihre Hand, und sie gingen auf den Haupteingang des Restaurants zu. Diese gediegene Atmosphäre zurückhaltender Eleganz zog Eva jedes Mal in den Bann. Wenn doch alles nur nicht so kompliziert wäre.

»Guten Abend, Herr Thiemann«, begrüßte sie einer der Kellner. »Ihre Eltern erwarten Sie bereits. Sie befinden sich im Salon.«

Das war ein kleinerer Raum, der vorwiegend für private Feiern vermietet wurde. An dem Tag gaben Freunde der Familie dort eine Verlobungsfeier. Dass Paul nicht allein war, wurde mit allgemeinem Wohlwollen zur Kenntnis genommen, wie Eva feststellte, als sie den Raum betraten. Sie wurden von allen Seiten überaus freundlich begrüßt, und auch seine Eltern lächelten, obwohl Brigitte Thiemann dabei etwas reserviert wirkte.

»Wir haben dort einen Tisch für euch«, sagte Herr Thiemann und deutete in Richtung Erker, wo zu Evas Irritation für vier Personen eingedeckt war. Bedeutete das, sie mussten mit den beiden allein am Tisch sitzen und die Blicke und beiläufig abwertenden Kommentare über sich ergehen lassen? Hoffentlich sah man ihr nicht an, wie sehr es ihr widerstrebte.

»Danke«, sagte Paul knapp und wandte sich dann mit einem Lächeln an Eva. »Komm, werfen wir mal einen Blick auf die Tageskarte.«

Sein Vater folgte ihm. »Ich denke, hier ist das eine oder andere klärende Gespräch notwendig.«

»Hältst du das für den richtigen Ort und den richtigen Zeitpunkt?«

»Hier kannst du wenigstens nicht beleidigt aufspringen und davonlaufen.«

Das fing ja gut an. Paul verdrehte die Augen, sagte jedoch nichts.

»Du bleibst dabei, im Hotel zu übernachten?«, fragte Frau Thiemann. Dabei blickte sie von Paul zu Eva, als wäre sie allein schuld an diesem Umstand.

»Ganz genau. Schließlich ist Eva hier ja nicht willkommen.«

»Du hast uns nicht einmal gefragt«, entgegnete sein Vater.

»Ich bitte dich.« Paul zog für Eva einen Stuhl zurecht, sodass sie Platz nehmen konnte. »So einen Auftritt wie letztes Mal möchte ich nicht noch einmal erleben.«

»Uns ist durchaus bewusst, dass du dich von deinem Vorhaben nicht abbringen lässt«, sagte sein Vater.

»Meinem Vorhaben? Das klingt, als hätte ich irgendwelche kruden Ideen, die ich verwirklichen möchte. Tatsache ist, ich habe mich verliebt, und es ist mir ernst. Anstatt mich zu unterstützen, arbeitet ihr euch jedoch lieber daran ab, dass euch meine Freundin nicht gefällt. Was kommt als Nächstes? Droht ihr mit Enterbung?«

Herr Thiemann krauste die Stirn. »Rede nicht so einen Unsinn. Ich habe dir bereits gesagt, du wirst nicht enterbt. Von dieser Art Erpressung halte ich nichts. Und was wäre damit gewonnen? Du würdest dich von uns abwenden, nicht wahr? Das wiederum ist ja genau das Gegenteil von dem, was wir uns wünschen.«

»Ich verstehe euer Problem ohnehin nicht.«

»Das haben wir dir erklärt«, sagte seine Mutter. »Aber jetzt sind die Dinge nun einmal so, wie sie sind, und nachdem du bei ihrer Familie warst und ihr auch in der Schule als Paar auftretet, hat es wohl keinen Zweck mehr, weiter zu insistieren.«

Die beiden setzten sich zu ihnen an den Tisch. »Sie dürfen das nicht persönlich nehmen, Frau Wyland, aber wir hatten natürlich Pläne und gewisse Vorstellungen für unseren Sohn«, erklärte Herr Thiemann. »Dazu gehörten auch Verbindungen zu Familien, die für den Betrieb durchaus von Vorteil gewesen wären.«

»Ihr habt sie für eine Frau gehalten, die darauf spekuliert, von ihrem Ehemann ausgehalten zu werden, nachdem sie den ersten verloren hat«, korrigierte Paul. »Es war also durchaus persönlich. Und jetzt würde ich das Gespräch gern beenden.«

Sein Vater seufzte. »Wir wollten auch nicht streiten. Wie gesagt, wir haben lange darüber geredet und akzeptieren deine Entscheidung. Dennoch wäre es für uns alle sicher nicht angenehm, miteinander zu leben und Seite an Seite zu arbeiten.«

Paul hob die Brauen. »Ich hatte nicht vor, mit Eva hier einzuziehen. Aber nun werde ich sogar aus dem Betrieb ausgeschlossen?«

»Nein, ich würde es erklären, wenn du mich nicht ständig unterbrechen würdest. Inga Heinthal war vor ein paar Tagen hier und hat mit uns gesprochen.«

»Über meine Beziehung?«

Auch Eva war erschrocken, was man ihr vermutlich ansah, denn Paul legte seine Hand über ihre.

»Natürlich nicht«, antwortete sein Vater. »Sie möchte ein Restaurant eröffnen als Ausbildungsbetrieb und gleichzeitig als Referenz für ihre Schule. Darüber hat sie mit mir gesprochen, immerhin schicke ich meinen Sohn zu ihr in die Ausbildung. Sie möchte einen zugkräftigen Namen, der Gäste anlockt.«

»Ihr Name ist zugkräftig.«

»Als Schule, ja. Aber das heißt nicht, dass die Leute auch in ihr Restaurant gehen. Außerdem soll es ja auch als Referenz dienen. Und da wäre ein Name, der bekannt ist und was hermacht, natürlich nicht zu unterschätzen.«

»Verstehe.«

»Das hoffe ich. Sie hat mir nämlich vorgeschlagen, in das Geschäft einzusteigen. Wir sind bereits in Gesprächen und müssen uns nur noch über ein paar Vertragsdetails einig werden. Wie beispielsweise den Standort des Restaurants.«

»Sie würde euch doch Konkurrenz machen«, sagte Paul.

»Keineswegs, ich bin ja kein Narr. Es ist eine andere Küche, jünger und moderner. Und auch geführt werden soll sie von jemandem, der einer jungen Generation angehört, und da kommst hoffentlich du ins Spiel.«

Pauls Augen weiteten sich. »Du meinst …«

»Ganz recht. Ich möchte dich dort einsetzen. Finanzieren werden Inga Heinthal und ich es in einer Partnerschaft. Wir sind weit über die Stadtgrenzen hinaus bekannt und renommiert. Auf diese Weise könnten wir unsere Kundschaft erweitern.«

Paul ergriff Evas Hand. »Wir haben die Absicht, zusammenzubleiben. Sie wäre also mit von der Partie.« Er sah sie an. »Sofern du das möchtest.«

Eva erwiderte seinen Blick und nickte, lächelte ihn an.

»Davon bin ich ausgegangen«, antwortete sein Vater. »Daher ist dies ja die beste Lösung für alle. Vorausgesetzt, du bist dabei.«

»Aber ich habe erst in zwei Jahren meinen Abschluss.«

»Bisher sind wir uns nicht einmal über den Standort einig. Es wird also noch eine Weile dauern. Mach dir darüber keine Gedanken.«

Eva sah Paul an, der einigermaßen fassungslos wirkte. Als er ihren Blick bemerkte, breitete sich ein Lächeln über sein ganzes Gesicht aus.

Obwohl Lennart regelrecht zu Kreuze gekrochen war, wollten ihn beide Frauen nicht als Lehrer. Inga konnte das verstehen. Sie selbst hätte vermutlich genauso reagiert. Immerhin hatte er hoffentlich etwas dazugelernt im Umgang mit Frauen. Insbesondere einer hatte er wohl übel mitgespielt, das hatte er eingeräumt.

»Es ehrt dich, dass du immerhin darüber nachgedacht hast«, hatte Josh gesagt.

Das hatte sie nur getan, weil er zur Familie gehörte. Und weil sie seinen Vater sehr mochte. Aber glücklicherweise war ihr die Entscheidung am Ende abgenommen worden. Eigentlich hatte sie nie gewollt, dass er für sie arbeitete und ihr täglich über den Weg lief, auch wenn sie das seiner Familie zuliebe in Kauf genommen hätte. Aber es stimmte ja nun einmal, dass er seine Schulden bei Joshs Vater nicht zurückzahlen konnte, solange er keine Arbeit hatte. Und nicht nur das, ihm drohte ernsthaftes Ungemach durch seinen früheren Arbeitgeber. Den hatte Josh nun aufgesucht und einen Aufschub erwirkt. Nun musste nur noch eine Lösung her.

»Es ist ja nicht deine Aufgabe«, sagte Anita, als sie nachmittags in Ingas Büro saßen. »Ich meine, er hat dich bestohlen, da musst du dir nicht den Kopf darüber zerbrechen, wie es mit ihm weitergeht.«

»Das will ich ja auch gar nicht. Mir tut er nur irgendwie

trotz allem leid. Zwar nicht ausreichend, dass ich ihn um mich haben will, aber ganz gleichgültig ist mir das alles nicht. Es ist ja nicht so, dass er ein grundsätzlich schlechter Mensch ist, er hat nur zu viele falsche Entscheidungen getroffen.«

»Na ja, wenn ich nur daran denke, wie er mit den jungen Frauen umgegangen ist ...«

»Das dürfte ihm mittlerweile bewusst sein.«

»Aber wird er sich ändern? Kann er das überhaupt?«

»Er meint, er hätte seine Lektion gelernt, aber womöglich ist das alles nur Gerede.«

»Es kann doch nicht sein, dass er überhaupt keine Stelle findet. Immerhin hatte er doch Top-Noten, sagtest du mal.«

»Ja, hatte er auch. Aber ihm fehlt nun einmal eine Referenz. Entweder lässt er seinen letzten Arbeitgeber aus und hat eine Lücke im Lebenslauf, die er nicht erklären kann, oder aber er führt seine letzte Stelle auf und muss erklären, warum er kein Zeugnis hat. In jedem Fall eine schwierige Situation.«

Anita nickte. »Ja, die liebe Familie, da kann ich dir ein Lied von singen!«

»Aber euer Verhältnis hat sich doch, seit du verheiratet bist und Kinder hast, deutlich verbessert, oder nicht?«

»Ja. Mein elitärer Schwager hat sich sogar nach Jahren damit abgefunden, dass mein Mann *nur* Koch ist. Dass ich ebenfalls Köchin bin, scheint keine Rolle zu spielen, aber da bin ich ja dort, wo seiner Meinung nach mein Platz ist.« Sie lachte. »Na ja, angesichts meiner jetzigen Position in der Schule auch wieder nicht. Seltsamerweise ist er darauf sogar irgendwie stolz. *Tante Anita ist Direktorin*, sagte er immer zu seinen Kindern. So hat es mir zumindest meine Schwester erzählt.«

Inga veränderte die Sitzposition. Ihr Bauch war noch nicht

sehr dick, aber vom langen Sitzen bekam sie trotzdem Rückenschmerzen, sodass sie immer wieder aufstehen und sich bewegen musste. Nachdem Anita zurück an die Arbeit gegangen war, kümmerte sich Inga um die Buchhaltung. Das machte sie bis kurz vor dem Mittagessen. Sie wollte sich gerade erheben, als das Telefon schrill klingelte. Kurz überlegte sie, es einfach zu ignorieren, aber dann siegte ihr Pflichtgefühl.

»Heinthal«, meldete sie sich knapp.

»Josh hier.«

Augenblicklich war sie alarmiert. Er rief nie um diese Zeit an. »Ist etwas passiert?«

»Vielleicht will ich bloß deine Stimme hören?«

Immerhin klang es nicht nach einem Notfall. »Jetzt rück schon raus damit.«

»Du glaubst mir nicht?«

»Kurz vor dem Mittagessen willst du nie lieber meine Stimme hören, anstatt zu Tisch zu gehen.«

»Das trifft mich zutiefst.«

Sie lachte. »Jetzt sag schon.«

»Ich denke, ich bekomme meinen Cousin in einem Betrieb unter. Es war nicht einfach, ich habe unter Freunden und Bekannten herumgefragt und einige Beziehungen spielen lassen. Es ist wohl nicht das, was er sich vorgestellt hat. In einem Unternehmen für Agrarbedarf kann er in die Assistenz der Finanzverwaltung. Das ist weit unter seinem Niveau, aber wenn er anstellig ist, hätte er die Möglichkeit, aufzusteigen. Ohne Referenzen war es nicht einfach, und ich habe gesagt, er hat sich von seinem letzten Arbeitgeber nicht im Guten getrennt. Da lässt sich natürlich erst einmal niemand auf Experimente ein.«

»Aber das ist doch großartig.«

»Es ist immerhin eine Möglichkeit, wieder ein geregeltes

Einkommen zu haben. Er wird zwar kaum genug verdienen, um Geld anzusparen, aber jetzt kann er zumindest damit anfangen, seine Schulden abzustottern.«

»Das wird sicher ewig dauern.«

»Sein Vater bietet ihm Sicherheiten für einen Kredit, sodass er seinen früheren Arbeitgeber ausbezahlen kann. Danach sehen wir weiter.«

Sie verabschiedeten sich, und Inga legte auf. Endlich hatte Josh diese Sorge weniger, und Lennart konnte sich aus ihrem Leben verabschieden. Wahrscheinlich würden sie sich auf Familienfeiern noch hin und wieder über den Weg laufen, aber ansonsten musste sie nichts mit ihm zu tun haben. Sie hoffte nur, dass ihr Schwiegervater sein Geld zurückbekam.

Mit einem leisen Ächzen stand sie auf und verließ das Büro. Alles schien voranzugehen, und sie war davon überzeugt, dass sie sich auch schon bald über den Standort des Restaurants einig werden würden. Sie hätte es ja nach wie vor lieber direkt an der Schule, aber die Argumente von Herrn Thiemann waren nicht von der Hand zu weisen. Sie musste sich das in Ruhe durch den Kopf gehen lassen, und dafür hatte sie auch noch Zeit, niemand drängte sie. Das Kind in ihr bewegte sich, und sie spürte die leichten Tritte gegen ihre Handfläche. Kurz hielt sie inne und genoss den Moment, in dem sich das Leben vollkommen anfühlte.

Epilog

Annemaries Noten waren im Großen und Ganzen besser als erwartet, und so konnte sie zufrieden in die freien Wochen im Sommer starten. Das Schuljahr endete mit einer Feier, bei der die Absolventinnen und Absolventen entlassen wurden und es für alle anderen Auszubildenden die Jahresendzeugnisse gab. Ihre Familien waren anwesend, und Annemaries Eltern waren unübersehbar glücklich darüber, dass sie nun endlich ihren Weg gefunden hatte.

Sie ging zum Büfett und nahm sich ein langstieliges Glas, ließ den Blick über die Anwesenden gleiten und stellte fest, dass Melanies Bruder ein ziemlich ansehnliches Exemplar männlicher Gattung war. Ob es sich lohnte, die Fühler auszustrecken? Annemarie war in Stimmung zu flirten. Er hatte keine Begleiterin dabei und trug auch keinen Ehe- oder Verlobungsring. Zudem hatte Melanie nie etwas von einer Schwägerin erzählt.

»Schade, dass niemand von meiner Familie hier ist«, sagte Sabine, die zu ihr getreten war und sich ebenfalls ein Glas nahm. »Ich hätte es wenigstens jetzt erwartet.«

»Das tut mir sehr leid.«

Sabine zuckte mit den Schultern. »Na ja, kann man nichts machen. Jetzt geht es in die Ferien, und danach mit frischem Elan zurück. Stell dir mal vor, dieser Kerl würde uns dann hier als Lehrer erwarten.«

»Ja, schauderhafte Vorstellung. Ich könnte nicht bei jemandem lernen, mit dem ich herumgeknutscht habe.«

»Und ich nicht bei jemandem, mit dem ich im Bett war.«

Sie stießen miteinander an.

»Du hast gesagt, du verzeihst ihm. War das ernst gemeint? Du hättest ihn doch auch einfach schmoren lassen können aus Rache.«

»Natürlich verzeihe ich ihm. Nicht um seiner selbst willen, sondern weil ich einfach keine Lust habe, das mit mir herumzuschleppen. So etwas verbittert auf Dauer. Von Rachegelüsten halte ich nichts. Ich werde jemanden kennenlernen, der besser zu mir passt. Warum diesen Kerl also als Ballast mit mir herumschleppen?«

Annemarie wusste nicht, ob sie so klug und reflektiert gewesen wäre an Sabines Stelle. Sie bewunderte das und wünschte, sie könnte auch so sein. Tatsächlich hatte sie Lennart weiterhin gewünscht, er würde so richtig auf die Nase fallen. Aber nach allem, was sie gehört hatte, war er schon am Boden, und sie stellte fest, dass er ihr mittlerweile egal war. Sollte er doch machen, was er wollte, solange er kein Teil ihres Lebens war.

Es war eine schöne Feier mit moderner Musik, einem großen Büfett, Blumenschmuck und Lampions im Garten. Wieder war Annemarie froh über ihre Entscheidung, die Schule nicht zu verlassen. Manchmal half es eben doch, die Zähne zusammenzubeißen und durchzuhalten. Das frühe Aufstehen fiel ihr nach wie vor schwer, aber vielleicht würde das auf Dauer auch besser werden. Jetzt lagen erst einmal vier wundervolle Wochen Sommerferien vor ihr, und die wollte sie voll und ganz auskosten.

Sie hatte von Eva gehört, was Pauls Familie für Pläne hatte. Das klang einfach großartig. Eva hatte nicht nur eine neue Liebe gefunden, sondern auch eine Perspektive für die Zukunft. Annemarie fand das wunderbar und hoffte, dass sich für sie auch die Möglichkeit ergab. Sie ging langsam durch den Saal. In zwei Jahren wären sie fertig mit der Schule, und dann ging es auf den Arbeitsmarkt. Ob Eva und Paul eine Konditorin bräuchten? Einen Versuch wäre es wert, oder? Dann wäre Annemaries Berufsweg ebenfalls gesichert. Ihre Eltern und vor allem ihre Geschwister würden Augen machen. Eigentlich konnte sie da schon mal vorfühlen. Sie beobachtete Melanie, die mit Eva sprach und über irgendetwas lachte. Dann traf ihr Blick den von Melanies Bruder, der sich gerade ein wenig zu langweilen schien. Sie ging zum Büfett und nahm sich zwei Gläser. Ihr war nach einer Eroberung.